目录

第52章	一盒礼物	001
第53章	提供线索	005
第54章	喜忧参半	010
第55章	出现一个人	015
第56章	意想不到的嫌疑人	021
第57章	案件告破	028
第58章	真真假假	035
第59章	超新星爆炸	042
第60章	愚人节	048
第61章	你帮过我的	055

第 62 章	暗藏的循环	061
第 63 章	钢琴家程泽生	066
第 64 章	散落的弹壳	071
第 65 章	对不起	077
第 66 章	外祖母悖论	083
第 67 章	蝴蝶效应	093
第 68 章	再一次回溯	101
第 69 章	无声的博弈	108
第 70 章	简谱破译	114
第 71 章	错位的人生	120
第 72 章	普通朋友	128
第 73 章	变数	134
第 74 章	深陷电影情节	140

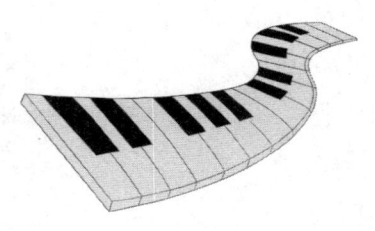

第 75 章	危险营救	148
第 76 章	识破谎言	155
第 77 章	诡异的对峙	163
第 78 章	悖论规则	170
第 79 章	难以抉择	175
第 80 章	再次相遇	182
第 81 章	现在时和将来时	188
第 82 章	演奏会	194
第 83 章	突生变故	199
第 84 章	最后的赌注	206
第 85 章	莫比乌斯环	212
第 86 章	没有相遇	219
第 87 章	记忆碎片	225

第 88 章	断裂的世界	232
第 89 章	双向发展	239
第 90 章	梦境和现实	246
第 91 章	细微的裂缝	252
第 92 章	希望	259
第 93 章	借猫传信	264
第 94 章	创造相遇	271
第 95 章	找到哥哥	276
第 96 章	一分为二	283
第 97 章	各自归位	291
第 98 章	欢迎回来	301
第 99 章	圆满结局	309
番外一	两个世界	316
番外二	非同一般	325

第52章
一盒礼物

程泽生板着脸，手中拿着从事故现场带回来的矿泉水瓶。正是这个矿泉水瓶，让程泽生断定这绝不是一起普通的交通事故，而是一起谋杀案。

他的眼神犀利，表情严峻，向阳在一旁小心翼翼地观察，成媛月使眼色，把小朋友叫过来，别打扰程副队找破绽。

其实让程泽生拧眉沉思的远不止案子这么简单，还源自何危的那句话。

"……"程泽生指指矿泉水瓶，"指纹位置不对，这样的手势握住瓶子看起来很正常，但你们试一下，能不能在这个位置用针管把三唑仑打进去。"

向阳立刻去尝试，发现如果完全贴合指纹位置握着矿泉水瓶，针孔无论如何也无法出现在应有的地方，惊叹："是有人陷害他，故意用他的手在矿泉水瓶上留下指纹！"

"是他的朋友吧，不是调查出他对死者意图不轨嘛。"成媛月猜测。

程泽生并不这么认为，反倒让向阳去查嫌疑人的妻子，那个存在感极弱、一直被丈夫欺骗蒙在鼓里的柔弱女人。

经过调查，赵深的号码从他来到升州市和堂哥打过一个电话之后，一直处在关机状态，查之前的通信记录，也没有联系过乔若菲。但现代社交软件太多，就算不打电话，也有可能通过别的软件进行线上沟通，而乔若菲手机里的社交软件也全部查过一遍，证明没有和赵深联系，这人来了升州市之后，就像是人间蒸发似的。

而配合调查的时间已到，乔若菲和赵阳也被放了回去。乔若菲得知赵阳一直在骗她，碰面之后便发了疯一般扑过去又捶又踢，警员赶紧将她拦住，赵阳被她挠破了脸，心里气闷，刚想破口大骂，被崇臻狠狠一瞪，顿时偃旗息鼓。

云晓晓打算帮安排乔若菲回海靖，结果乔若菲执意摇头，不肯回去，要找到赵深。她搬出赵阳那里，重新找了个小旅馆住下，听说赵深是在荡水村那里失踪的，隔三岔五过去转一趟，问问周围的居民，再去山上查看，在众人眼中痴心一片。

赵深出逃至升州市已经过去二十二天，眼看着要到月底，嫌疑人还是没有消息。通缉令早已发布，警方又在各平台公布悬赏通告，对提供重大线索并协助公安机关直接抓获赵深的，高额奖励，希望依靠群众力量，能将隐藏的赵深给找出来。

"你觉得他能藏到哪里去？"林錾予站在阳台，手中拿着一听啤酒，何危的胳膊肘搭在栏杆上，说："我感觉他没有跑远，还在荡水村那一片，他的所有社交账户、经济账户这么多天都没有动过，如果没人帮忙的话，除非……"

"除非他已经死了。"林錾予淡淡道。

何危也有这种猜测，但目前掌握的证据里，并没有出现这么一位要取他性命的嫌疑人。他想起程泽生那里进展缓慢的案子，根据何陆的口供，何危正是当着他的面消失不见的，后来出现的那具尸体也不是何危。此刻赵深的情况就和失踪的何危很像，也有可能会是掉入某个时空缝隙里。

"也有可能穿越了。"何危开句玩笑，林錾予没否认，竟然还点头赞同："有可能。"

两人相视一笑，还是脚踏实地一点，身边哪有那么多玄乎的事。

"你的室友今晚不回来？"林壑予回头看了看玄关。

"不清楚。"何危耸肩，他对程泽生的工作安排不了解，本来那天等他回来还想聊聊案子，没想到发生意外，后来何危回房间，两人再也没有说过话。

何危淡然的表情落在林壑予眼中，则是闹矛盾的表现。林壑予劝道："这种好的朋友关系来之不易，要珍惜。"

"你好像很有经验的样子？"何危眉一挑，"一直忘了问你，你怎么能碰到我那个看不见的室友的？"

经过公馆里的试验证明，崇臻是无法感知到程泽生的存在的，因此何危判断除他之外，别人是无法了解到平行世界的。但林壑予不仅能感知到，还能触碰到，这又一次打破了何危的认知。

"可能是因为我也有这种经历吧，告诉你一件诡异的事，别被吓到。"林壑予笑了笑，"我去过另外一个世界。"

"另一个？也是平行世界？"

林壑予摇头，他不清楚，也不知道是怎么过去的。只记得那天一觉醒来，心里有一种强烈的意愿要去找一个人，明明是晨光熹微的清晨，他去登山，天色却越来越暗，渐渐深如浓墨，甚至电闪雷鸣下起暴雨。

像是冥冥之中的指引，他去一间木屋躲雨，恰巧有一个犯罪嫌疑人躲在那里。一番争斗之后，他将嫌疑人制伏，这时又有人闯进来，对视的瞬间，确认就是他要找的那个人。

但是那人却完全不记得他的存在。

陌生的警队，陌生的制服，林壑予被一起带回去配合调查。他明明跟在那个人的后面，一转眼雨过天晴，一群踏青郊游的游客出现，欢声笑语从身边飘过。明媚阳光从头顶照射而下，周围人看林錾予的眼神也很奇怪，仿佛不理解这么好的晴天为什么会有一个浑身湿透的男人出现。

这件事林錾予一直埋在心里，没有告诉任何人，他心里记挂着要找到那个人，可随着时间的推移，每天都在不断忘却，直到这件连环杀人案发生之前，他彻底忘记了那个人的名字、长相，脑中关于他的记忆也不复存在。

"我知道他很重要，但是我忘了他是谁。"林錾予露出苦笑，轻轻摇头，"我以前写过有关他的东西，翻开本子一片空白，我再也找不到他了。"

"见过他之后你就开始慢慢失忆了？那你遇到的事情似乎比我还要离奇。"何危拍拍他的肩，"可能你是特殊体质吧，还能去另一个世界，难怪能触碰到程泽生。"

"程泽生？那个钢琴家？"

"嗯，但你碰到的那个不是，他跟我们是同行。"

他们正在聊程泽生，玄关的防盗门就开了，何危和林錾予同时回头，听见窸窸窣窣的动静，还有轻哼的歌声。

结点的连通越来越频繁，现在似乎只要他们一踏进这里，就能感受到彼此的气息。

"何危，你在吗？"

"嗯，阳台，还有……"何危刚想说还有林錾予在，却被林錾予攥住胳膊捏一把，嘴边的话又吞了下去。

林錾予食指竖在唇上，又指指程泽生的位置，眼睛还俏皮地眨了一下。

"……"何危沉默，总觉得没好事。

程泽生站在客厅，虽然看不见人在哪里，但能想象出他是以什么姿势靠着阳台的栏杆,内心猛然紧张,手指乱捻着带回来的礼物。

眨眼之间,干净整洁的茶几上多出一盒礼物。

第 53 章
提 供 线 索

"那天绝对不是对你有意见。"程泽生说。

何危瞄着林銎予,显然这位老同学没有外表看上去那么沉稳忠厚,此刻唇角一直保持着努力下压的状态,否则极有可能会现场爆出笑声。

"嗯,你不去拿衣服洗澡吗?"何危此刻只想尽快把程泽生支走,支走他林銎予离开才不会被发现。

"不急,你……"程泽生轻咳一声。

何危揉了揉额角,"你去洗澡,有空可以聊聊案子。"

"……"程泽生叹气,去就去。

听见楼上房门关起,何危赶紧拉着林銎予去玄关:"笑话看够了,能走了吧?"

听见这句,林銎予反而不笑了,认真道:"不是笑话。"

他走后,何危回到客厅。

楼梯传来响动,程泽生下来了,他刚刚听见防盗门的声音,问:"有人来了?"

"没,"何危编个借口,"扔了个垃圾。"

夏凉又来了一次局里,胳膊终于不再吊着,绑上一层绷带,乍看之下右手像是在封印什么奇迹之力。他这次过来带的点心是马卡龙,听说是何支队家里的面包师傅做的,众人一拥而上,将五颜六色的小甜饼一抢而空。

"晓晓呢?"夏凉四处张望,两次来局里都没见到心上人,内心有点焦急。他的手边还摆着一个小袋子,里面是专门为云晓晓买的千层蛋糕,柯波抻着脖子看一眼,调笑道:"小夏,你看看你,这偏心偏得也太明显了吧?"

"废话,人小夏是要追你吗?凭什么给你特殊待遇了。"同事推了一把柯波。

夏凉打断他们的插科打诨:"快说啊,晓晓去哪儿了?"

"晓晓啊,去找那个嫌疑人的女友了,姑娘家容易培养感情,晓晓帮她买生活用品,还经常开导她呢。"

"乔若菲啊,她还没回海靖?"

"没,痴心着呢,不见男友不死心。晓晓想把她劝回去,费老大工夫了,还没成功。"

夏凉听得一头雾水,也不明白云晓晓怎么会和一个嫌疑人的女友在接触。听同事仔细一说才知道,当时是云晓晓审的乔若菲,人放走之后,她又不肯离开,还天天去荡水村那里乱晃。肤白貌美的姑娘短短数天变得精神衰弱憔悴无比,云晓晓见她可怜,和何危提议联系她海靖那边的家人,把人接回去。

但乔若菲的家人几番推托,都不愿过来,她的父母在赵深出事之后早就劝女儿和他划清界限,谁知乔若菲竟自己跑去升州市,"痴心女友"的故事都被媒体传开了,父母感觉丢人无比,甚至要和乔若菲断绝关系,更别提接她回去。

乔若菲是具有自主意识的成年人，在不危害社会安全的前提下，谁也无权强制干涉她的行动。云晓晓某天从局里出来，见她站在警局门口，痴痴愣愣，一脸绝望的表情，心里"咯噔"一下，身为警察的使命感涌上来，送她回去之后耐心开导，后来乔若菲有什么事都找云晓晓，一来二去也渐渐熟悉起来。

"哦……这样。"夏凉点点头，估计今天是见不到云晓晓了，让同事记得把蛋糕带给她。

何危回到局里，拘留所那里打电话来，程圳清强烈要求见何支队，说是有重大线索提供。

"这个程圳清是？"林壑予问。

"程泽生的哥哥，他有点特殊，怎么跟你解释呢，'借尸还魂'吧。"

林壑予低声提醒："要注重科学。"

何危摆摆手，就咱们这种情况还谈什么科学。

审讯室里，何危和林壑予同时提审，程圳清精神状态不错，还跟何危要了支烟。

何危没有锁住他的手，任他动作随意地夹着烟，程圳清一指林壑予："林警官吧？"

"他你都认识？"何危笑道，"看来知道的真不少。要提供什么线索，是不是想起谁有可能杀害你弟弟了？"

程圳清摇头，嘴里吐出一缕白烟："我知道你们现在手头的要案不是这一宗，嫌疑人还没下落是吧？"

林壑予细长双眼眯起，打量着程圳清。何危倒是不惊奇，手中转着笔："那你要提供的是有关他的线索？说说看。"

"湖。"

何危一怔，随即想起荡水村后面那片湖，瞬间站起来："……你说的是真的？"

"是不是真的，何警官去看一下不就清楚了吗？"程圳清右手撑着额，语气悠闲，"你们之前应该也有这种猜测吧？去验证一下吧。"

林壑予也站起来，沉声问："你怎么会知道？"

"纯属意外，也不清楚从什么时候开始，变成我来提示你们了。"程圳清看了看钟，"哎呀，时间不早了，我该回去了，两位警官，抓紧时间破案啊。"

何危和林壑予看着程圳清自己走出审讯室，对羁押的警员说："兄弟，聊完了，咱们回去吧。"

警员一头问号，直到何危出来，让他把人带回去，两人才逐渐走远。林壑予看着程圳清的背影："他的话能信？"

"至少他不会无聊到浪费警力。"何危的手搭在林壑予的肩头，"安排一下，找人打捞，赵深可能真的在湖里。"

荡水村的那片湖名叫荡水湖，长约六百米、宽约十米，呈椭圆形，原先沿岸分布着农田和房屋，当地村民都是引这座湖的湖水灌溉农田，这个村也是因为这片湖而命名的。

后来政府征地拆迁，荡水村几乎搬空了，荡水湖在规划里要改造成公园，供周围的居民休闲娱乐。只不过现在还没动工，周围一片荒芜，只有大片的芦苇随风飘荡。

此刻湖边小路停着三辆警车，隔壁村的村民们前来围观，乔若菲收到消息也赶来现场，抓着云晓晓的手臂惴惴不安。

"晓晓，赵深……赵深他真的在这里？"乔若菲的声音轻轻颤抖，云晓晓拍着她的手背安抚:"先别紧张,现在还不一定有结果。"

打捞人员分四块区域寻找,一个小时过去依然无果,乔若菲的神经稍稍放松一些,云晓晓让她去旁边坐一会儿,太阳太烈,她身子弱别晒中暑了。乔若菲摇头,一双眼紧盯着湖面,生怕错过一丝一毫。

"据现在的气温和水温,按照赵深失踪的时间来算的话,早就该浮上来了。"林壑予把冰水递给何危,"他如果真在湖里,肯定有重物束缚,或者是卡在哪里浮不上来。"

何危观察着荡水湖,沿岸都有水生植物分布,东面有一片莲花,西面是一大片广阔高大的芦苇荡。从他们开车过来的那条路望去,波光粼粼、水光潋滟的湖面正巧被芦苇荡挡得严严实实。

一艘打捞船划进芦苇荡里,一刻钟之后有人忽然叫起来:"何支队!这边有发现!"

何危和林壑予一起过去,两位打捞人员跳进水里,拨开比人还高的芦苇,过了会儿回头喊起来:"找到了!这里有一具尸体!"

村民一起拥去路边看热闹,要不是有警员拦着估计还想凑到跟前。云晓晓胳膊一阵刺痛,低头发现乔若菲的手紧紧抓着她的上臂,她紧张到指节发白,双手轻轻颤抖,那阵刺痛正是她的指甲轻微陷入肉中。

随着警方打捞尸体的动作,她的一呼一吸变得沉重,眼睛瞪得像铜铃,不敢错过一秒。数分钟后,一具尸体被抬上岸,还连着一个旅行箱一起拖上来。乔若菲瞳孔骤缩,脚步不稳后退一步,云晓晓扶住她:"你坐下来休息一会儿。"

"是他,真的是他,他穿的衣服我都记得……"

乔若菲精神崩溃,低头掩面痛哭。

何危看着高度腐败的尸体,吩咐道:"打电话给岚姐,开工了。"

第54章
喜忧参半

一直在悬赏追捕的犯罪嫌疑人终于找到,只可惜已经成为一具尸体,在水里浸泡数日,脸部都给荡水湖中的虾蟹啃掉部分,早已面目全非。

由于尸体高度腐败,肌肤呈秽土色,五官还有缺失,一时之间无法辨认真实身份。但从他身上找到的证件来看,95%的可能性是赵深,想要完全确定身份的话还是要带回去做DNA和指纹鉴定。

乔若菲哭着喊着要冲过去,被云晓晓拦着,强行按着她坐在树下。她虽然比云晓晓高,但力气远不如云晓晓,被她按着动弹不得,捧着脸呜咽。

何危在观察那只旅行箱,打开之后里面并没有衣物,全是石头。而尸体的手和脚都有一条锁链连接着旅行箱的把手,两者一起沉进湖里,虽然尸体过不了几天会上浮,但捆着如此多的沉坠物,加上还有芦苇荡的掩护,难怪数天都无人发现。

之前何危和林壑予猜想到赵深可能遇害,却没有怀疑过这片湖,若不是程圳清的话,可能他们还需要走一段弯路。

"他不会是畏罪自杀。"林壑予手中拿着一个湿淋淋的充电器,"一个要自杀的人还买充电器做什么。"

何危蹲下来:"肯定不会,不然他可以在海靖就自我了断,坐那么远的车来升州图什么,看风景?"

林壑予的手又伸进另一个口袋,掏一阵后摸出来一个折叠的长条胶布。

"创可贴？"何危将创可贴打开，只见中间的药物纱布上有一块晕染的痕迹，立刻把郑幼清叫来。

郑幼清拿着创可贴看了看，说："像是血迹被冲淡了，长期浸泡在这种湖水里，受到严重污染，我也不确定还能不能提取出 DNA。"

"先带回去试试吧。"何危找同事拿一个物证袋，把创可贴装进去，"在他的口袋里，但不一定是他的。"

林壑予把尸体上下的口袋全部找过一遍，对着何危摇头，已经确定没有什么有价值的证物了。

"尸体在水里泡太久，除了有下行性腐败静脉网能提供证据，生前入水的生理反应基本消失，要带回去解剖做硅藻实验。"杜阮岚站起来，看着这一片波光粼粼的湖面，吩咐罗应，"水样和泥沙采集一下，还有那片芦苇，和尸体相连的部分带回去。"

她摘下口罩，何危笑道："岚姐，今晚又要辛苦你了。"

"不辛苦，这是我的工作。你们两个来不来？"杜阮岚微笑，"有帅哥一起加班，工作效率更高。"

不用杜阮岚开口，赵深的尸检他们也会参与。两人都很清楚他是被谋害的，这里地处偏僻，不仅没有监控，目击证人也没有，这段时间降水频繁，沿岸几乎没什么有价值的证据，只能期望尸检能发现一些凶手的线索。

众人忧喜参半，喜的是赵深终于找到了，忧的是又牵扯出一个未知的凶手。杜阮岚换上解剖装备，何危和林壑予一起过去，还叫上崇臻。

"叫我？解剖我可是外行啊。"

"让你来拿东西的。"何危在前崇臻在后，两人走进解剖室，杜阮岚正小心翼翼从尸体的手部将手套样脱落的表皮组织取下来，放在托盘里，罗应拿过去递给崇臻。

崇臻看看盘子里一双"溺死手套"，再看看何危，语气无奈："还跟那次一样，要我把手伸进去按指纹？"

"不然呢，你就当戴手套就是了。"

杜阮岚在眼前，崇臻不好说什么，只能用眼神狠狠瞪着何危。何危当作没看见，还嘱咐他每个指头都要按，要按得清晰、完整，易于辨认。

根据尸体腐败的程度，结合当地的水温气温，杜阮岚推断死亡时间为23至25天，和赵深来升州市的时间相符，极有可能当天晚上进入荡水村之后就已经遇害，被丢进冰冷的湖水里。

"他的头部没有外伤和内出血现象，入水之后也没有挣扎痕迹，很有可能是药物致迷，要抽血做毒物检测。"杜阮岚一伸手，罗应把针管拿来。杜阮岚低头，忽然将尸体头部转过去，露出组织残缺的右耳，她低头仔细看着那块皮肤，招招手："何危，你过来，这像不像针孔？"

何危走过去低头观察，片刻后苦笑着摇头："岚姐，你还是比我专业，我无法判断。"

"我如果能精准判断也不会叫你，大概率可能是被注射药物导致昏迷。"

"有没有可能药物致死后抛尸？"林壑予问。

"生前入水的可能性较大。虽然能体现生理反应的很多尸表现象已经消失，但你看左右心肌和心内膜的颜色对比，是不是右心肌及心内膜颜色较左心肌深？"杜阮岚的手术刀指着划开的心脏，"这是由于溺水后吸入溺液，通过肺静脉稀释了左心肌的血液，使血浓度降低。另外，溺水时产生水性肺气肿，引起肺循环障碍，右心肌严重瘀血。尸体腐败时，两个心腔内的血红蛋白、肌红蛋白和其他分解物造成心肌和心内膜着色不同，腐败越严重色差越明显。"

"本来还想拖回来做硅藻实验，但如果毒物检测是阳性，证明他体内含有致迷的药物成分，硅藻检验的结果也不能成为判断依据了。"杜阮岚叹气。

林鏊予点头："能在没有外伤的情况下轻易给他注射药物，是熟人下的手。而且也不是仓促杀人，计划得很缜密，他到荡水村之后才下手，那里夜晚鲜有人至，杀人也神不知鬼不觉。"

"如果不是有人提供线索，恐怕我们一时半会儿还想不到要去搜那片湖。"何危叹气。

"那打算给举报的人多少奖金？"杜阮岚随口问。

何危和林鏊予面面相觑，他们没有告诉任何人这份线索是程圳清提供的，毕竟他身上的离奇故事说出去也没人相信。

冰冷的手术刀划开胃部，里面的胃容物早已无法辨认，杜阮岚用镊子拨弄着，夹出一块白乎乎的黏稠物体。

"不是食物，像是布料。"杜阮岚夹着那块物体，在解剖台空位上平铺开。果真，渐渐拉平之后，三人一起低头，感到郁闷。

"面膜？"何危皱眉，"这种东西他是怎么吃下去的？"

"还有，他为什么会吃这个？"林鏊予也在思考，"异食癖？"

杜阮岚将面膜仔细检查一遍，摇头："无纺布，其他什么都没有。"

一直在做记录的罗应插嘴："我想到一个笑话。就是一个男人从妻子的化妆柜上拿了几颗薄荷糖，聚餐后递给合作商一颗，两人嚼着嚼着从嘴里拉出一张脸，哈哈哈……"

他干笑几声，发现解剖台的三人齐刷刷地盯着他，立刻抹平嘴角。

"然后呢？"何危问，"薄荷糖为什么会吃出一张脸？"

013

"粒装面膜啊。"罗应小心翼翼地问,"你们都不知道这个东西?"

四人加班熬夜,从解剖室出来时,天已经蒙蒙亮。何危和林壑予带着一身尸臭,自己闻久了没有感觉,出门之后遇到值班同事,从他们怪异的表情也能发现此刻两人是多么"馥郁芬芳"。

何危抬起胳膊嗅了嗅,面不改色:"还好,比前年夏天那具装在旅行袋里的尸体气味好多了。"

林壑予赞同:"嗯,没有去年从化粪池捞上来的尸体那么重口。"

不过这不代表何危不想回去洗个热水澡,换身干净衣服。他到家之后直奔浴室,一把推开磨砂玻璃门,发现半裸的程泽生正在里面,看姿势像是脱衣服。

何危面无表情目不斜视:"早晨洗什么澡?"

"昨晚回来太累,忘了。"

"哦,快点。"何危揉着额角退出去,程泽生闪身追出来,拉住他的胳膊,嗅到那股熟悉又令人作呕的刺鼻味道,问:"嫌疑人死了?"

"嗯,在湖里泡了二十多天,把龙虾和螃蟹喂饱了。"何危躲开他的手,"你离我远点,小心尸臭过给你。"

程泽生哪里在意这个,他见过的现场多了去了,本地水网繁密,七八月份隔三岔五就有浮尸被发现,巨人观都看得麻木了,解剖时的气味冲鼻辣眼,何危身上这股尸臭在身经百战的程警官面前算得了什么。

"你去洗吧。"程泽生讨好道,"洗多久都没关系,我帮你切个柠檬,洗头发的时候挤一点在头上,除臭效果很好。"

何危瞄一眼程泽生,摆摆手:"你先吧,我无所谓。"

浴室里传出水声,程泽生回头看着玻璃门,喜滋滋地去厨房切柠檬。切好之后走进浴室，还装作自己是正人君子非礼勿视，把眼睛遮起来。何危倒是无所谓，让他把柠檬放在台子上，可以出去了。

这次何洗的时间格外长，直到双手双脚泡出褶才出来。这不能怪他，要么就不洗，要洗就洗干净。当何危洗完第一遍，发现头发上还是能闻到那股腐败味道，又打开混水阀，从头开始再来一遍。

他带着一身水汽，黑发湿漉漉地滴着水珠，程泽生走过去，鼻子闻了闻："嗯，香多了。"

"柠檬挺好用的。"何危顿了顿，"谢谢。"

"别光用嘴说啊。"

"那请你吃……"何危话未说完，发现程泽生不见了，他在屋子里左右观望，只能得出一个结论：时间到了。

程泽生懊恼，只能去洗澡。

何危慢悠悠擦着头发，唇角似弯非弯，后来实在忍不住，坐在沙发上弓着腰偷笑。

第55章
出现一个人

DNA和指纹的鉴定结果已经出来了，水中那具尸体正是赵深，尽管连环凶杀案的嫌疑人已经死亡，但也不代表可以顺利结案。毒物检测的报告里标明赵深的血液中含有催眠药物地西泮，浓度超过正常镇定指标却不致死，结合解剖里发现的尸体现象，证实杜阮岚的判断是正确的，赵深的确是被药物致迷，生前入水，无力挣扎在水中溺亡。

"他没有一点挣扎的痕迹,很显然下药和杀害他的人对他很熟悉,并且还知道他来升州市之后直接去的荡水村。"林壑予将赵阳的照片从资料里抽出来,"综合这一切看来,他的嫌疑最大。"

"你觉得他的杀人动机是什么?为了乔若菲?"何危食指点了点桌面,"那天他们在警局里打闹,赵阳对乔若菲的感情根本不深,似乎只贪图她的美色而已。"

"我也感觉他不是凶手。"文桦北说,"而且赵深原本就是犯罪嫌疑人,被抓到肯定要接受法律的制裁,怎么还会有人想要他的性命?是怕他不能被判死刑所以自己动手?"

"强奸杀害两名无辜女性,情节恶劣被判死刑很正常,想代替法律来制裁,必然是有什么特殊原因。"何危摸着下巴,又重新把侦查资料翻开,问林壑予,"我看到在第二个案件里,死者的阴道拭子里检出赵深的DNA,那第一个案件呢?什么都没查出来?"

"没有,第一个案件死者虽然也被性侵,却没有留下任何DNA,怀疑是戴着安全套作案的。"

何危翻到物证那一页,第二个死者邓婉的包里有一张某KTV的发票,是那里的常客,并且也和赵深认识。她死亡当晚,赵深没有不在场证明,根据乔若菲的口供,那晚她独自在家,赵深借口去上夜班,没有不在场证明。结合种种证据,把他定为犯罪嫌疑人再正常不过,只不过警方刚准备将他逮捕回局里,就发现他已经出逃去升州市。

何危翻到第一个死者洛婷婷的案件分析,这起案件没有采集到任何有用的生物物证,会和邓婉的案件并案,一是因为都是强奸杀人案,性质相同;二是因为作案手法相似,都用口红留下字母;三是洛婷婷也是某KTV的常客,和犯罪嫌疑人有过接触。

"他在第一个案件里手法干净利索，为什么第二个案件里留下这么多破绽？"何危指着死者的图片，"还有，留下'L''V'这两个字母有什么含义？"

"我们当时推测，可能是仇富心理。"邹斌说。

"还有可能是他对 LV 这个品牌有什么执着心理，专挑拥有这个品牌的女性杀害。"文桦北补充。

何危感觉蹊跷，死者一个是学生，一个是名不见经传的演员，家境也很普通，难道就是因为有奢侈品所以成为仇富的目标？也许一个包一件衣服是她们攒了许久的钱才舍得购买的，如果真的仇富，何不向真正的白富美下手？

他之前考虑的是先找到赵深，可惜赵深已经死亡，回头再看连环杀人案，疑点重重，尽管所有的不利证据都指向赵深，可他直觉没这么简单，一定藏着内幕。

"或许有人想要赵深不被抓到，死人才是最能保守秘密的。"何危低语，林壑予沉思几秒，眉头拧起："你怀疑连环杀人案不是赵深做的，他被抓到之后就会真相大白，所以真正的凶手必须灭他的口？"

何危点头，这个案件不是他负责调查的，但是现场物证让他产生了这种强烈的直觉。特别是那两个字母，他的思路和金钱完全无关，更偏向感情方面。如果是仇富或是对奢侈品有执念，杀了人完全可以把那些他想要的东西拿走，他却并没有这么做，死者身上的项链、装饰品一样都没少，耐人寻味。

办公室门口响起两声清脆的敲门声，郑幼清站在门口，晃了晃手中的文件夹。

何危让她进来，郑幼清把文件夹递过去："那个创可贴，DNA 提取出来了。"

"很困难吧？辛苦了。"

"还好，费了一点工夫，不算困难。"郑幼清弯着眉眼，绝口不提做纯化提取忙活一天一夜的事。

何危翻开文件夹，跳过图谱去看下方的结论，性别是 XY，男性的 DNA。下一页是和赵深的 DNA 比对，创可贴上的血迹并不是他的，属于另一名男性。

"男人的？我还以为是他女朋友的呢。"邹斌疑惑。

何危看着他："为什么会这么认为？"

"就是……就是创可贴这种东西不干净，只有自己的或是亲近的人不会嫌弃，如果是别人撕下来让我帮忙扔一下，找不到垃圾桶我也会想办法处理了，怎么会留在自己身上？"

林壑予手搭着何危的肩，低声在耳边说："他有女朋友，谈好几年了。"

难怪一副习以为常的样子。听他这么一说，何危也觉得有道理，如此想来，或许犯案的正是那个男人，或者是两人联合犯案，因此才会害怕赵深被抓住，要杀他灭口。

"前面的案件一起重新调查吧，怎么样？"何危把侦查资料合上，林壑予抱着臂，"要抓紧时间，你懂的。"

何危当然明白，肯定是上头在施压，他拿起文件夹打了一下林壑予的胸口："你从前那股硬气呢？告诉你们领导，结案还要等，心急逮不到真凶。"

林壑予正打算等乔若菲情绪平静之后，再找她配合调查。没想到乔若菲自己来了，脸色苍白，双眼红肿，看来这两天都在以泪洗面中度过。

"我想见他最后一面。"乔若菲说。

尸检结束之后，赵深的尸体也已经缝合整齐，看着乔若菲单薄憔悴的模样，林壑予抬抬手指，让邹斌带她去停尸间和赵深见一面。

五分钟不到，乔若菲出来了，情绪很平静，也许已经被打击麻木，流不出一滴泪，只不过双眼空洞无神。她谢过林壑予，打算近期回海靖，不再留在升州。

"你早点回去也好，重新开始。"林壑予问，"赵深原来有什么关系良好的同性朋友吗？"

乔若菲想了想，报出几个名字。这几个都是赵深的同事，在海靖已经调查过，只不过没有验过DNA，而且案发时他们都有充足的不在场证明，所以在调查之初就被排除嫌疑。

林壑予让她再想想还有没有别人，乔若菲过了许久轻轻摇头，真的不知道还有谁，赵深的交际圈没那么广，认识的人她也都认识，实在是没有可以提供的线索了。

听说她要回去，云晓晓松一口气，乔若菲拉着她的手："晓晓，这段时间谢谢你，我在这边也没朋友，认识你真好。"

"你只要平平安安回去我就很开心了，"云晓晓看一眼停尸间的位置，安慰道，"人死不能复生，你的路还长，今后加油。"

乔若菲点头，唇角扬起，终于露出这几日以来的第一个微笑。

何危和林壑予开车前往荡水村，自从这里发现尸体之后，村民更少了，要路过荡水湖都会选择另一条路，显然是在避讳，害怕遇到"水鬼"。

赵深的手机一直没有找到，不在行李箱里，沉尸的那一片湖区也没有。荡水湖不算小，抽湖水难度太大，而且他们也不能保证手机就在湖里,万一抽干了还找不到的话更麻烦。"

车在荡水村路口停下,这里就是赵深的身影消失的地方,而去荡水村只有这一条路,他们打算在这一路仔细勘查,看看能不能找到有用的线索。

林壑予重点查看沿岸草丛,而何危则是注意地面上的垃圾。这里是一条土路,黄土里夹杂着石头、塑料袋、树枝、木棍等垃圾,何危拿着镊子,把一些类似糖果包装的小袋子捡起来放进物证袋里。

"找这些干吗?"林壑予拿着手电问。

"我特地上网搜过粒装面膜,有很多包装都像糖果,他如果是无意间当成糖吃下去,包装袋可能会顺手扔在地上。"

林壑予拨开湖边的草丛,看见一个绿色半透明小包装袋,递给何危:"喏,给你。"

何危将它放进物证袋里,林壑予笑着摇头:"你还跟以前一样,都支队长了,干吗要把自己弄得这么辛苦?"

"做指导谁都能做,查案子不是谁都能查。"何危不以为意,"支队长也只是给我一个可以光明正大调用人手的名分而已,案子我只有自己查了才放心。"

两人沿着河岸一路走过去,没找到赵深的手机,倒是收获一袋垃圾。回到局里,何危去技术组,郑幼清正在喝咖啡,见他拎着一袋东西回来,问:"要做什么检查?"

"没,捡了一些垃圾,我也不清楚有没有用。"何危把东西倒出来,全是大小不一的小包装袋,"查一下,看看其中有没有可能是粒装面膜的包装袋。"

"这个……"郑幼清无奈一笑,"市面上粒装面膜那么多,大多数都是整包贩卖,看产品简介也没有里面的分装包装,应该怎么查?"

何危的动作一顿,片刻后才说:"抱歉,我对化妆品不了解。"

郑幼清观察着他的表情,虽然那张俊脸一直表情淡漠,但从眼神里还是能看出一丝尴尬。她难得能见到无所不能的何支队有犯难的时候,唇抿起来偷笑,悄悄往他的身边站了些:"这样好了,我把可能是粒装面膜的分装袋挑选出来,然后你让晓晓他们去实体店调查,同时在购物网站上也注意对比,怎么样?"

何危偏头看着她,轻轻点头:"好,谢谢。"

"我在想,你什么时候才不会跟我客气。"郑幼清垂下眼眸,咬着唇瓣,"我爸爸很欣赏你,但是也让我放弃你。他说你很难对一个人产生感情,让我别白费工夫了。"

很难对一个人产生感情,何危想说郑局这句评价不错。

第56章
意想不到的嫌疑人

经过队里几位爱美女性的筛选,类似于面膜的分装袋被挑选出来,云晓晓拿着这些分装袋去门店走访,两天之后,终于发现其中一个绿色半透明的小袋子是品牌"Emma"粒装纸面膜的分装袋。

云晓晓特地买回一整袋面膜,拆开之后倒在桌上。何危拿起一个,和物证袋里脏兮兮的塑料袋对比,果真一模一样,正是这个品牌的粒装面膜。

虽然两个包装袋的成分可以做同一认定,但也只能证明是这个品牌的粒装面膜，而不能百分之百确定就是赵深吃下去的那一个。毕竟包装袋经过风吹雨打已经提取不到指纹，也存在会是别人遗留下的垃圾的可能。

这种虽然不能当作关键性物证，却能有一个新的调查方向。何危撕开一粒面膜，每一粒表面都印有一个凸起的字母"E"，是 Emma 面膜的标志，在泡开之后就会消失不见。

何危盯着这粒面膜，忽然将之前两个死者胸口写有字母的照片翻出来，和粒装面膜摆在一起。众人一起凑过去，七嘴八舌讨论："E？这次是哪个品牌？"

"可凶手是男人啊。"

"干什么，你自己粗糙还不允许有用化妆品的精致男人了？"

何危缓缓开口："跟什么品牌根本没有关系。"

林銎予盯着桌上的排列，惊讶："是单词？！"

L，V，E，缺一个O，刚好可以拼成"LOVE"这个单词。

邹斌和文桦北目瞪口呆，思路瞬间全部被打乱。之前他们一直在查奢侈品，还跑了海靖大大小小的奢侈品商店，现在看来前段时间都是在做无用功，这个思路从根本上就是错误的。

但如果是感情因素，又会是谁和赵深保持着这样亲密的关系？

林銎予让海靖的同事重新调查赵深的人际关系，何危在家里，将线索写在白板上，手中有一下没一下转着笔，正在钻研中。

下方忽然出现几个字：

案子？

何危打了一个钩。

他回头看了看,程泽生应该就在身旁,只不过现在暂时看不见他而已。结点的连通时间越来越混乱,毫无规律,不知为何,何危总有一种不好的预感,隐隐感觉之后会有什么糟糕的事情发生。

程泽生看着贴在白板上的三张照片,在第一个和第二个女死者的照片中间加一个"O"。

这人倒是一点就透啊。何危瞄一眼,在白板上把目前掌握的线索分析写下来,打一个问号,意思是问程泽生有什么想法。

程泽生沉思片刻,手拿着笔伸过去,刚想写字,前面忽然多出来一个人,衣着休闲,背对着他,抱臂面对白板沉思。

何危的注意力集中在案件上,完全没发现身后多了一个人。何危回头,猝不及防地撞上身后站的程泽生。

何危推开程泽生:"怎么了?"

程泽生道:"上回和你说的事,你考虑得怎么样了?"

何危指指白板:"先聊案子,你那里的问题解决了?"

"嗯,解决了。"程泽生把白板笔拿走,还想说点什么,何危却推了推他的肩,低声道:"我们的事先搁一搁。"何危毫无愧疚感,"先看案子,案子比什么都重要。"

"……"

男人都以事业为重,尤其是何危这种事业型的男人,更是如此。程泽生无奈,能怎么办,还不就只能和他一起破案。

"现在我们怀疑赵深有一个交往甚密的男性朋友,两人联合作案。"

"交往甚密,有多密?"

"总之关系不一般,他的女朋友也不知道是谁。"

程泽生把乔若菲和赵阳的名字一起圈起来,两个箭头指向赵深:"有没有排除过他们两个一起杀了他的可能?"

"我觉得不会是赵阳,他和海靖的连环杀人案没有联系。乔若菲……"何危食指抵着线条好看的下巴,轻轻摇头,"这个女人给我的感觉有点奇怪,有些夸张,反而觉得不对劲。"

程泽生点头,他之前听何危提过一次,不仅被赵阳欺骗失身,还不愿回去,在赵深失踪的地方乱晃,不找到男友誓不罢休。

"'用情'这么深的女人,偏激也不奇怪。"程泽生提起自己这里刚结束的案子,"我们刚结束的案子,凶手是嫌疑人的妻子,非常安静存在感很低的一个女人。就是她得知丈夫出轨之后,不吵不闹,精心策划了一起伪装成车祸现场的谋杀案,直到认罪的时候都非常冷静。"

他接着说:"还有这几个字母,应该是有含义的。会不会是名字的缩写?赵深的名字里恰好有一个'E'。"

何危想起第一个死者名叫"洛婷婷",首字母就是"L"。但"邓婉"似乎和"V"没有联系,如果说婉的首字母"W"是两个"V"的话,似乎有点牵强。

他的脑中回想着侦查资料的内容,有什么一闪而过,很关键却又一下想不起来。何危要回一趟局里。

"现在 10 点了。"程泽生提醒。

"嗯,我晚上待局里。"

何危一个电话,把林銎予叫来,一起去找赵阳。

赵阳还没睡,一看警察来了,顿时紧张:"警察同志,我看到赵深的尸体被找到了，但跟我没关系啊！绝对不是我杀的！"

"是不是你，也要采了DNA才知道吧？正好还有事问你。"何危侧身，那架势摆明了就是"走一趟"。

深更半夜，赵阳被带回局里，技术组的同事早下班了，何危拿着棉签在他的口腔里刮一圈，放进玻璃管。林壑予拿着本子，问："赵深有关系非同寻常的男性朋友吗？"

"哎哟，这我哪儿知道，我们虽然是堂兄弟，但也不是天天在一起啊，怎么知道他和谁关系好。"

"想想看，有没有和你提到过。"

赵阳绞尽脑汁也想不出有谁，紧张之下急出一脑门子汗，从口袋里摸出一个手帕擦拭。何危瞄一眼，问："这是谁的？"

"啊？"赵阳看了看，感到不解，"我的啊。"

"你用粉色的？"

"哦哦，是乔若菲的，她刚来那天我帮她收拾东西，看到这个手帕上面有血迹，她说是手割破了，我就说带回去帮她洗洗，然后……嘿嘿，"赵阳尴尬一笑，"就没还给她。"

林壑予和何危对视，心里升起一种诡异的想法。他们问赵阳还有没有留下什么属于乔若菲的东西，赵阳说还有一支口红，帮她买的，她用过几次，走的时候放在梳妆台没带走。

郑幼清刚上班，就发现何危在等她。她还没换上白大褂，穿着碎花连衣裙更显青春靓丽，走过去问："今天要做什么？"

"试管里是赵阳的样本，做DNA比对。这里是一支口红，提取表面的DNA，同样做比对。"

郑幼清打开口红瞧一眼，点头："好，不过这种接触微量的DNA

025

要纯化浓缩,结果没那么快能出来。"

何危打电话给云晓晓,问她乔若菲现在的去向。云晓晓说乔若菲这两天在买特产,打算带回去给爸妈,跟他们认错。何危让她再拖住乔若菲两天,别让她那么快离开,又让邹斌跟着她们,保护云晓晓的安全。

云晓晓一头雾水:"队长,为什么目标忽然转移到乔若菲身上了?她是个女人欸。"

"我也只是猜测,具体情况还要等报告出来。"何危叮嘱,"总之先拖着她,自己注意安全。"

报告出来之后,郑幼清第一时间拿给何危,眼神里带着惊讶:"试管里的DNA和创可贴的比对不上,但是你给我的口红能比对得上欸,难道这个男人是女装大佬?"

办公室里众人面面相觑,崇臻茫然:"啥情况啊,一觉醒来乔若菲变性了?"

胡松凯也不敢置信:"不是吧,她看上去就是个漂亮妹子好不?身份证和户籍还能骗人?"

"她天天去荡水村,并不是为了找赵深。"林壑予捏紧拳,"她是为了确认赵深的尸体有没有被捞起来才对!"

"啊?"崇臻和胡松凯被接二连三的劲爆消息噎得喘不过气,"到底咋回事?杀赵深的是乔若菲?"

何危没理闹哄哄的人群,翻开第二个被害人的档案,发现邓婉的英文名是"Vivian",恍然大悟。这就对了,他脑中当时一闪而过的就是这个,这样也能算作邓婉的名字里有"V"这个字母。

L,V,E,还差一个O,这种连环杀人案的凶手心中都有一定的执念，一定会拼齐这个单词才会收手，下一个……何危猛然一怔，立刻打电话给云晓晓，结果是关机状态。林壑予接到邹斌的电话，云晓晓和乔若菲一起回她住的宾馆，已经半个小时没有和他报信了！

林壑予怒道："还等什么？！直接上去啊！"

"哦哦好！我马上上去……欸？夏凉？你怎么来了？"

电话对面乱糟糟的，已经挂断了。

夏凉找前台要了房卡后，随手找根棒子，"噔噔噔"上三楼。邹斌和他有过一面之缘，追上去悄声问："兄弟，你怎么来了？"

"早晨起来眼皮跳得厉害，何支队让我来这里没错，晓晓果真出事了。"夏凉掂了掂左手的棒子，打量着邹斌，"带枪了吗？借一把说话。"

"没有。"

夏凉点头："行，我在前面，你殿后。"

两人走到305的房门口，夏凉迅速刷开房门，使劲一推，却发现安全链锁已经挂上。乔若菲的脸出现在门缝里，温和一笑："来得真快，先在门口等一会儿。"

她的手中拿着针管，拇指轻轻一推，便有液体从针头冒出。夏凉瞳孔骤缩，叫道："死人妖！别动晓晓！"

"人妖？"乔若菲语气淡然，"你弄错了，我可不是变性人。算了，你不懂这些的，等我……"

她的话未说完，脑后忽然遭到重击，回头一看，应该躺在床上的云晓晓站在身后，手中还拿着宾馆里的装饰花瓶。

"你怎么醒了？！"乔若菲捂着头，头晕眼花，"咔嗒"一声，双手已经被铐了起来。云晓晓打开门，夏凉冲进来："晓晓！你没事吧？！有没有受伤？！"

邹斌控制住乔若菲，打电话叫支援，云晓晓摇摇头，指着门口："你们先出去，我等会儿出来。"

夏凉紧张起来："怎么了？你是不是哪里不舒服？"

"……"云晓晓耳根红了，吼道，"你难道看不见我只裹着浴巾吗？！我要穿衣服啊！"

两个男人连同乔若菲一起被赶出门外。

乔若菲得意扬扬："羡慕吧，我都看过了。"

"……"

第57章
案 件 告 破

云晓晓陪乔若菲买过衣服之后，一起回到宾馆。她虽然不明白队长为什么会怀疑这么一个干净漂亮又痴情的女孩子，但还是乖乖听命，拖住乔若菲，这两天都在陪她散心。

她在乔若菲面前避免提起赵深的案子，怕她会伤心难过。不过乔若菲似乎看开了，前段时间的苍白憔悴一扫而空，还主动告诉云晓晓要重新开始，就从这一刻重获新生。

"晓晓，你先坐一会儿，我去试试今天新买的裙子。"乔若菲拿着裙子去浴室，云晓晓坐在房间里，发现乔若菲的行李已经收拾好，拉杆箱立在床边，桌上放着一个袋子，她探头一看，里面都是乔若菲平时用的化妆品。

一个草绿色包装袋吸引了云晓晓的注意，她将袋子拿出一半，眼皮猛烈跳了两下。这是 Emma 面膜的包装袋，里面的粒装面膜所剩无几，云晓晓抬头看了看浴室，又把面膜放回原位。

赵深肚子里的面膜、乔若菲未用完的面膜，云晓晓从警也有几年时间，直觉认为这并不是巧合。乔若菲换上新裙子出来，笑着问她怎么样，云晓晓夸道："好看。"

"我感觉你穿这个颜色会更好看。"乔若菲把矿泉水递过来，"你五官这么漂亮，又有气质，应该多穿裙子。"

云晓晓低头看着自己这一身 T 恤牛仔裤："习惯了，有时候休息也会遇到出任务，穿裙子太不方便。"

"当警察真辛苦。"乔若菲的手搭在她的手背上，"这段时间幸好有你陪我，不然我都不知该怎么走出来。刚刚不是说口渴的吗？怎么不喝水？"

云晓晓拧开瓶盖，装模作样地喝一口，但压根就没让矿泉水进到嘴里。乔若菲眼神温柔，修长白净的手抚摸着她的头发："晓晓，你真的很完美，是非常容易让人心动的类型，谁如果能和你在一起，一定很幸福。"

云晓晓冒出鸡皮疙瘩，她的手又移到脸上，微凉指尖触碰着脸颊，动作暧昧又缠绵。云晓晓忍不住偏头躲开："谢谢你的夸奖，可惜我现在还没男朋友，没遇上像你这么欣赏我的。"

"那是他们都不懂，男人的想法和女人永远无法共鸣，我不一样，我完全可以看见你的美。"乔若菲从袋子里拿出另一件裙子，"试试看？你穿上一定很好看。"

云晓晓尴尬地摇头："不用了，你买的衣服我穿多不合适……"

乔若菲一把抓住她的手腕，态度忽然强势起来："试试看，这就是给你买的。"

云晓晓还想拒绝，乔若菲微微一笑："你应该感觉很困了吧？我加了足量的地西泮，既然你不肯换，那我帮你穿好不好？"

云晓晓故作无力，任由乔若菲扶着将她带到床上。她眯着眼，语气虚弱，问："你……你不是喜欢男生吗？"

"不能这么说，其实按照我的生理性别来算的话，我喜欢女性是最正常不过的一件事。"乔若菲坐在床边拢了拢长发，"你放心，我不会让你痛苦的，像他一样安安静静地沉睡下去吧。"

云晓晓心里一震，赵深果真是她杀的！回想起捞尸那天，隔那么远乔若菲只看了一眼便开始痛哭，还清楚记得他穿的衣服。可赵深去荡水村之前明明换了一身衣服，乔若菲不假思索说出这句话，只能说明她先前已经见过赵深。

"你为什么杀他？"云晓晓问。

乔若菲从包里拿出针管，温柔一笑："他知道的东西太多了。"

"其实赵深没杀人，都是你做的，对不对？"

乔若菲唇角微扬，带上一股自信和得意："对。"

审讯室里，乔若菲一扫平时懦弱的姿态，镇定自若地面对何危和林鏊予。何危看着手中的报告，说："真是意外，没想到你竟然是双性人。"

"我在十八岁之前也不知道体内基因是 XY，没有子宫和卵巢，也没有男性生殖器，不男不女，像个怪物一样。"

"为什么要杀了那两个女孩儿？"林鏊予问，"你们有什么仇？"

"其实没什么，我挺喜欢她们的，我喜欢一切漂亮的东西。"乔若菲笑起来，"一个眼睛很大，一个笑起来有酒窝，她们经常去 KTV，就加了赵深的微信，很多时候都是我在用赵深的号和她们聊天。"

"可是没办法和她们在一起，最后连朋友都做不成。我只有杀了她们，还留下字母。"

何危有些无语，"赵深知道吗？他有参与你的杀人过程吗？"

"没有，他什么都不知道。我不清楚他是太痴情还是太傻，发现我杀人之后，第一反应不是报警或是劝我自首，而是帮我隐瞒。"乔若菲笑着摇头，"真是太傻了，他为了帮我摆脱嫌疑，主动把证据留下来，还逃来升州市，造成自己畏罪潜逃的假象。"

"我知道他是为了给我争取时间，就算被警方捉住，也有可能承认全部是他做的。可是我不相信，在这个世界上，我只有自己可以信任。"

林壑予噼里啪啦地打字，将她的话全部记录下来，问："你担心赵深会供出你，所以杀了他？"

"嗯。"

"我们查过高铁记录，他死后才有你乘坐高铁抵达升州的信息，难道之前是用别人的身份证？"

乔若菲承认，办了一张假身份证和赵深前后脚到的升州。她在赵深的手机里装的定位芯片，哪怕他换号码也能得知他去了哪里。在荡水湖边，赵深在等赵阳，没想到等来女朋友，激动又兴奋，可万万没想到这是他们的最后一面。

"他真的很傻，傻到让我无语。我递给他一颗粒装面膜，他想都没想就拆开吃了，还问我什么糖这么硬……"乔若菲无奈摇头，"我真是没见过这种男人，对我这个杀人犯一点防备都没有。包括我最后给他打地西泮，他居然还以为我吸毒，要帮我戒毒，真是太傻了。"

后面的流程就和警方推测的一样，在赵深陷入昏迷的情况下，乔若菲将他的手脚和旅行箱用锁链捆在一起，推入河里。等他死亡之后，她连夜回去，过几天又来升州假装找男友。和赵阳在一起也只是为了减少

031

怀疑而已,把自己塑造成柔弱无助的痴情女子,之后经常去荡水村,也是在关注赵深的尸体会不会被发现。

她没想到警方这么快就发现赵深在湖里,按照她的想法,最起码也该因他的行踪困扰一段时间才对。她对犯罪事实供认不讳,作案过程全部清晰流畅地交代,并且也没有询问能不能轻判,似乎对接下来的审判漠不关心。

口供很快录完,何危将打印出来的笔录拿去给她签字。乔若菲神态轻松,抬头微微一笑:"没杀掉晓晓有些可惜,我还真的挺喜欢她的呢,她真漂亮。"

"放心,晓晓不需要。"何危瞄一眼,"多的是人喜欢她,不缺你一个。"

海靖这一桩连环杀人案终于告破,邹斌和夏凉把云晓晓的举动描述得神勇无敌,举着装饰花瓶就像穆桂英在世,巾帼不让须眉。云晓晓脸色微红,强调一遍,她平时还是挺淑女的,再宣传恐怕要嫁不出去了。

同事们都在起哄:"怕什么!有我们小夏在,还怕嫁不出去?!"

"对啊,夏凉就差跪下拿捧玫瑰给咱们晓晓唱'今天你要嫁给我'了!"

"来来来择日不如撞日,你俩就谈了吧,我们都等得着急!"

夏凉面红耳赤,云晓晓盯着他,大眼睛扑闪扑闪。他紧张起来,赶紧解释:"晓晓,他们都是瞎起哄,你别当真了。"

云晓晓托着腮:"哦……行,那我就不当真了。"

一旁的郑幼清捂着嘴偷笑,云晓晓挽住她的胳膊:"幼清啊,还是咱俩相依为命吧,好姐妹一辈子。男人……啧,谈点别的吧。"

夏凉鼓起勇气,大喝一声:"晓晓!"

众人被吓一跳，云晓晓抬头："怎么了？你要说什么这么严肃。"

夏凉提起一口气："我……"

表白的话只冒出一个字便夭折，林壑予站在门口："邹斌，文桦北，准备一下，要回海靖了。"

正在看戏的两人连连点头，何危也进来，点两个人，押乔若菲去指认现场。他发现夏凉的表情哀怨，感到奇怪："小夏怎么了？"

"没什么，我下次再说吧。"夏凉摇头叹气，自我安慰，"以后有的是机会。"

连环杀人案需要移回海靖审理，林壑予和何危道别，磨蹭一个多月终于可以回去了。何危客套一句："有空再来玩。"

"嗯，好。"林壑予压低声音。

邹斌和文桦北押着乔若菲上车，何危打量着乔若菲，不经意地问："其实你对赵深感情很深吧？"

乔若菲愣了几秒，随即摇头否认："没有。"

"录口供时你说了很多遍'傻'这个字，从头到尾对他的贬低也只有这个，因为除了这一点，你也挑不出可以不喜欢他的理由了。"何危猜测，"是因为嫉妒和担心吧？她们跟赵深要联系方式，作为女朋友的你虽然漂亮可人，却有一个最怕被他知道的秘密，因此才杀了她们。后来会杀赵深，也不是怕他会供出你，而是觉得只有这样，他才真正属于你。对晓晓只是顺便下手，成功与否都无所谓。"

乔若菲脸色骤变，渐渐捏紧拳，低头沉默不语。何危淡淡道："不过这些都不重要了，任何原因都不能成为犯罪的理由，怎样量刑就交给公正的法律吧。"

警车平稳行驶着，乔若菲看着窗外随风而逝的风景，喃喃自语："是啊，他那么傻，只有在我的身边我才最放心。"

程圳清在拘留所里数着时间，每天问狱警最多的话就是"今天是几号"。幸好狱警是个面嫩的小伙子，上班没多久，也不好意思对犯人呼来喝去，程圳清问什么他能回答的都乖乖回答。

"今天12号了。"

程圳清皱眉，又问："外面的连环杀人案破了吗？"

"破了吧应该，犯人昨天给押回去了。"

程圳清靠着栅栏，拧着眉，片刻后说："小同志，你能帮我联系何警官吗？我有急事找他。"

狱警瞪大双眼："又来？你还能提供什么线索？"

程圳清哄他："多着呢，快点去吧，耽误了不得了。"狱警不情不愿地去和上司报告，结果何警官自己来了，要见程圳清。

"听说你要见我？"何危抱臂看着他，"说说吧，你又有什么让我惊奇的消息。"

"那个信封，你拆了吗？"

何危挑眉："在我抽屉里呢，怎么，现在到时间了？"

程圳清点头，表情变得严肃，低声提醒："何危，接下来发生的一切可能会超出常理太多，但……算了，我说了也没用，总之需要帮忙的话，想办法找到我。"

程圳清的话让人更加摸不着头脑，想找他直接来拘留所就可以，他还能越狱不成？

天色已晚，同事们该下班的已经下班，何危回到办公室，拿一把裁纸刀拆开牛皮信封。桌上亮着一盏台灯,他把信封里的东西倒出来,果真是一沓照片。

第一张是程泽生的照片,背景在街头,他戴着口罩和帽子,似乎正在挑选杂志。后面的人有拿着饮料驻足街头的,有抬头望向橱窗的,有回头和粉丝说话的,从角度看过去像是"私生饭"偷拍的照片。何危一连翻十几张,心里越来越疑惑,这些都是程泽生的生活照,有什么不能拆开的?

直到翻至最后一张,何危手一抖,感到不可思议。

这张照片里,他在程泽生的身边出镜。

那是在饮料贩卖机前面,程泽生拉着他的胳膊,在和两位女粉丝挥手告别。熟悉的侧脸拍得清清楚楚,眼角下没有泪痣,不是何陆。

照片下方的拍摄时间是在 4 月 8 号,那一天何危清楚记得,他在外地办案,根本不在升州市。

"你和程泽生,真的不认识吗?"

这是另一个世界的程泽生曾问过他的问题,何危当时回答得斩钉截铁,此刻捏着这张照片,竟也产生了一丝迷茫。

第58章
真 真 假 假

"这张照片是你拍的吗?"

程圳清看着照片,眼中流露出巨大的失望:"果真是这样。"

"我可以很确定地告诉你,这个世界的我,当时和程泽生并不认识。"何危俯身,压低声音,"你已经透露得够多,直接告诉我最关键的信息。"

"我也很想,不过事实证明,这样并非好的解决方法。"程圳清笑了,"我已经欣赏过很多遍你从迷茫到震惊,再到坚定的表情,不介意再来一次。"

何危沉默,他的思路很多,需要程圳清的验证,但他又闭口不提,那之前"引导工作"的目的是什么?目前整个事件里唯一的知情者就是他,将人胃口吊起,又不给个痛快,这要是在戏台上,观众早就飞茶壶了。

"你曾经说过,只有那么一个弟弟,不希望我把他带入这里。但是你不配合,我不敢保证接下来会发生什么。"

程圳清和何危对视,漆黑眼眸里凝聚着深意:"我曾经给过你提示的,那座公馆。我不希望你进去,不希望你见到他。你没发现离开公馆之后,你和他接触的频率越来越高了吗?"

公馆?何危仔细回想和程泽生初见的那天,他和崇臻一起过去,然后……脑中灵光一闪,何危匆匆拿出纸笔,写下两行字。

HELLO.9th.

魏幽蝶。

当时那张贺卡,"t"这个字母,笔画连在一起,像是"e";"9"的圆圈大而圆,尾巴短而粗,更像是倒过来的大写的"G"。

GO HELL, he wei, you die.

"我会死?"何危眯起眼,"还是我们都会?"

"我不清楚。"程圳清叹气,"后来我拜托你不要把他带入这里,是希望你们可以减少接触,可惜啊。"

"这张照片一出现,后面的事情我无能为力,何警官,接下来全靠你了。"

回到未来域天色已晚，何危心情不佳，恰好接到弟弟的电话，问他在不在家，刚出差回来，给他带了礼物。

"嗯，你过来吧，我也刚到家里，正好帮我做做家务。"

半个小时之后，门铃响起，何危去开门，看见弟弟在门外，手中拎着一个礼盒："哥，现在见你一面不容易啊，怎么这么忙？"

"没看新闻吗？那个连环杀人案，排查嫌疑人去向费了多大工夫，三天两头加班。"何危侧身让他进来，从鞋柜里拿出一双拖鞋，"后来发现侦查方向错误，又重新排查，才把人找到。"

"我看见报道了，没想到凶手居然是他女朋友，人心难测啊。"何陆走进来，把礼盒放在茶几上，看了一圈，"还好啊，家里不是很乱，听你要我做家务，我都做好参观二战现场的准备了。"

这是何危的家里，再怎么不收拾都到不了狗窝的地步。他所谓的"乱"就是桌上多了些东西、书柜桌子没有擦、地板几天没拖而已。何陆挽起袖子，问哥哥拖把和毛巾放在哪里，准备干活。

何危正在收拾厨房，准备把冰箱清一清。之前程泽生买的东西太多，两人经常不回来，导致一些生鲜食品早已过了保质期，放在冰箱里滋生细菌。何危一样一样看保质期，何陆拿着抹布来清洗，探头瞧一眼冰箱，震惊："哥，你一个人住冰箱要塞这么满？"

"有个朋友会过来，都是他买的。"

何陆瞬间记起："就是上次不让我来，在家住的那个？"

何危难得露出一丝窘迫的神色，把洋葱土豆一起扔进垃圾桶里："普通朋友而已。"

何陆把地拖好，何危拎着两袋垃圾出来，冰箱冷藏室里的食物已经

037

被清掉一半。何陆直呼浪费，拎着袋子出去倒垃圾，不过几秒门开了，何危说："回来这么快？你不会就摆在门口吧？"

门带着恐怖电影的特效，再度关上。

程泽生回来了。

何危为了防止他吓到弟弟，赶紧撕一张条儿告诉他，先上楼，家里有客人。

程泽生看着字条，可惜这时候什么声音也听不见，不然可以问问他来的是谁，怎么又有客人了，你的朋友真多啊。

楼上的房门关起，同一时间，何陆进来了："哥，你们公寓电梯挺快的，跟我们公司差不多。"

"你去楼下倒了？"何危哭笑不得，"这层有公共垃圾桶啊，虽然远一点，但不用去楼下。"

何陆挠着后脑勺，笑容尴尬，就当是做运动了。他站在楼梯口，准备上去："你房间要不要也收拾一下？"

"不用了，楼上我自己收拾。"何危转移话题，拆开桌上的礼盒，"带的什么过来？"

"凤梨酥，尝尝看，我特地去排队买的。"

何危尝了一个，不是外面店里那种甜腻味道，夹心有点偏酸，吃完一个也不会腻。何危擦了擦手："挺好吃的，不错，对哥哥胃口这么了解。"

"我就知道你会喜欢。"

程泽生在楼上竖着耳朵，终于听见防盗门打开又关上，客人应该走了，才放心下楼。

他走到客厅，只见桌上放着一盒拆开的糕点，便合上盖子看一眼，是凤梨酥。

何危送走弟弟,刚回到客厅,发现桌上的凤梨酥不见了。

与此同时,他能听见小包装袋撕开的动静,还有程泽生的声音:"包装这么好,是不是挺贵的?"

"你碰盒子了?"何危无奈,"那是我弟弟带来的。"

程泽生尴尬,把凤梨酥放回茶几上。他下意识以为这是何危买给他的,毕竟两人之间有规定,没贴条标注的肯定就是送给对方的。

"那也没办法还你了,我找代购再买一份送你吧。"

"算了,一盒凤梨酥而已。只不过我和何陆感情好,他送的东西我都……"何危忽然怔住,站起来冲出门外,跑到楼道口,看见电梯刚下去,已经到一楼了。

他赶紧回去,急急忙忙跑向阳台,看见那个熟悉的人影正在楼下,往电子门外走。

"何陆!"

何危大喊一声,楼下的何陆回头,对着他招手,露出微笑。

没什么不对,表情、动作、走路习惯,和平时一模一样。

程泽生咬着凤梨酥走到阳台,虽然看不见何危,但知道他正在这里往下看。刚刚那一声呼唤惊天动地,他在客厅里听得清清楚楚。

"喊你弟弟什么事?东西忘带了?"

"他可能不是何陆。"何危低语。

程泽生有些蒙,看着手里的凤梨酥,渐渐睁大双眼。

结点的换物规则只适用于他们两人之间,第三者物品可以共存,按照常理来说,何陆带来的凤梨酥不可能会因为程泽生的触碰而被带到他的世界。

但他和何危又是双胞胎兄弟，拥有一样的DNA，不排除这个神奇的结点"眼神不好"将他们当成一个整体。当然，更诡异的结论是，这人的确不是何陆，而是另一个"何危"。

这个"何危"，极有可能是程泽生的世界里在迷雾中失踪的那一个。

何危正在皱眉沉思，手机响起来，来电显示是何陆的电话。

"哥，凤梨酥吃不完记得放冰箱，或者带去单位和同事一起分了，别摆坏了。"

"嗯，好。阿陆，"何危的手指不安地敲着栏杆，"萌萌给你一颗糖，问'我们能一起去游乐园吗？'"

"我说'邀请我的话还要给我一颗，因为我是何陆，不是何危。'"何陆在对面笑了，"哥，你怎么忽然提起这个？这都是小学的事了，我当时还挺高兴的，萌萌约我去游乐园，谁知道竟然是冲着你来的。"

何危的表情瞬间放松："没什么，想到了顺嘴提一句，回去路上注意安全。"

是何陆没错。

何危松一口气，这种童年里的小插曲也就只有朝夕相处的弟弟会知道。

何陆坐在车里，胳膊肘撑着车窗，另一只手把玩着手机。

"笃笃"，玻璃被敲了两下，他降下车窗，看见一张笑意温和的脸。

"去过了？"

"嗯。"

"那怎么不上去？"连景渊指指楼上，"斯蒂芬到处在找你。"

"今天有事，没来得及帮它买罐头。"何陆下了车，胳膊上搭着外套，将车锁好。

连景渊打量着他，轻声说："真的很像。"

"双胞胎兄弟嘛。"何陆拿出手机，晃了晃，"他刚刚问我小学时候的事，那么久远了，我还记得清清楚楚。"

"因为你们两个记忆力都很好。"

"是啊，所以他说什么，我都能答得上来。"

两人来到连景渊家里，刚打开家门，斯蒂芬踩着款款猫步，靠近何陆的腿乱蹭。何陆蹲下来，将它抱起："是不是没有陪你玩所以寂寞了？抱歉，这两天有点忙，明天带你去洗澡好不好？"

"你带它去吧，我明天学校有会，回来迟。"

"嗯，好，你忙你的。"

何陆把斯蒂芬抱去飘窗，拿着贝壳梳帮它梳毛。连景渊抱着臂，看着这温馨和暖的一幕，心里渐渐升起一股惆怅。

越是美好越是不舍。

"我还能记得你多久？"连景渊问。

何陆摇头："不清楚。不只你，也许斯蒂芬都不会记得。"

连景渊点点头，说一句"这样也好"，和他道一声"晚安"，回房间去了。

何陆走到浴室，盯着镜子里的自己，西装革履，头发梳得整整齐齐一丝不苟，陌生又熟悉。

很快就会结束了。

他打开水龙头，掬一捧水洗脸，再次抬头时，镜子里还是那张熟悉的脸，眼角下干干净净。

第59章
超新星爆炸

程泽生在单位里接到妈妈的电话,让他晚上回家吃饭,她已经和黄局打听过了,别想用加班糊弄过去。

"非要今天?等周末不行吗?"

丁香发飙了:"今天你过生日啊!三十而立,过了今天就是真正的男人了啊!"

"……"程泽生翻开台历,阴历五月二十七,正是自己生日没错。

家里有传统,生日都是以阴历为准,而程泽生连阳历生日都记不住,更别提阴历了,身份证号倒是倒背如流。这么多年以来,都是妈妈帮他和程圳清数着日子过生日,小时候每年就等着吃蛋糕收礼物,毕业之后工作繁忙,去年前年生日都在外地,今年终于不用出差,还是整岁生日,不回去也说不过去。

晚上6点,程泽生开车回到军区大院,到家之后发现谢文兮也来了,正在往蛋糕上插蜡烛。丁香喊了一声:"泽生,洗手吃饭了!今天你可要谢谢文兮,蛋糕是她买的。"

谢文兮嘿嘿一笑:"应该的,泽生这一年帮我不少忙,就当是我的谢礼了。"

"……"程泽生没搭理她,坏人姻缘这种事他可没脸说。

"帮你什么啦?泽生从来没和我提过。"

"没什么,阿姨您准备关灯,我点蜡烛了。"

一顿饭吃得其乐融融，晚上8点一到，程泽生准备回去，看一眼切了一半的蛋糕，说："妈，剩下的蛋糕我带回去。"

"欸？你不是不喜欢吃甜食的吗？"丁香站起身把盒子拿来，谢文兮咬着筷子一双眼珠滴溜溜转着："带回去给谁啊？"

"朋友。"程泽生拎着蛋糕，拿起车钥匙，"我先回去了。"

何危一直在局里看程泽生案件的资料，拿起手机一瞧，不知不觉已经10点多了。他发条信息给连景渊，提醒他别忘记去天文台，再发条消息给何陆。

过了会儿回来两条消息，内容一模一样：知道了。

何危笑了，把侦查资料收起放进抽屉里，拿起那张诡异的照片，犹豫着要不要告诉程泽生。

根据程圳清的暗示，他们之间越接触越危险，"you die"不知道是两人之间谁会面临死亡，还是都会死亡。

斟酌许久，何危还是将照片塞在隐秘角落，把抽屉锁起。

他在夜市买了夜宵带回去，到家已经将近午夜，打开门就看见一个精美的蛋糕盒放在茶几上。

何危走进去，蛋糕上没有贴字条，他怕会闹出之前何陆带东西来的尴尬误会，抬头看着楼上，喊一声："程泽生，蛋糕是你的吗？"

楼上的门开了，程泽生走到楼梯口，看见何危，对他扬扬下巴，意思就是"送给你的"。

何危去拆开盒子，蛋糕不小，十二寸左右，但是只有一半，剩余部分勉强能看出"快乐"二字，他瞬间反应过来，这是生日蛋糕。

"今天我生日。"程泽生出现在身后。

"6月15？"

"阴历五月二十七。"

何危转身，"生日快乐。"

何危把带回来的夜宵打开，炒花甲的香气飘出来，他掰一双筷子递给程泽生："这就算我给你过生日了。"

不知不觉，时间已经走到16日凌晨，何危拉着程泽生站起来："去阳台，带你看好东西。"

两人倚着阳台栏杆，抬头看着洒满繁星的夜空："有什么好东西？"

"是什么星座的流星雨，我也不清楚，反正是夜里这个时候。"

程泽生点点头，他也不太懂，等着吧，如果是流星雨的话预告时间误差都不会太大。

江南已经进入梅雨季，前两天都在下暴雨，难得今天放晴，气温也不高，凌晨的夜风夹着丝丝凉意。程泽生和何危倚着栏杆聊天。

1点不到，北边天空划过一颗短促的流星，紧接着流星一颗接一颗争先恐后地划过去，短时间内形成繁密的流星雨，其间还有那么一两颗分外明亮，拖着长长的尾巴消失在夜空中。

"刚刚那就是火流星吧？"程泽生问。

"应该是，我没研究过。"

这时，天边忽然炸开一颗闪亮的星子，忽明忽暗地闪烁着，在星星点点的流星雨中分外明显。何危手一指："哎，你看，那是什么？"

"有点像是超新星爆发。我之前在找职员何危时看到过一条类似的天文报告，那天有网友用大型天文望远镜观测到的，和现在看到的差不多。"

"那天是几号？也有超新星爆炸？"

"13号吧，夜里11点左右。"

何危拿出手机打开微博，果真在北天琴座流星群的话题里，都在刷有关超新星爆炸的消息。毕竟这种天文现象不可预测，虽然每年都会有许多超新星爆发事件，但都在数亿光年之外，需要用大型天文望远镜才能观测到。而像今晚这种肉眼可观测的，视星等达到三等的超新星爆炸，历史记载的也不过十次而已，相当难得的现象居然这么凑巧让他们看见了。

那颗爆炸的超新星一直挂在夜空里闪烁着，何危撞了一下程泽生的胳膊："你的生日还挺特别的啊，这都能看到。"

"凑巧吧，不过这也算是我过的最特别的一个生日。"

时间已经不早，两人明天还要上班，不能再消磨下去。何危发现程泽生今天出现的时间格外长，就像是结点有意要让他过完这个生日似的，或许这也算一个变相的生日礼物。

回到楼上，两人各自道过晚安，回房睡觉。

清晨，何危被耀眼的阳光刺醒。他记得昨晚拉窗帘了啊？窗帘……窗帘呢？

何危眯着蒙眬双眼，又揉了揉眼睛，确定没看错，窗帘不见了。

连同窗帘前面的书桌也不见了。

他爬起来，手一撑，触碰到硬邦邦的地面。再仔细一看，连床都不见了，自己睡在光秃秃的地板上，房间里就像被搬空了似的，家具全无，只有昨晚换下来的衣服掉在地上。

何危去检查门窗，完好无损，没有生人闯入的痕迹。他打开门，下楼一看，好嘛，楼下也好不到哪儿去，除了大型的家电外，沙发、茶几、饭桌都不翼而飞，厨房里锅碗瓢盆也消失不见，包括日常生活用品、换洗衣服，全部给洗劫一空。

"……"到底是谁这么大本事,能趁他睡着的时候把家给搬空了?

"怎么回事?"程泽生揉着脖子从楼上下来,"一觉醒来躺在地板上,腰酸背痛的。"

何危回头:"你房间东西还在吗?"

"只剩下昨天晚上穿的那身衣服,钱包和手机倒是都在。"只不过除此之外屋子里再无别的东西,程泽生醒来还以为被丢在哪个空仓库里。

何危环顾四周,电视、冰箱等家电都在,包括那个钟,也挂在墙上。如果真的进了贼,偷这些家电不比搬茶几桌子要好?又沉又卖不了钱。更关键的是,他睡眠浅,有一点动静都会被惊醒,贼是如何做到在不吵醒他的情况下将房间搬空的?

"这贼也太猖狂了吧?是怎么做到的?"程泽生走到阳台,探头一瞧,揉揉眼睛,又睁大双眼。

"何危,你过来!"

何危应声走到阳台,程泽生问:"你上次说,楼下有什么建筑?"

"新城市广场啊,楼下有干货店、服装店、小卖部,那边有工地。"何危回答。

程泽生手指着未来域小区外的站台:"现在那里,有一个穿校服背着书包的女生在等车。"

何危顺着他手指的方向看去,只见那女孩儿扎着双马尾,手中还拿着小本子,像是在背单词。

这是继家里被搬空之后再度让人震惊的事情。

"你能看到我这边的景物?"何危惊讶,又随手指着马路,"对面停着一辆什么车?"

"黑色本田,车牌号后两位是'QZ',前面被挡住了看不清。"

何危沉默，拉着程泽生走到玄关，打开门。

"你出去。"

程泽生踩着拖鞋推开门走出去，何危一直盯着他的背影，看着他走出门外。挺拔的身影还在视线里，他一回头，侧脸英俊完美，没有丝毫变化。

程泽生和何危对视，和上次完全不同的场景，这次何危也没有消失，还站在屋子里。

程泽生伸出手，何危犹豫几秒，缓缓抬起胳膊，下一秒被程泽生拉着走出门外。

踏出门的那一刻，何危还在想，程泽生会不会忽然消失，只留下他一个。直到两只脚全部出来，那只手还拉着他。

两人站在家门口，一时间相对无言。程泽生偏头打量着走廊，和平时出门看到的没什么区别，只不过门牌有细微差别，何危这里的门牌都是蓝底白字，而他们那里则是白底黑字。

"你好像到我这里来了。"何危笑了笑。

程泽生点头，他也无法理解为什么会来到何危的世界，那他的世界呢？今天不是休息日，班还要不要上了？

显然何危也记起这一点，把他拉进来关上门，去换衣服。他在浴室里拿出手机，结果手机上的日期再度让人迷茫。

4月1日。

何危翻了一下手机照片，所有的现场照片都是4月1日之前的，电台的报时也是4月1日早8点28分。

"何危，是不是到你这边信号紊乱了？我手机的时间不对。"

程泽生边穿外套边走进浴室，发现何危也在对着手机沉思，两人的

047

手机摆在一起，日期和时间相同。

4月1日，早8点30分。

像是一个愚人节玩笑。

第60章
愚 人 节

4月1日，愚人节，何危和程泽生正在经历这个不怎么愉快的节日。

"小夏，你现在在哪里？"何危拿着手机，在打电话。

"在局里啊，怎么了何支队？"

"今天工作任务还记得吗？"

"记得，你半个小时之前刚布置的。"对面传来翻笔记的沙沙声，"排查幸福小区，仔细检查冰柜、水箱、地下车库，还有后面那条河。"

何危表情一僵："我半个小时之前布置的任务？"

"对啊，你、崇哥还有二胡哥不是出发去安阳抓嫌疑人了吗？"夏凉糊涂了，"何支队，你怎么了？"

"没什么，愚人节开个小玩笑，工作仔细点。"

何危挂了电话，看向程泽生："两个问题。一，今天的确是4月1号；二，这个时间段的'我'在外地追捕嫌疑人。"

程泽生很快品出弦外之音："存在另一个'你'，正在外地办公？"

何危捏着眉心："我觉得那个'我'才是应该正常存在的，在我的记忆里，那天的确是去的外地，大概4月3号抓到嫌疑人，才押回升州。"

如此说来时间重置，但是他却没有跟着时间一起重置，而是以将来的个体回到过去，相当于是这个时空里"多"出来的何危。不过问题又来了，他都算是多出来的，那另一个世界的程泽生呢？岂不更是多余？

何危打开微博搜索，果真，钢琴家程泽生是存在的，今天凌晨还发了一条微博，祝大家愚人节快乐。照片的拍摄地点也是在他家别墅，背后那幅配色古怪的油画何危欣赏不来，因此印象深刻。

而程泽生也在研究自己的手机，所有的信息记录都是4月1日之前的，和何危一样，4月1日之后的现场照片也全部不见，却奇迹般留存着一个音频，点开一听，正是拜托连景渊录的那段钢琴音。

"这是什么意思？只有它留下来，跟着我来到了这里。"程泽生皱着眉，何危耸耸肩，他也很茫然，不过之前的午夜12点，是这段钢琴音连接彼此的世界，这次的时间重置或许和它也有一定关联。

程泽生又试着拨了几位同事的号码，显示是空号；再拨何危的，奇迹又一次发生，接通了。只不过何危手机里的来电显示是"无法识别"，和电信诈骗号码一样。

而何危拨程泽生的号码，也能打通，来电显示同样是"无法识别"。

"那你和他现在共用一个号码？"程泽生提问，"这样的话岂不是会产生你的同事想打给原本的何危，结果不小心打给你的现象？"

何危摇头，他也不清楚，真发生的话再说吧。记忆里这段时间并没有出现异常事件，直到发现程泽生的尸体为止，之前的日子都是千篇一律，并无特别之处。

"现在我们两个，在这里都算是多出来的，发生这种离奇现象，要尽量避免和对方相遇。"何危摸着下巴，打量着空旷的公寓，"暂时先住这里吧，反正还有十几天'我'才会住进来。"

049

程泽生忍不住好奇："我们和以前的你接触的话会怎么样？"

"不知道，但我们如果出现在'我'面前，肯定会让'我'三观重组，后续会发生什么就无法预测了。"何危摇头，"别做这么危险的事，我高中同学说过，宇宙秩序不允许出现这种'矛盾'。他就是搞这块研究的，听他的不会有错。"

就算理解不够透彻，从看过的相关类型的科幻片也能得到警示。《蝴蝶效应》就是一个最好的例子，主角回到童年，一个微小的举动就有可能彻底改变他和身边人的未来。程泽生点头，那还是静观其变，别和他们接触比较好。

何危的手在口袋里摸索，钱包和卡都在，公寓钥匙不见了。程泽生从口袋里摸出一把钥匙，就是黄局给他的那把，何危奇怪："为什么你的还在？"

"不知道。"程泽生想了想，"可能我不属于这个世界，观光客没必要搜刮干净吧。"

不管怎么样，有一把钥匙就好。何危和程泽生一起下楼，别的不重要，先把牙膏牙刷这些生活用品买回来。两人到现在还是蓬头垢面，虽然不说出来别人也不会发现，但自己心里就硌硬得不行。

两人路过站台，等车的女孩子不经意抬头，看见程泽生之后忍不住悄悄多瞧了几眼。何危才想起程泽生在这里身份不一般，是大明星钢琴家，公众人物，这样毫无防备地走在路上肯定会被认出。路人当然分不清真假，只知道这是程泽生就对了。

"你低调一点。"何危示意，"低着头走路，前面有药店，我去买一袋口罩回来。"

口罩买回来之后，程泽生戴上，拿出一个递给何危："你不需要？"

"我要什么？'我'现在在外地，你忘了？"何危的视线在周围扫过，"而且这里我原来没来过，没熟人，就算被看到了，说是何陆就行。"

程泽生心生羡慕，他不习惯戴口罩，主要是每次一戴上就感觉像是要出现场去了。可现在明明是和何危在一起轧马路。

商场里，何危还给程泽生买了一顶黑帽子，让他的伪装更加成功。付钱时，程泽生把卡拿出来，意料之中刷不出来，每一张都是读卡错误，扫二维码付款更绝，要么黑屏要么就是卡在付款界面不动。

这下可以得出结论，程泽生的所有资产在这个世界也是无法使用的。他除了人来了，吃穿用度都得靠何危，距离"小白脸软饭男"的通俗印象又近一步。何危感慨，幸好他除了工资卡之外还有另外一张不常用的卡，里面有一定存款，平时没有短信提示也懒得查账，刚好适合这种情况使用，隐蔽性好不易被发现。

两人出去一趟很快回家，晚上就靠速食食品凑合。家里的锅碗筷子都是现买的，由于没有桌椅板凳，两人盘腿坐在地上吃了一顿。睡觉又犯了难，两个大男人躺在地板上度过一个艰难的夜晚，第二天早晨醒来，彼此还在，愚人节过去，时间走到4月2日。

"今天去装饰城看看，再睡在地上我的脖子要断了。"何危揉着肩抱怨。

"顺便再买几件换洗衣服，"程泽生扯了扯T恤，"看样子这日子不是一两天能结束的。"

两人洗漱之后出门，打车去附近最大的装饰城。何危工作忙，从来没有自己置办过家具，除了上次查赵深的案子之外，几乎没有来过这里。程泽生和他并排走在一起。

"你看，那边的沙发茶几是不是和家里的一样？"程泽生拽着何危往店里走。

何危走进去，果真那家店里成套的沙发茶几不论颜色、款式，都和家里的一模一样。店员热情地迎上来，告诉他们这是最后一套了，那边还有同系列的一套桌椅，一起买的话可以打折。

"好像也和家里的桌子一样。"程泽生低声说。

"这个沙发配色简单款式大气，还可以变成小床！"店员拉着沙发底部往外一抽，顿时沙发座椅降下去拼成一个小床，"招待客人多方便，平时也能躺着看电视，多好！"

何危和程泽生目瞪口呆，住在家里两个多月，竟然没发现有这个功能？！

程泽生道："嗯，买。"

"……"何危无奈，只能刷卡。

买过沙发之后又去买衣服，两人下午3点到家，5点不到，沙发、茶几和桌椅就送来了。程泽生拿着毛巾把茶几桌椅擦干净，何危端着盆去厨房换水，这时忽然传来门锁响动的声音，程泽生眼疾手快地戴上口罩和帽子，打个手势让何危先别出来。

一个身材矮胖的中年男人走进来，穿着深蓝色制服，身后还有几个工人，正将宽大的木头箱子往里挪。

"哎，你是谁？"

何危全身一僵，是郑局！

程泽生已经从他肩头的银橄榄和花判断出这是市局领导，立刻装得诚惶诚恐："我是送沙发的。"

"谁让你来送的？"郑福睿皱眉，看着茶几，"我也没来得及订啊。"

何危蹲在厨房里，悄悄摸了一瓶酱油，拿筷子蘸一点，戳在眼角下，对着光亮的柜面看一眼，嗯，差不多。他右手在盆里沾上水，把刘海扒到脑后,站起来气定神闲地走出厨房。

"是我订的。"

郑福睿偏头,看见熟悉的人走出来:"何危?你不是在……哦不对,你是何陆?"

"何陆"腼腆一笑:"郑局长,好久不见。后面是什么?帮我哥买的?"

郑福睿立刻点头:"对对对,你哥成天忙工作,当个甩手掌柜什么都不管。"他难得休息还要帮这小子去挑家具,今天刚把床买好。

"他就是这样,平时家里也什么事都不管,甩手掌柜当惯了。""何陆"拍了拍沙发,"您看看,款式还行吧?料子也不错,搭的茶几桌椅,我就一起买回来了。"

郑福睿走过去和他讨论起沙发,"何陆"对程泽生使眼色,让他混在那几个搬家具的工人里面上楼,别在郑福睿眼前晃。

"何危有你这样的弟弟真不错,那行,既然你帮他买了,剩下没用完的钱我再给他。"

"您直接给我吧,别告诉他我帮买的,就当是您一手包办的。""何陆"轻咳一声,"这次其实是我爸……您懂的,还是别让他知道了。"

郑福睿拍着"何陆"的肩,明白,家家都有本难念的经,何危和他爸关系紧张也不是一两天了。他拿出一个信封,里面装着一沓现金,递过去:"那就你收下了,帮他把这儿都弄好,差不多了我就通知他搬家。"

"嗯,好,麻烦您了,郑局。"

家具店的工人下来了,床和柜子已经安装结束。郑福睿点点头,装好就行,他还有事,要赶回去。"何陆"送他去门口,郑福睿忽然回头:"对了,你没钥匙怎么进来的?"

"……"

没等他回答,郑福睿又说:"是楼下物业给的吧?那你就先拿着,物业那里我打个招呼,你来也不用登记了。"

"嗯,好,谢谢郑局。"

送走郑福睿之后,何危长出一口气,手心已经汗湿。

程泽生站在楼梯口探头:"走了?"

"走了,幸好我机智。"

程泽生跑下来,打量片刻后说:"真的很像。"

"双胞胎兄弟嘛。"何危笑了笑,把支棱的刘海抹平了,再抽张纸把那一点酱油给擦掉,"我和郑局交接过了,他应该不会再过来,都交给我弄了。"

楼上的床铺还是空的,但是有沙发可以睡,拉下来放成床后,两人躺在一起聊天。

他们都不明白时间重置的目的是什么,让他们回到过去,是有什么特殊含义吗?还是说这只是不小心碰上的意外,比如那颗超新星爆炸,影响到地球的磁场,才会偶然造成了空的扭曲?

整点报时的钢琴音响起,两人同时抬头看向石英钟,面面相觑。

不对,12点的钢琴音应该是另一段曲子,而不是和平时一样的钢琴曲。

"好像从昨晚开始声音就不对了?"

"我们都没注意,但12点的钢琴音的确不是这样的。"

何危爬起来,踩着凳子去检查石英钟,过了会儿说:"应该是人为改动的。"

"有人在我们住进来之前,改掉了报时的钢琴音。"

第61章
你帮过我的

家具陆陆续续补全之后，公寓渐渐恢复到他们熟悉的样子。连续几天没有上班，程泽生恍惚之间生出一股强烈的不真实感，如此轻松惬意的生活像是一场梦。

何危出声说道："我今天要去一趟市局。"

"去市局？你不怕被发现？"

"我要去确认一下那个'何危'是不是真的存在。"

……

升州市局对面的小吃店里，何危戴着帽子，正在慢条斯理地吃一碗炒饭，余光时不时瞄向警局门口。

程泽生留在家里，他目标太大，不适合做这种蹲守工作。何危低头看表，如果没记错的话，过一会儿"他"就和崇臻一起出来了，然后来这里炒两个菜吃午饭。

果不其然，1点左右，市局里走出两道他再熟悉不过的人影。他们身穿制服，一起往店里走来，何危又将帽檐向下压了一点。

"老板！辣子鸡丁、糖醋里脊，你还吃什么？"崇臻问身边那人。

只见他抬头看着菜单，说："西红柿炒蛋好了。"

"蒜薹炒肉不好吗？招牌菜。"崇臻立刻改口，"不对，你蒜薹好像也过敏。得得得，你算是没口福了。"

两人点菜之后找个位置坐下，何危坐在角落里，和他们距离甚远，几乎是一条对角线。但他能清楚看见"自己"的一举一动，熟悉的表情动作、坐姿都如出一辙，就跟照镜子似的。

尽管先前何危对时间回溯还存在质疑，总觉得不太靠谱，但活生生的那个"自己"出现在眼前，视觉冲击和精神冲击相当强烈。

他吃过炒饭之后不动声色地离开，两人还在谈笑风生，完全没发现另一个"何危"与他们擦肩而过。

离开小吃店之后，何危帮程泽生带了一份饭回去，到家发现他正在刷微博，显然是对这个世界的程泽生充满兴趣。

"国际钢琴比赛金奖、银奖，这人生履历够光辉啊。"程泽生感叹，"真是没想到啊，另一个我居然会习惯活在镁光灯下，我从小到大连多看相机的镜头几眼都受不了。"

"你们生活在两个不同的世界，生长环境不同养成的性格当然不同。你那边的何危不是胆小懦弱吗？还给何陆欺负。如果换成我的话，只怕何陆胳膊都要断了。"何危把外卖拿出来，递给程泽生。

程泽生捧着餐盒，何危坐在桌边托着腮发呆。他发现之后问何危："今天见到那个谁了？"

"嗯，他和我关系最好的同事在一起吃饭。"何危喃喃道，"这种感觉真是奇妙，明知道他就是我，每一个动作表情都很熟悉，但内心总是会莫名其妙地不舒服，感觉在这个世界上只应该存在一个何危才对。"

程泽生放下筷子："你感受一下，我是真实存在的吧？但还有另一个公众人物程泽生，如果我和他只能留一个，你感觉谁存在比较合理？"

何危道："这不一样，性质不同。"

"就是一样的,既然能让我们作为单独的个体完整地回来,那就说明你和他是可以共同存在的。"程泽生揉了揉他的头发,"别乱想了,明天我们出去走走？你生活的地方我还没好好转过。"

"有什么好转的,你不也在升州市？"何危吐槽。

不过天天在家也不安全,万一郑局再心血来潮来一趟,还瞒不过去。何危瞄着放在沙发上的外套,想出去就带他到处走走吧,这件黑外套明天给他穿,低调最重要。

"这里是我以前的高中。"

程泽生惊叹:"你是全市第一的高中毕业的？！"

"嗯。"何危坦然承认,反问,"你是哪个学校毕业的？"

"升州师范附中。"程泽生轻咳一声,"中考差十来分,没够上线。"

"哦,看你很羡慕的样子,带你在周边转转吧？"何危眼中带着笑意,"我们学校环境不错,前面是一个公园,夏天上晚自习之前我经常去公园里背书。"

程泽生道:"谁羡慕了？你们学校有公园我们学校还有山呢。"

公园转过一圈,何危带着程泽生坐车去自己的大学。他是警校毕业,当时因为专业在分校区就读。相较于坐落在城里繁华之处的东校区,何危所在的北校区显得偏僻许多。前面是湖后面是山,走两步就是国道,但好歹是在大学城里,穿插着商业街,来消费的都是附近的学生,也挺热闹。

"十几年前我上学的时候可不这样。"何危指着这条街,"原来这里都是水沟,还有芦苇荡,晚上连个路灯都没有。我们老师说了,晚上别离校,小心淹死等同学来帮你验尸。"

"你们老师真是直白。"

他们两人正在等杂粮煎饼,摊煎饼的老板说:"小伙子你说得对,十几年前到处都是黄土坡嘞,哪有大学城,就一个刑警学院。"

何危递给程泽生一个眼神,没说谎吧,惨得真情实感。

"不过也有好处,当时后面那座山就给我们学校包圆了,什么演习都在上面弄。"何危忽然想起什么,问老板,"师傅,再往前走是陈家村吧?"

"陈家村还远嘞,坐676得三站路。"

"不远了,挺近的。"

拿上煎饼之后,何危拉着程泽生:"走,带你去个地方。"

天色已晚,676路在茶岗站停下,程、何二人下车,程泽生咬一口煎饼,问:"这里是什么地方?"

"这一条是102国道,往北边的方向走是一个叫'陈家村'的小村子。"

程泽生点点头:"然后?"

何危笑而不语,走在前面,程泽生跟着他,顺着国道走过一栋栋自建的小楼房,最后停在一家酒店前面。

"盛世大酒店",名字的确霸气,但开在这种偏僻的国道附近,想拥有高端定位也不怎么现实。路边停着几辆车,都是路过吃饭或者投宿的客人的,何危没打算进去,手插在裤子口袋里,抬头看着这栋五层楼房的楼顶。

"怎么了?"程泽生也盯着那里,"有什么特别之处?"

"很特别,在公馆的案子之前,我查的就是这里发生的一起闹鬼命案。"何危指着院子,"考考你,死者高坠身亡,落地点在拐过去的花坛,距离楼房大约有一米五的距离。起坠点的栏杆有十厘米刮擦痕,留下正握手印,台阶上还有半个泥鞋印,墙角也有半个后跟鞋印,都是属于死者的。提问,死者是以什么样的姿势掉下来的?"

"等等,这个要做掷物实验的吧?别告诉我你们就是在脑子里模拟出坠楼现场了啊。"

何危笑了笑,那意思摆明了就是我们当然做过了,已经有明确结果,否则都不会让你猜了。

程泽生捏着眉心,根据他给的线索努力还原现场:"正握,刮擦痕,台阶上和墙角都有被害者脚印……台阶?他踩到台阶上不会是要往下跳,应该是用来支撑的吧?"

何危很满意,程泽生脑子灵光,一个抵得上俩二胡。如果那天带他来现场,肯定只用做一次实验就能出结果了。

他揭晓答案:"被掀下去的。第二个问题,目击者说看见天台上站着一个老头,我们查监控,案发时间段没查到任何人上天台的录像,你猜猜是怎么回事?"

"鬼魂索命是不可能的,肯定是通过什么特殊的方法上去的或者是躲过了监控。"程泽生推测,"从外墙的空调架爬上去?监控视频有拼接?"

何危摇头:"都不对,是凶手将监控右移了一个很微小的角度,创造出监控死角。我们进行过实验,只要稍加练习,贴着墙行走的话的确可以躲过监控,创造出一个闹鬼的假象。"

程泽生点头:"这嫌疑人还挺聪明的。"

"反侦查能力也不错,全程都是戴着手套鞋套,干扰警方的调查。"

两人正在闲聊,何危不经意地回头,发现身后不远处多了一个男人,外表憨厚老实,正背着手站在树下闲晃。

何危对这张脸印象深刻,因为他正是这间酒店的保安,刚刚讲的那个案件的凶手——李诚贵。

李诚贵呵呵一笑,走过来:"两位咋不进去吃饭?俺们这儿可是这附近最好的酒店了!"

何危笑了笑:"不饿,随便看看。"他打量着李诚贵,这个保安总是副老实巴交的模样,如果不是他们排查出他和王富生的关系,恐怕还无法将他捉拿归案。

李诚贵打了声招呼,回保安室里坐着,抱着保温杯看手机。何危和程泽生离开时,程泽生回头看一眼盛世大酒店,说:"这里十天之后就会发生命案,我们也不能阻止吧?"

"嗯,理论上来说,阻止的话就会破坏我后面的经历了……"何危的话音戛然而止,他忽然回头,瞪大双眼盯着保安室里那道悠闲人影。

"何警官,你帮过我的"——当时李诚贵被抓时说过这句话,何危早就抛到脑后,刚刚它猛然从脑海中一闪而过,一个可怕的想法渐渐升起。

如果……如果是真的,那岂不是……

他立刻转身,走了两步又停下,一时间不知该如何是好。

程泽生拉住他的胳膊:"你怎么了?脸色这么难看。"

何危微弓着腰,捂住嘴,手在轻轻颤抖。

身为警察,何危尽职尽责,问心无愧。但这一次,他不仅不能去阻止命案的发生,还有可能是其中一个隐形的推手。

第62章
暗藏的循环

何危在回去的路上沉默不语,到家之后拿一听啤酒,叼着烟靠在阳台栏杆上。

他什么都没有告诉程泽生,既不知从何说起也无法开口。程泽生不清楚那起闹鬼命案的所有过程,何危却是调查过的,因此内心的愧疚感更甚,仿佛是他亲手夺去了一条人命。

"你从去过那家酒店就开始不对劲,到底出什么事了?"程泽生也拿了听啤酒出来。

"没什么,就是有点怀疑这次回来的目的。"何危喝了一口啤酒,眺望着万家灯火,"忽然发现有些事是我未能预料到的,脑中有几个念头,有一些初步的想法,但又得不到验证。"

"说说看,你有哪些想法?"

何危面露犹豫之色,他先前有一些事情瞒着程泽生,比方说他哥哥说的"局",保险柜里的照片,都没有告诉他。因此现在要聊起来,需要解释的部分太多,并不是嫌麻烦,而是怕透露过多,程泽生会牵扯得更深。

程圳清几次开口,希望他不要把程泽生带到这里,但现在已经变成这种情况,那句"you die"的暗示,何危只祈求是一个,而不是两个人一起出事。

见他不愿开口,程泽生靠近了些:"你说啊,我发现你总是喜欢把事情闷在心里，说出来才好解决啊。"

"没什么，可能是我自己胡思乱想吧。"

"……"程泽生把啤酒放到架子上问："何危，都这种时候了，你为什么还不信任我？"

"我不是……"

"你就是，你什么都不告诉我，我跟你一起回来，真的只是当个观光客？"

两人的目光碰撞，程泽生的乌瞳里暗含倔强。

终于，在这种认真又复杂的注视之下，何危认输了，他不由得叹气，和程泽生回到客厅，拿出纸笔给他解释前因后果。程泽生还未听完就按住他的手："这些只是你的猜想而已，万一他的犯罪行为根本不受你的影响呢？"

"从你后来破案得出的时间线来看，他早就在策划这次行动，扮鬼的时间也早于今天遇见我们，所以你不能说他是因为受了你的暗示才有后面的犯罪行为。"程泽生语气软下来，"何危，我们破案都讲究证据，你在没有证据的前提下，心里就别带上这种负罪感了，行不行？"

何危单手捂住脸，眉头紧锁，摇头："没办法，我是警察，一旦想到有促成犯罪的可能，根本接受不了。"

"我知道，我们是同行，我能理解你的感受。正常情况下，我们都会疾恶如仇打击犯罪，但现在我们遭遇的事情并不正常，你也不要用常理去考虑。"程泽生看着他说，"你如果真感觉他犯罪是你造成的，那我们就试着阻止。"

"……阻止的话，我更加不确定接下来会发生什么。"何危叹气，"有些事我没有告诉你，是不想你陷入危险。我明白你的意思，好了，我暂时也不去想这件案子,别担心。"

如果只是为了买一些必备的日用品就出门,那也未免太小看警察的思想和觉悟了。今天何危带着程泽生去的地方有点特别——伏龙山公馆。

这座废弃的公馆一直隐藏在深山之中,平时鲜少有人前来,连附近住在山里的村民也不会轻易靠近,纷纷避讳这座颓废诡异的公馆。

"我爹还在的那时候,那座宅子可热闹,三代同堂,一家十口加上保姆用人,全部住在里面。每晚那个灯啊,亮到半夜才熄,逢年过节更夸张,大红灯笼一夜点到天亮。"抽着烟袋的老农指着山头,"从那头看下去,山里就这一处亮堂,像夜明珠。"

"后来啊,说搬走就搬走,一眨眼那栋大房子就空了。也没挂出去卖,有孩子偷偷溜进去,吓得跑出来,说遇见鬼了。一传十十传百,咱们都怕碰到脏东西,没人敢靠近了。"

"好嘞,谢谢大爷。"何危和程泽生谢过老农,继续往公馆的方向走去。

今天阳光灿烂,温度快突破30摄氏度,何危将口罩拉下来,呼吸一口山里的新鲜空气,鼻尖上已经焐出汗。

"看来两边闹鬼的情况差不多,我们那里搬走的户主也是因为家里经常听见怪声,才会搬去城里住。"程泽生说。

"根本就不是闹鬼,他们只是听见了不属于这个世界的声音而已。"何危打个比方,"就像我们居住的404公寓,当初在看不见你的情况下,我也能听到莫名其妙的声音。公馆里的空间既然能折叠渗透,那住在里面的人遇到的现象肯定更怪异。"

对于没有经历过这类现象的普通人来说，会产生惊恐的情绪再正常不过，举家搬迁是首选。程泽生和何危顺着山路抵达公馆，即使在灿烂阳光下，被绿植覆盖、锈迹斑驳的公馆也透出一股阴森感，站在院门外，只感觉阴风阵阵，气温都降下几摄氏度。

何危从口袋里摸出塑胶手套，递给程泽生一副。这是买口罩时顺便在药房买的，何支队经常出现场，口袋里随时揣着一副，是居家旅行必备用品。

程泽生戴好手套，何危走到院门外，轻轻一推，门就开了。他低头看一眼，难道门一直没有锁上？记得那天夜里过来，两扇院门大敞着，但应该是学生推开的才对。

从院门进去，两人都很小心，拣不易留下脚印的青石板走。来到公馆正门，一把锈锁挂在门闩上，何危将它拿下来，程泽生推开门。

公馆里和他们办案时见到的一样，所有的摆设都在记忆中的位置，没有动过。何危看着地面，地板上铺着一层厚厚的灰，足以证明长时间无人踏足，他们或许是近段时间唯一的访客。

"看来在案发之前，这里都没人来过。"何危又将门合上，挂好门锁。程泽生打量着公馆："你不好奇那天晚上发生了什么吗？"

好奇是肯定的，公馆的案子一直悬在那里，都快成了何危的一块心病。

退出院子之后，程泽生带上院门："我们可以14号再来一趟，这样就能知道你这边的钢琴家是怎么死的了。"

"可惜我不在你的世界，无法知道那边职员的死亡状况。"何危默默叹气。

下山之后，何危领着程泽生去城南附近的一条美食街，那里有一家姜母鸭很有名气,带他去尝尝。此时正是饭点,吃饭还要排队,何危去领了一张号码牌,坐在门口等着也没意思,干脆和程泽生沿街遛一圈。

路过一家玩具店,程泽生忽然站住,拽住何危:"这个你小时候玩过没?"

何危回头一看,五颜六色的玻璃弹珠装在扭蛋机里,一块钱一次,转下来多少拿多少。

看着程泽生隐隐发光的双眼,何危和老板换了几个硬币,递给他一个,眼神中带着一种对"孩子"的无奈。

不得不说,程泽生的手气不是一般差,一块钱投进去,转出来一个。滚出来的弹珠中间的花纹是红白色的,程泽生显然不满意,何危手插在口袋里,在一旁吐槽:"市面上一块钱最少买两个,你倒好,一块钱转一个出来,厉害。"

程泽生表情愤然,把弹珠揣进口袋里,一把硬币递到面前,何危眼中夹着促狭:"全部转完?"

"不来了。"程泽生拿着硬币走到旁边的饮料贩卖机前,依次投进去。还费那个钱,玩一次尝个新鲜就得了,剩下的钱不如买饮料。

"你喝什么?"他拉下口罩,看着贩卖机,"可乐、雪碧、冰红茶还是矿泉水?"

"雪碧吧。"

"嗯,好。"

雪碧掉出来之后,程泽生弯腰拿起来,刚转身就发现身后两个女孩子表情激动无比,盯着他两眼放光。

程泽生迷茫几秒,只见她们的眼神越来越狂热,扎着马尾的女孩胆子大,走上前挡着嘴低声问:"你是……程泽生吗?"

程泽生下意识点头,只见她激动得捂住嘴,生怕会尖叫出声。何危侧身打开雪碧,装作自己是路人甲,什么都不知道。

程泽生明白了,他是遇上钢琴家的迷妹了。

虽然他是程泽生,但也不是她们印象中的那一个。何危对他使眼色:快装一下。

程泽生被赶鸭子上架,只能将错就错,笑了笑,打个手势,让她们低调,别把人引过来。

何危打量着个头稍矮的短发女孩,总觉得她有些眼熟,仿佛在哪里见过。

不等何危细想,程泽生已经戴上口罩,拉着他匆匆离开。留下两个妹子还留在饮料贩卖机前,回味和偶像的惊喜相遇。

"路上还能遇见粉丝,当明星真是不自由。"程泽生嘟囔。

何危忽然扭头,盯着那个短发女孩,渐渐回想起来。

那天他和崇臻一起上山,询问他和程泽生是不是朋友的那名粉丝,正是这个短发女孩。

何危低着头脸色不好,内心的不安感越来越强烈。

他和程泽生,好像陷入了一个循环的局中。

第63章
钢琴家程泽生

当何危意识到他和程泽生可能走入了一个正在循环的局里,再联想起程圳清说的那些,猛然之间悟透其中的关联。

程圳清知道的不是一点点,而是很多。他甚至可能知道这个循环所有的流程,从什么时候开始、到什么时候结束以及中间会发生什么,都有可能清楚了解。

"需要帮忙的话,想办法找到我。"

何危记着这句话,现在派上用场了。

"你说要去找我哥?!"程泽生有些激动,"那……我能见我哥吗?应该不冲突吧?他肯定是认识我的,我和我哥见面也不会影响到你破案的进展。"

何危有些无奈,怎么不会?他现在已经确定,自己是和程泽生一起陷入这个循环中了。如果只有他一人的话倒是还好,他经历过的事心里有数,但多了一个程泽生,发生未知危险的概率都翻了一倍,下一步该做什么、不该做什么也渐渐没了底。

"我觉得应该这样,找到你哥哥之后,我先和他沟通,他确定和你见面没有问题,你再见他。"

程泽生连忙点头,在客厅里来回打转,一时间兴奋激动百感交集。程圳清去世三年了,一直是他内心不能揭开的一块伤疤。现在竟然有机会还能见到他,只是这么想想,内心就开始雀跃起来。

在先前的调查中,程圳清是居住在胡桃里,和人合租。何危顺着记忆中的地址摸过去,敲门之后,来开门的是一个穿着汗衫短裤不修边幅的男人,他眯着眼问:"你谁啊?"

"马广明在吗?找他有事。"

"他啊?不知道。"男人倚着门框打个哈欠,"我白天上班,回来之后他就出去了,根本碰不上。"

"他在哪里上班你知道吗?"

"我都怀疑他不上班。"男人瞬间精神起来,"长成那样,还天天有花不完的钱,买这买那,日子过得潇洒快活。真正上班的'社畜'是我这种,头发都快熬没了!"

何危懒得听他吐槽,他想亮出身份进去看看,又怕后面云晓晓他们过来会穿帮露馅,只能点点头,暂时先回去了。

程泽生在楼下等着,看见何危下来,赶紧问:"找到了吗?"

何危摇头:"借你的手机用一下。"

程泽生把手机递给他,何危拨的是程圳清的号码,无法接通。何危又去路边的公用电话亭,还是无法接通,看来并不是程泽生手机的问题,而是程圳清的号码压根就打不通。

"他会不会和钢琴家在一起?"程泽生推测,"他们关系不错,经常在一起也正常。"

"可能吧。"何危捏着眉心,"明天再去几个地方找找看。"

两人在胡桃里附近不远处的商场里吃饭,又去了一趟超市买生活用品,出来时街头华灯初上,天已经彻底黑了。

"差点忘了,还有东西没买。"程泽生停下脚步。

"……"何危从钱包里把卡抽出来递过去,密码也贡献出来,指着前面,"我在那棵树下面等你。"

何危在树下等着程泽生,不过三分钟,一道熟悉的人影冲出来,急急忙忙地从何危身边闪过,被他一把拽住:"你怎么了?跑这么急?"

那人一抬头,露出一双柔和又慌乱的漆黑眼眸。

何危怔住,再观察程泽生的穿着打扮,和刚刚已经是两套衣服。他穿着藏蓝色的长袖T恤,虽然也戴着黑色的帽子,但和程泽生的款式不同。

眼前这个人，从身高到长相和程泽生一模一样，眼神和气质却完全相反。程泽生的那双眼睛总是富有攻击性，像是一只等待捕猎的苍狼；而他的眼神却柔软温和，像是一只待宰的羔羊。对视那一瞬间，何危能明显感受到一股温柔干净的气息，这人和他熟悉的程泽生是两个人。

这是在他的世界，只见过尸体、从未打过交道的钢琴家程泽生。

何危下意识松手，程泽生没有离开，而是盯着他，不，确切来说是盯着他的外套。

"不好意思，有人在追我……能借一下你的外套吗？"程泽生眼中带着恳求，可能少有如此局促的时候，俊脸微红，措辞小心翼翼，"我经纪人已经在来的路上，但是我运动神经不发达，跑了两条街已经跑不动了……"

他的话音刚落，便有一群人从路口冲出来，大约十来个人，有男有女，左右张望，似乎在寻找什么目标。

程泽生睁大双眼，不能再多逗留，他刚要继续往十字路口跑去就被何危拽住，拉到大榕树的背面。

人群已经向这边跑来，何危脱下外套扔给程泽生，打个手势让他蹲下。程泽生照做，裹着黑外套蹲在地上，将自己缩成一团紧贴着树根。

"嗓子捏细一点，开始哭。"

程泽生一怔，脸埋进胳膊里，尽量发出细弱的呜咽声。何危也蹲下来，从裤子口袋里拿出烟盒，抖出一根点上，搂住他的肩低声抚慰。

"好了，别哭了，咱们回家好不好？"

纷至沓来的粉丝站在十字路口，不知道程泽生跑去了哪里，只看见有个男人在树下哄着正在闹脾气的女友。不知谁随便指个方向："应该去那边了！"于是一群人又举着手机闹哄哄地追过去。

喧嚣的人声渐渐远离,何危抻着脖子瞧一眼,确定他们不会回来,才站起来:"没事了,走了。"

程泽生抬起头,也不知是不是刚刚装哭用力过猛,鼻头和眼角都有些泛红,显得楚楚可怜。他站起来,身上还披着何危的外套,腼腆一笑:"谢谢帮忙。"

"不客气。"何危看着他,"你怎么会一个人出来?"

"我……我就是出来随便走走。"程泽生将外套还给何危,何危估计他是来找程圳清的,毕竟这里距离胡桃里很近。只不过出师未捷,先给粉丝逮着了,才会上演生死时速。

这也能证明程圳清并没有和他在一起。何危掐了烟,语气变得严肃起来:"你知道你哥哥现在在哪儿吗?"

程泽生一怔,看向何危的目光变得警觉,悄悄退后几步,趁他"不注意"转身就跑。

"……"何危张了张嘴,是他问得太直白吓到程泽生了?他是没想去追,否则程泽生这只弱鸡哪里能跑过五十米。

他摇头叹气,现在每走一步都会变得小心谨慎,不知什么该做、什么不该做。程圳清到底在哪里?难怪要说想办法找到他,这家伙压根就没打算那么轻易露面吧。

"看什么呢?"肩头被拍了下,何危回头,熟悉的那个程泽生终于回来了。

他的手中拎着一个大袋子,塞得满满当当,何危感到无语:"有必要买这么多?"

"今晚的夜宵,管饱。"程泽生看了看他说。

这种说话的语气、感觉,才是程泽生。何危笑了,和他并肩一起去等车，问:"你猜我刚刚见到了谁？"

"谁？总不能是你自己吧？"

"你。"

第64章
散落的弹壳

一连几天，程圳清还是没有消息，程泽生那股兴奋感渐渐被失望取代，怀疑因为他来到这个世界，不能和死去的哥哥接触，所以哥哥不见了。

何危却说:"我更相信是你哥有意躲起来，不想让我们找到罢了。"

日子一天一天过去，在10号那天，何危特意在夜里悄悄去了盛世大酒店。

那天下着淅沥小雨，盛世大酒店外围满了看热闹的人群，何危远远看一眼，心情骤然低落。

这件案子果真发生了，一切都和他之前所经历的一样。

程泽生安慰他别想太多，毕竟这样才是正确的。如果因为他们的阻止而改变了什么，不知道那何危的人生会变成什么样。

按照各类科幻片的结局来看，必然是比现在的情况还要混乱。

4月13号当天，何危一早把程泽生叫起来，今天有要事。程泽生问他去哪里，何危:"你家。"

"那不是我家。"程泽生问，"你就不怕钢琴家在家吗？"

"他白天不在，一家杂志社有采访。"何危拿出手机看了下时间，"今天也不是用人去打扫的日子,他家里没人,咱们去看看。"

办过案子就是方便。

钢琴家居住在别墅区,门口保安管理严格,但程泽生这张脸好使,口罩拉下来,说钥匙忘带了,保安认出是大明星,二话不说立刻放行。

进去之后,程泽生重新戴上口罩,脸上露出得意的神色:"怎么样?刷脸管用吧。"

何危低声说:"你该庆幸我们当时查监控查的都是下午4点他回来之后有没有再离家,否则的话肯定穿帮。"正是因为他清楚当时调查的所有细节,才敢让程泽生刷脸进去。

这个小区何危算是熟悉,尽量带程泽生走躲开监控的路。钢琴家的家里没有装监控,当时他们在侦查时有所抱怨,现在又感到庆幸。

站在门口,何危看着指纹锁,扬扬下巴,示意程泽生去开门。

程泽生有些不满,怎么你使唤我跟使唤小狗似的。他从右手开始,手指依次试过去,只试了两次,试到右手食指,传出解锁声,门开了。

"他的密码挺一致的,包括后面的地下兵器库,都是用这个指头解锁的。"何危习惯性戴上手套,程泽生不用戴,这里等同于是他的"家",留下什么指纹都不会惹人怀疑。

别墅宽敞明亮装修奢华,客厅干净整洁,程泽生四处张望,发出感叹:"不愧是明星啊,住的都是豪宅。"

何危拿起桌上一本杂志翻了翻,随口回答:"还好。"

"还好?"

"我家比这里大。"

程泽生蒙了,似乎无意间得知了什么惊人的秘密。虽然何危的生活方式以及行为模式和印象中的富二代相去甚远,但人不可貌相,万一人家就是衔着金汤匙出生的富家少爷呢。

两人在钢琴家的家里搜索着,想找到一些有用的线索。程泽生打开卧室房门,精致的巴洛克吊灯、欧风十足的特大号大床、一幅幅印象派油画……他浑身一颤,差点被这满室的艺术气息击退。

嗯,不愧是钢琴家。

程泽生走进去,只见干净整洁的书桌上摆放着琴谱还有一本日记本。他拿起日记本,翻开一看,每一页都是简谱,下面还有填词,似乎是钢琴家在家里闲来无事写的歌。

这些东西虽然不是自己书写的,但字迹却太过熟悉。程泽生翻到空白页,拿起水笔,在上面写下一段简谱,翻到前面看一下,果真是一模一样。

程泽生笑了笑,明明生活在不同的世界,字迹还能保持相同,实在是有趣。

"程泽生,你在楼上?"

楼下传来何危的呼唤,程泽生答应一声,把本子合上放回去,笔又摆回原位,站在门口看一眼,满意点头,将门重新带上。

"楼上有收获吗?"何危站在楼梯口,抬头看着程泽生。

程泽生摊开手,没有收获,钢琴家没在家里留下任何和程圳清相关的信息。何危摸着下巴,一无所获也能理解,从上次的反应就能看出,程泽生对于哥哥的信息很敏感,也许是程圳清的授意,让他很小心地保护哥哥的信息,因此家里也从来不会留下和他相关的东西。

"去地下兵器库看看。"何危领着程泽生去车库,搬开杂物之后找到指纹锁,直接说,"用开大门的那个。"

程泽生伸出右手食指,毫无阻碍开了锁。两人顺着楼梯下去,停在一道门前。何危手按着门把手,笑道:"做好心理准备,可别被吓到。"

"能有什么被吓到的,不就是……"

门推开之后,形形色色的枪支映入眼帘,程泽生的话戛然而止,瞪大双眼。

"这些都是他收集的?"

"确切来说,是你哥。他还教钢琴家怎么用枪。"何危进去之后,视线从一把把枪上掠过,猛然发现那把应该失踪的92式竟然挂在原位。

他把枪拿下来,低头沉思。凶器在这个时间段还在原位,那只能说明它是在钢琴家回来之后才被带出去的。是钢琴家自己把枪带去公馆的吗?他到底是被谁杀害的?

一只手从何危的手中把枪拿走,程泽生掂着那把92式,蹲下来在存放子弹的柜子里找到型号相配的子弹,眨眼之间已经装好一匣。

"后面有射击场对吧?"

"嗯,"何危走到另一道暗门前,推开,"这里。"

程泽生拉着何危一起进去,一看规模,还可以,这个长度能满足手枪射击的要求了。

"这里隔音怎么样?"程泽生抬头看着屋顶,"上面不会听见吧?"

"隔音做得挺好的。"何危挑眉,"怎么,你还想打几枪试试?"

程泽生坦然点头,不然呢?来都来了。他看见桌上的消音管,拿起来:"还挺专业的啊,不过可惜了,92式装不上。"

何危抱着臂,程泽生偏头问:"你枪法怎么样?要不要比一下?"

何危淡淡一笑:"不太行。"

程泽生让他别认真,就随便打打,脱靶都不会笑话他的。何危瞄一眼:"哦,行,你先。"

为了在何危面前炫一把技术，程泽生戴上耳罩和护目镜，端起枪。他的肩背挺拔，端枪的手臂和肩膀线条流畅，分外好看。接二连三的枪声响起，程泽生一连打了七发，几乎都在靶心附近，没有一发低于十环。

射击室里弥漫着淡淡的硝烟味，何危缓缓拍手，"啪啪啪"，技术还不错，对得起他这张脸。

程泽生摘下耳罩和护目镜，递给何危。何危戴上，从他手里接过枪："是你让我打的啊。"

程泽生看着他："别紧张，剩下八发都是你的，全打完。"

何危单手举起枪，动作轻飘飘的仿佛手腕使不上劲，"砰砰砰砰"一连串枪声响起，他打完之后摘下装备，看都懒得看。

八发子弹每一发都命中靶心，弹孔几乎留在同一个位置，形成重叠穿透孔。

程泽生疑惑："你管这叫'不太行'？"

何危点头："距离不太够。太近，打得没意思。"

"……"想要炫技的程警官被反秀一脸，心情复杂。

何危低头，看着地上弹壳散落的位置，愣了愣，再看看手里的枪，心里再次升起一种古怪感。

他和崇臻来这里，发现一地的弹壳，当时推测是钢琴家在地下室练枪，现在看来——这些弹壳都是出自他和程泽生之手？

如果真是这样，那枪呢？也是他们带走的？

"在想什么？"程泽生看了看何危。

何危眉头微蹙着，轻轻摇头。犹豫许久，最终把枪递给程泽生："放回去吧，我们该走了。"

程泽生去把枪挂回原位，何危看着地上的弹壳，再看到桌上的射击

075

装备和消音管，和当时推开这扇门时看到的场景别无二致。

何危沉默，这也是循环里的一环吗？

他已经不知该如何抉择，闭上眼轻声叹气，带上射击室的门。

时间不早，钢琴家快回来了，他们将车库恢复原样，悄悄离开别墅。走出别墅区之后，程泽生拿出手机翻了翻，何危一直低着头沉默不语，直到程泽生问"去吃这家怎么样"时他才回神，胡乱点点头。

两人打车去餐馆，何危盯着窗外，直到眼前的建筑越来越熟悉，才问："你要去阜佐路？"

"应该是吧？我也不清楚。"程泽生把手机递给他，何危一看，那家餐馆果真是在阜佐路，和湖月星辰隔着两条街。

"怎么了？这里不能去？"程泽生问。

过了片刻，何危轻轻摇头："不是，和案子没关系，只是那里离连景渊家很近。"

"哦，这样，那要不换一家？"

何危还是摇头，就去这家吧。

程泽生是在网上看到这家私房菜馆，便想带何危来尝尝。两人坐在包间里，何危心不在焉，说话也是有一搭没一搭的，程泽生语气变得小心："是不是又发生什么事影响了你的心情？"

何危的唇角勉强提了提，脑中思绪一片混乱。

不知不觉中，他和程泽生的举动似乎成为这个循环里不可或缺的一环，随着各种熟悉的环节被一一扣上，内心的不安感也越来越强烈。

他和程泽生，接下来到底会面临怎样的命运？

程泽生见他眉头紧蹙，对何危说："别担心。"

离开餐馆时，天边的夕阳已经挂在巷头。程泽生看着手机地图，带何危去出租车停靠站等车。他们走过十字路口,何危回头,背后就是湖月星辰的小区大门。

前方依旧是那两栋高楼,夕阳挂在巷口,金色余晖落在眼皮上,温暖又安宁。

第65章
对 不 起

凌晨的伏龙山幽深、诡秘,一轮明月高悬,银色月辉铺洒在静谧的山林。此刻临近子夜,万物已经陷入沉睡,山林里偶尔传出一两声野兽的叫声,两道人影在黑暗中穿梭,逆着月光前行。

何危和程泽生走的并不是那条开拓好的山路,而是后面一条没有开发的,沿路长满矮树丛的小路。何危走在前面,打着手电,拨开半人高的矮树丛:"这里现在是没有路,走的人多了就有路了。"

"走的人多?"程泽生的右脚给绊了下,他弯腰捡起树枝,"这破路还有人抢着走?"

"当然有了,钢琴家的粉丝,为了吊唁硬生生踩出一条路。"

"……"程泽生也不知道说什么,拱拱手,"厉害,佩服。"

从茂密的树丛中钻出来,两人的身上挂着不少苍耳和鬼针,手电筒放在一边,帮彼此收拾干净。何危看了看时间,12点还没到,公馆里空无一人,钢琴家还没来。

他们躲在公馆外的树下,踩在石头上面,程泽生问:"搜查时在山上没有找到鞋印?"

"不能说没找到，而是没找到有用的。"何危指着公馆后面，"我们当时搜索的方向是从公馆至后山，这条路脚印太多太杂，当时不知道是谁通知了媒体，警方封锁现场之后，记者们有一批是从这里上来的。"

程泽生抬手看表："他们怎么还没来？3点命案就发生了。"

"用枪杀人快得很，而且凶手枪法很准，一枪毙命。"

程泽生："比你还好？"

何危笑容浅淡："可能吧。"

程泽生不信，目前他遇到的同行里枪法最好的就是何危了，那样轻飘飘地打出重叠穿透孔，比他哥还厉害。室友如此优秀，程泽生打从心底冒出一股自豪感。

时间一分一秒流逝，程泽生和何危已经从站在树下静候变成坐在石头上唠嗑了。他们倒是不急，抓犯人蹲点是常事，但今天比较特别，关乎这宗谜题重重的命案，两人都显得心不在焉，眼睛紧盯着在夜色里越发诡异的公馆。

2点50分，公馆外终于出现人影。那是一个黑衣男子，戴着帽子和口罩，看他的穿着打扮，有点程圳清的味道。可以确定不是钢琴家，程泽生明显更高一些。

何危用口型问：像你哥吗？

程泽生观察片刻，缓缓摇头，用只有两人能听见的声音低声说："不确定。"

何危点点头，继续盯着男人。只见他推开院门走进去，到了正门停下，摘掉脚上的透明鞋套。

他把铜锁拿下来推开门，又摘掉手套放进口袋里，走进公馆。

程泽生首先站起来，何危拽着他的衬衫下摆，打个手势，意思是再观察一下。程泽生站得高看得远,眼看着男人进去,一下子没了踪影。

"他不见了。"

"不在屋子里?"何危也站起来,这个距离的确是观察不到男人的身影。程泽生单手扶着他的肩:"快3点了,咱们进还是不进?弹钢琴的怎么还没来?"

"砰!"

一声枪响从公馆里传出。

何危和程泽生一怔,程泽生动作快,已经跨了出去:"我进去看看!"

"喂!"何危赶紧跟在后面,心跳也下意识加快,"咚咚咚"快跳出心口。他们从12点等到现在,屋子里只有一个人,他的枪是对谁开的?难道会是自杀?

两人快步走进院门,也没急着冲进去,而是一人一边贴墙守着门口。身为警察都知道面对一个持枪歹徒会有多危险,何危给程泽生使眼色,程泽生点点头,看看四周有什么称手的武器,最后拣了一根锈迹斑斑的钢管。

他的身体牢牢贴着墙,胳膊伸出去手抵着门,缓缓推开一道缝。

"吱呀——"年久失修的大门发出的声响让人毛骨悚然,两扇对开的大门,程泽生打开的正是何危视角里的那扇。从这个角度,何危的视线范围内没有任何人的身影。

他对程泽生点头,自己轻轻推开另外半扇。果不其然,程泽生也没看到人影,他比画着简易的手势,意思是他进去看看。何危眉头紧皱,摇头,伸出两根手指,做出"走"的动作。

一起进去。

门彻底推开之后,何危探头看一眼,确定客厅里的确没人,他率先踏进去,程泽生跟在身后。

一侧阳台的窗户大开,银白色的月光落在地板上,将灰尘照出地上霜的即视感。何危盯着打开的窗户,再回头看着客厅,忽然说:"他是对着外面开的枪!"

程泽生停下脚步,蹲在地上观察着凶手留下的鞋印,心里升起一股微妙的不自在感,胳膊上渐渐冒起一层鸡皮疙瘩。

不太妙,这个鞋印好像是——

他刚想告诉何危心中的猜测,又一声枪响,何危反应相当快,一个侧身躲开,那颗子弹再次射到窗外。

"何危!过来!是圈套!"

程泽生喊出声,一阵很轻微的脚步声传入耳中,他一抬头,只见那个消失的黑衣人冒了出来,在他的斜对面,黑洞洞的枪口正对着何危的背后。

程泽生瞳孔骤缩,额头已经冒出冷汗,何危也发现了他,转身盯着黑洞洞的枪口。

他们此刻的站位很微妙,呈一个三角形,彼此的距离在两米之内,何危在程泽生的后方,但并不是正后方,枪口对着他毫无阻碍。

程泽生捏紧了手中的钢管,冷冷出声:"你是谁?"

黑衣人没有回答,只看了程泽生一眼,手中拿的92式继续对着何危,并且已经是解除保险的状态。何危倒是冷静,一步步缓缓走来:"程圳清?是你吗?"

他依旧没有回答,何危继续走近:"如果你是程圳清的话,应该发生的一切你都清楚,现在这样拿枪对着我,你真的会开吗?"

终于，一个低沉冰冷的声音冒出："会。"

这个字刚说出口，他的手指已经扣动扳机，程泽生观察到这一动作，来不及多想，扔掉手中的钢管，三步并作两步，如同一只猎豹跳过去，把何危拉向身后。

"呼！"

第三声枪声响起。

何危的眼前一片血红，胸口被喷涌而出的血液浸湿，滚烫炙热，血滴迸溅，如同一把红色的利刃从脸颊舔过。

程泽生和黑衣人对视，看到那明亮双眼中的震惊和迅速涌上的悲伤及歉意，一瞬间如同醍醐灌顶，所有的一切全部明了。

原来——是这样……

他的身体软倒下去，被何危接住，何危的手抑制不住地在颤抖，连带着声音一起嘶哑走调："程……程泽生！"

他脱下外套堵住程泽生的胸口，那里出现一个焦黑的洞，正在往外冒着汩汩鲜血。此刻何危完全慌了神，也管不了黑衣人是不是在眼前，着急去摸自己的手机："120，120，程泽生，你不会有事的，不会的……"

可心底却被绝望的乌云笼罩，程泽生的验尸报告一页一页迅速从脑中翻过，"一枪命中心脏""拇对掌肌和虎口有摩擦痕""右臂长期发力"，他看着程泽生涣散放大的瞳孔，视线渐渐模糊。

是他一直弄错了，在这里死掉的根本不是钢琴家，而是另一个世界的程泽生。

为什么没能早点发现？如果知道会是这种结果，他绝对不会选择带程泽生来这里。

081

"对不起。"

低沉的声音又响起,何危迅速抬头,黑色的枪托砸下来,正中侧颈。程泽生涣散的双眼还是盯着黑衣人,唇角提了下。

别道歉,我都懂。

一阵头晕目眩,何危支撑着想要站起来,杀人凶手收起枪,退后几步,这时一根麻绳忽然从后面套上他的脖子,一双手用力收紧麻绳的两端。

还有谁在这里?

眼前一阵发黑,何危来不及细看,已经合上眼帘。

山里的清晨总是被一声又一声鸟叫唤醒,何危缓缓睁眼,窗外的天空已经露出晨光。

微凉空气中飘浮着浓厚的血腥味,何危抬起手,落在身旁冰冷的尸体上。

他的眼中被一片阴霾占据,似乎已经失去光点,坐起来之后,一动不动地盯着程泽生。

程泽生的眼眸微张,脸色和唇色同样苍白,脸颊沾染了几滴血,但并未影响到他的俊美外貌。

程泽生死了。

这五个字在脑中不断循环播放,何危的内心已经木然,依旧坐在那里,坐在程泽生身边。

好累。

何危闭上眼,头一次感觉自己是如此软弱无能,浑身力气被抽干,连站起来的力量都没有。

他还记得数个小时之前夕阳西下,他和程泽生并肩而立,程泽生笑意盎然,带着他一起逛街。

何危低头,看着程泽生已经开始僵硬的手。

最终还是什么都留不住。

别墅里已经没有凶手的身影,何危隐约记得在晕倒之前,似乎看到还有一人出现,用绳子勒住了他的脖子。他们两个最后怎么样了?一起去了哪里?

破晓时分,5点半,距离程泽生死亡已经过去两个多小时,但何危知道他的尸体暂时不会被发现,要等到15号才会有警方来这里。

何危将浸满鲜血的外套从程泽生的胸口拿下来。

趁着尸僵还未扩散到全身,他将程泽生摆成正面朝上的姿势,手脚一起摆放整齐。何危起身之后,血迹果真出现一块空白,他笑了笑,自嘲又凄苦。

不是折叠空间的效果,他才是那个一直隐藏不见的"第三者"。

程泽生笔直端正地躺在地板上,身下有着一片血泊。何危跪在他的身旁,低下头。

对不起。

何危捂住眼,晶莹剔透的液体从指缝中不断溢出。

第 66 章
外 祖 母 悖 论

连景渊下课之后回到办公室,发现门虚掩着,他微笑着推开。

果不其然,何危来了。他坐在螺旋书架的第二层楼梯上,低着头弓着腰,浑身弥散着一股绝望和死气。

"今天怎么有空过来?"连景渊将书放下,笑容淡了下来,"你好像不太对劲。"

"出事了。"

何危低声说着,站起来走近。他身上穿着的藏蓝色外套上有一大片近黑的深紫色印记,不仔细看看不出异样,但随着他的走近,连景渊眉头微皱,闻到一股血腥味。

他把外套脱掉,露出里面染着大片暗红血迹的衬衫。连景渊一怔,赶紧问:"你怎么了?哪里受伤了?"

何危淡淡摇头,连景渊见他身上也没伤口,那这些血只能是别人的。而且整件衬衫几乎都被染红,加上外套,这个出血量恐怕伤者凶多吉少。

"你是不是遇到什么事了?"连景渊坐在何危身边,柔声询问,"我认识你这么多年,从来没见过你这副样子,说出来,也许我能帮得上忙。"

"你能的。"何危猛然拉住连景渊手腕,用了力,"这件事只有你能给我一个解释。"

连景渊感到腕骨被挤压的疼痛,另一只手搭在何危的手背上,安抚他的情绪:"没事,我如果能帮你,一定会尽力。"

何危低声开口:"6月16号那天夜里,会有流星雨和一颗超新星爆炸。"

连景渊疑惑:"6月16日的确是有预告会有北天琴座的流星雨,但是超新星……这个是无法预测的,你为什么这么确定?"

"因为我亲自经历过,"何危抬起头,脸色苍白,"那天之后,我回来了。"

连景渊怔了怔："你怎么回来的？"

何危喃喃回答："我不知道，就是那天夜里看过流星雨，早晨一觉醒来，就到了 4 月 1 号愚人节。"

"4 月 1 号？"连景渊仔细回想，"我记得你应该在外地办公？后来抓到嫌疑人之后市局的官博还通报的。"

"那是现在进行时的何危，不是将来的我。"何危静静看着他，"将来的我就在你面前。"

办公室里迎来长久的沉默，连景渊打量着何危，他的双眼空洞无神，一张脸毫无血色，表情让人心疼。再加上那一身狰狞的血迹，仿佛刚刚经历一场嗜血的战斗，遭受重大打击，颓然而归。

他说经历过两个月之后的超新星爆炸，回到现在这个时间段，这完全是无法想象也无法用科学来验证的事情。

连景渊将语气放得更缓："阿危，你先跟我回去洗个澡换身衣服，好好休息一下我们再谈，好不好？"

"不用，我现在想知道，如果再到那一天，我还能回去吗？"

连景渊无奈："你问我这种问题我怎么回答？别开玩笑了，你是不是记错时间？这个月也有流星雨的预告……"

"我没有在开玩笑，"何危站起来，手撑着桌子，牢牢盯着他，"你就是做物理学研究的，把理论搬到实践，为什么不信？"

连景渊拉开抽屉，从里面抽出一本《时间简史》，递给何危："你翻到两百零七页，那里会解释为什么我们至今没有遇到过未来的访客。"

何危翻开书本，那些什么能量、曲率、光子让他头昏脑涨，连景渊知道他不一定能理解，便解释道："时间旅行，从科学诞生的初期古人便有这一类推测,目前得到较多认可的结论是,时间旅行是可以存在的,但只限于从现在到未来。"

"过去是固定的,并没有允许从未来旅行返回所需要的那类卷曲,而未来是未知的、开放的,所以不妨碍拥有需要的曲率。此外回到过去还涉及一个著名悖论,叫'外祖母悖论',即我们如果可以任意回到过去,杀死我们的外祖母,那我们也不可能存在,你明白了吗?"

连景渊叹气摇头:"所以你说的这些以我的知识理论是无法认同的,而且你的样子……"他瞄着何危身上那件血衣,"我感觉你遇到了棘手的歹徒,或者是什么药物让你产生了幻觉,要不要去医院看看?"

何危手撑着桌,依旧沉默不语。连景渊又说:"我带你回去吧,你这样回警局不太好。"他从衣架上拿下一件外套,披在何危的肩头,"怎么样,先跟我走吧?"

何危的手搭着外套的边缘,偏头看着连景渊:"你的猫要去接吗?"

连景渊一愣,何危笑了笑:"刚接回来一个星期吧?斯蒂芬现在在家还是在宠物店?"

面对他的笑容,连景渊渐渐皱眉。斯蒂芬是他刚养的一只布偶猫,没有告诉身边任何朋友,也没有在网上晒过它的照片,更是从未带出去过。

"阿危,就算你是警察,也没有权利随便跟踪别人。"

"你知道的,我不会做这种事。"何危的食指轻轻抵着他的胸口,"这些都是我通过你得知的,如果还不信的话,你可以马上去警局,就能遇到现在的我。"

两人对视数秒,何危眼中的坚定和严肃让连景渊手脚发凉,他推了推眼镜，感到不可置信：“你……真的是从未来回来的何危？”

何危点头，静静看着他：“现在能回答我的问题了吗？”

何危带着一身水汽踏出浴室，斯蒂芬正蹲在柜子上歪头看着他，蓝色的双眼里装满对陌生人的好奇和小心。

何危伸手摸了摸斯蒂芬毛茸茸的小脑袋，斯蒂芬双眼眯起，布偶猫的好脾气彻底展现，但却没有过多亲近，只是扬着下巴让饲主的朋友抚摸。

"你们会成为好朋友的。"连景渊把换洗衣服递给他，"幸好我们身高、体形差不多，你先换上吧。"

那身血衣已经放进洗衣篮里，何危换上连景渊的衣服，平时那副清俊的模样总算回来了。现在已经是下午 2 点，何危借用连景渊的电脑，打开探险令的网站，搜索那条探险令的发帖账号，惊讶地发现竟然是还未注册的空号。

网站个人 ID 里无法查看注册时间，当时他们只知道那是个不怎么使用的新号，完全没料到在 14 号的下午 2 点，这个号还没有注册。

难道……何危捏着眉心，已经隐约察觉到什么。连景渊倒杯水递过去，见他脸色不好，在身边坐下：“怎么了？能说吗？”

"说出来恐怕又要颠覆你的学术理论，知道吗，我在回来之前调查的那个案子，其中有很多线索扑朔迷离，怎么样都找不到对应的人。"何危苦笑，"但现在我渐渐知道原因了。"

这些事情或许都是出自他的手，由他来完成。

连景渊想了想：“你是想说，重复自己做过的事，像一条莫比乌斯

087

环？"

"可能吧，"何危的眉宇之间充斥着疲惫感，"过两天我要去一趟局里，确定某些信息，就能有结论了。"

连景渊拍拍他的肩，表达无声的安慰。这显然已经超出他的理论知识范围，他也无法提出什么建设性意见，包括何危在办公室的那个问题，连景渊的回答也很局限。

"我不清楚，根据霍金的理论，有一种协调历史的方法可以解决由时间旅行导致的悖论。就是如果你能保证所有的一切不变，不会在历史留下痕迹，或许会按部就班一步一步进行到那个回溯的时间点。"

他帮不上什么，但如果何危有需要他的地方，他会一直在这里，陪在他的身旁。

等到3点，何危再次打开网站，那个账号依旧查无此人。他站起来："帮我找一件黑色的外套，还有墨镜，谢谢。"

连景渊去卧室的衣柜里找了一件不常穿的外套，又拿出一副去度假才会戴的墨镜。何危接过，从桌上拿了口罩，问："你们小区有什么不从正门出去的方法？"

连景渊想了一阵，才说："在靠近西门那里，有一个专门给快递点卸货的地方，工人为了图方便，锯了两节栏杆，就从那里进出走货，卸完再装上去。保安没发现，倒是有拿快递的业主发现了，感觉不安全，最近正打算投诉呢。"

何危明白了，难怪当时查监控也查不到黑衣人的踪影，有极大的可能性就是从那里离开的。他以为湖月星辰这种高端小区物业管理相当负责,绝不会允许"开后门"的情况发生,如果当时多问一句,是不是就能查到更多的线索、找到更多的证据?

何危穿上外套戴上墨镜:"身份证借我一下。"

连景渊从钱包里把身份证拿出来递到面前,何危从他的指间将身份证抽走:"都不问做什么用吗?"

"不用,你不会害我。"连景渊语气淡然,"随你用多久,别人问起来我就说暂时丢了,在补办,不影响的。"

何危道声谢,戴好口罩准备出门。连景渊在身后叫住他,又递给他一把钥匙。

"这是我家里的,没地方去的话,就过来吧。"

何危从那两节锯开的栏杆里钻出来,街对面是一道矮墙,左右都是路口,他思索片刻,退后两步助跑,动作利索地稳稳攀上矮墙。

矮墙的对面是一条逼仄阴暗的小巷,夹在两栋高楼之间,透过这条窄缝,何危能看见对面人来人往的热闹街道,正是湖月星辰的小区大门。

何危顺着记忆中排查的街道走去雷竞网咖,那些曾经查过监控的烟酒店、小超市历历在目,他目不斜视,从门前走过。前方是一家花店,外面摆着一张桌子,一捧捧包扎好的鲜花放置在桌面,何危刚走过去,便有穿着围裙的小姑娘举起一捧玫瑰递到面前:"先生买不买花?咱们家最近在打折,红玫瑰蓝玫瑰粉玫瑰多买多送!"

"有香槟玫瑰吗?"何危低声问。

姑娘露出为难的神色:"抱歉,香槟玫瑰我们店里没有现货,要和基地那里订的，您要多少？最多两天就能到货。"

何危摇头："不用了。"

他低头看了下胳膊肘，外套蹭上一点玫瑰的银粉，不是他刻意为之，却恰好在对的时间发生了对的事情。

何危推开雷竞网咖的玻璃门走进去，拿出连景渊的身份证，开一台机子。

收银员刷好身份证，问："大厅还是卡座？"

"卡座。"

机子开好之后，收银员把身份证放在柜台上，何危拿着连景渊的身份证，抬起头，看着右上方的监控。

这一切都会被拍下来，然后又成为这个案件里的一个谜团。

何危走到卡座 B046，开机上网。他注册了一个新号，点开发帖，开始回想那条帖子的具体内容，接着噼里啪啦地在键盘上打字。

他一直被崇臻说"一双眼睛太毒"，几乎过目不忘，但怎么样也没想到竟然会在这种时候派上用场。

时间地点、探险金额一起设定好，几乎是掐着点，何危点击发送，这条探险令被成功送出。接着他发送邮件，主动邀请"勇士联盟"团队，正是卢志华组织的那个十人团队。

做完这一切，何危长出一口气，顺便打开网页，查找有关超新星和时间旅行的问题。

各项结果显示，没有明确的资料证明超新星爆炸释放的电磁能量会扭曲地球的时空，何危低头沉思，又搜索昨天晚上有没有关于超新星爆炸的新闻。

终于,一条不起眼的微博引起他的注意,是一个天文爱好者发布的,说是用天文望远镜观测到一颗超新星爆炸,时间和程泽生当时所说的一致。

两次超新星爆炸,都赶上离奇事件。4月13号晚上,职员何危失踪了,钢琴家程泽生应该也不例外;6月16号,他和另一个世界的程泽生一起回来,接着便走进一个死循环里。

这些证据让何危不得不怀疑,超新星爆炸释放的电磁能量影响了他们所在的平行世界,造成时间回溯的现象。而昨天的爆炸还会被观测到,那就证明两个月之后的爆炸也会准时发生。

下机之后,何危顺着原路离开,没有回连景渊家里,而是去伏龙山。他沿着那条未开发的路上去,边走边仔细寻找弹头。昨天凶手朝这个方向开了两枪,必须把弹头找到。

搜索的时间是漫长的,月上柳梢,何危才在杂树枝里找到一颗。他坐在石头上,看着公馆的窗户,在他的记忆中,这条路当时也没有让警犬来搜查,因此那颗遗失的弹头,就算掉在这里也不会被发现。

何危休息了一会儿,戴上手套推开公馆的门。程泽生的尸体还安静地躺在那里,身下的血泊已经凝固成暗红色,显得他的脸色越发苍白。他走进去,小心翼翼跪在程泽生的身旁。

何危握住程泽生的手,他的手指关节已经完全僵硬,指甲缝里不仅有鲜血还有那根钢管留下的污泥。他从口袋里拿出一包湿纸巾,耐心地将他的手擦干净,又拿出指甲剪,把两个手指的指甲修剪得圆润完整。

确定他的仪表干净整洁，何危开始搜程泽生的口袋，将有用的东西一起拿出来，手机、公寓钥匙，还有一些证明他在这里生活过的东西，全部取出。

摸着摸着，何危拿出一颗弹珠。

程泽生站在扭蛋机面前无语的模样又浮现在眼前，何危从未想过用"可爱"来形容一个大男人，程泽生是第一个。他下意识发出一声轻笑，手中的弹珠没拿稳，掉到地板上，骨碌碌滚到柜子下面。

何危趴在地上看一眼，忍着想捡回来的冲动，重新爬起来。

他把那根钢管扔出去，阳台的窗户关上。地板上有两组从门口过来的脚印很清晰，是他和程泽生昨天留下的，而在程泽生前方一米远左右，有一片杂乱的脚印，和程泽生当时提供的现场照片很像，还有掉落的两枚弹壳。

何危将弹壳捡起，放进口袋里，他蹲下来，观察着脚印，犹豫再三，最终站起，不打算清理。

根据循环里出现的证据，这两组脚印都会渗透到程泽生的世界，不需要他来处理。

他闭上眼，脑中仔细过了一遍当时看到的场景，一丝细节也不放过。一分钟之后，何危确定，现场已经完美还原，可以收工了。

月光拖着长长的尾巴爬进客厅，何危逆光站着，低头看着程泽生的尸体。

"你等我。"

"我一定会想办法救你。"

第67章
蝴 蝶 效 应

凌晨2点半，寂静的伏龙山迎来一群背着登山包前来探险的大学生。

"队长，现在还没到时间欸，咱们来得是不是有点早了？"

卢志华摆摆手："探险令写的是3点之后，咱们3点之后录像不就行了嘛。我在升州市土生土长，听说这栋宅子原来是一个大企业家住的，后来闹鬼就没有继续住下去，咱们先进去查看一下，看看里面到底什么样。"

"对，如果就是普通的老房子，那咱们就自己制造一点……嘿嘿。"身旁的平头男露出坏笑。

恐怖视频造假早已不是新鲜事，探险令的最终价格可以依照雇主的满意程度进行修改。这次雇主开价颇高，万一什么都拍不到，让他感到不满降价怎么办？因此卢志华等人早就商量好，万一没有异常，就制造点"鬼气"出来，他们做这些已经熟门熟路，摸出门道了。

殊不知，矮树丛后一双眼睛正盯着他们。他们走进公馆，不一会儿便响起尖叫声，人群像是出笼的鸟挤出门外，女生吓得面色苍白，惊叫着："死……死人啦！快报警！"

何危站起来，从那条小路离开，下山之后，他走进一间公用电话亭，翻开通信录，只找到一个曾经做过采访的记者的电话。

"顾记者吗？"

"哎对，我是顾萌。"

"伏龙山的废弃公馆里发生一起命案。"何危压着嗓子,尽量改变自己的声音,"死者是程泽生。"

"……程泽生?那个著名的钢琴家?!如果属实的话那可是爆炸性头条啊!你是谁?喂……"

何危已经挂断电话。

顾萌只要一出动,那些盯着他们这些大媒体随时抢头条的小工作室都会伺机行动,沉睡的伏龙山即将被唤醒,彻底热闹起来。

而他,也会来到这个现场,继续与程泽生相遇。

何危回到连景渊家里,从程泽生死后,他便没合过眼,强撑着做完这一切之后,深深的疲惫感袭来,倒在连景渊为他准备的卧房里,一觉睡到太阳挂上西山头。

耳边传来温柔尖细的猫叫声,一声接一声,一团毛茸茸的物体靠在肩头,何危睁开眼,和斯蒂芬湛蓝的双眸撞在一起。

"怎么了?"何危揉揉它的脑袋,斯蒂芬"喵喵"叫两声,跳下床,对着何危摇尾巴。

何危坐起来,发现竟然已经下午4点半。他起床走到客厅,放在地上的水碗翻了,斯蒂芬从他的腿边蹭过去,蹲坐在水碗前看着何危。

真是一只聪明的猫。何危笑了,帮它加上水,顺便从装零食的盒子里拿一根猫条出来,像曾经逗斯蒂芬那样,拆开猫条,拍拍飘窗的位置。

斯蒂芬跳上去,粉红的小舌头一下一下舔着零食,一根猫条吃完还不满足,对着何危叫得越发柔软动人。

何危将它抱到腿上,一下一下地抚摸着,一直被死气笼罩的内心终于感受到一丝治愈的阳光。

连景渊留了便签条，午饭在冰箱里，让他醒来之后在微波炉里热一下。他晚上有学校组织的聚餐，恐怕回来得会迟一点，有什么事随时联系。

何危打开冰箱，里面是连景渊上班之前做好的三道炒菜，砂锅里还有煲好的鸡汤。连景渊在做菜这一块相当有天赋，或者说他这个男人没什么不擅长的，同样都是按着菜谱来做，别人做出来或许是买家秀，他做出来可能比卖家秀还要诱人。

菜热好之后，何危尝了尝，口味清淡爽口，是他喜欢的味道。斯蒂芬在脚边蹭着，显然是被空气中的饭菜香气吸引，鼻子也一皱一皱地嗅着，何危无奈，摸着它的脑袋安抚："听话，对你来说太咸了，不能吃。"

斯蒂芬像是黏人的小妖精，在何危的手心乱蹭，叫得越发动人。

它的叫声细柔娇弱，任谁的铁石心肠都会化为绕指柔。一瞬间，何危忽然理解连景渊为什么要养一只宠物，一个人寂寞久了，的确是需要有这样一位"家人"陪伴在身边。

吃过饭后，何危本想把自己换下来的血衣清洗干净，走去阳台一看，外套和衣服已经晾起来，上面的血迹被清洗掉了，但有些地方还是留下了痕迹，想要彻底清除估计得拿去干洗店。

何危将阳台上晒干的衣服收下来，忽然，厨房里传来东西打碎的声音，他赶紧过去，只见斯蒂芬正在舔地上的菜卤，一双圆溜溜的蓝眼睛和何危无辜对视，边盯着他边舔嘴唇。

"你怎么这么能干？"何危提着斯蒂芬两只前爪将它抱起来，斯蒂芬吃得正欢，被拎起来之后感到不满，两只后腿蹬来蹬去，在他裤子上留下一个个沾着菜卤的爪印。

何危提着斯蒂芬去洗手间，先把四只爪子一起洗干净，再关进笼子里。

再次打开笼子已经是半个小时之后，何危重新去连景渊的衣柜里找了一条卡其色休闲裤，厨房收拾干净衣服叠好，才让斯蒂芬出来活动。

他给连景渊留个条儿，要出去一趟，斯蒂芬站在门口歪着头，何危穿好鞋之后拍拍它的头："好好看家。"

天色已晚，何危离开湖月星辰后，去的是富盛锦龙园。

他和程泽生到处找程圳清的时候，来这里看过一次，外面那道门是密码指纹锁，有程泽生的指纹直接可以进去。但地下室的门是拨盘密码锁，他按着当时记得的密码去尝试打开，却怎么也打不开，估计是还没有到换密码的时间。

这次再过来，何危发现外面的门竟然没锁，只是虚掩着。他推门进去，依旧是这间无人居住的毛坯房，不过程圳清有极大的可能会在地下室里。

他来到储藏室找到暗门，按着记忆中的密码去开锁，尝试三次，门锁都没有打开。

密码不对？为什么会不对？

何危皱起眉，片刻后起身离开，在富盛锦龙园外面找到一处公用电话亭，拨通一串号码。

"杨鬼匠，来富盛锦龙园，有大单子。"

何危取了一沓现金放在口袋里，慢条斯理地等着杨鬼匠开锁。遇上这种结构复杂的拨盘锁，杨鬼匠汗都下来了，何危抱臂靠着窗户，让他慢慢开，不急。

杨鬼匠瞄着何危，再打量这屋子，毛坯房，没人住，却有个装着好锁的地下室,一看就不简单。这个男人戴着口罩,他看不清脸,但从声音可以判断是个年轻男人,肯定是做什么阴暗勾当,否则正常人大晚上谁捂成这样?

终于,在杨鬼匠的后背湿透之后,锁终于打开了。他松了一口气,何危递给他一沓现金,还多加五百表示感谢。

地下室的洞口黑黢黢的,只有一条水泥楼梯通往地下。何危走下去,一眼就能看到尽头的地下室并没有人影,生活用品也不多,保险柜还在,只不过打开之后里面空无一物,信封并不在里面。

难道这个时间,程圳清还没有来这里躲藏?

"我时间掐得真准,一回来就见到你了。"

一道熟悉的声音从身后响起,何危回头,戴着鸭舌帽的程圳清走进来,手中拎着超市的袋子,里面有不少方便面、啤酒、火腿肠,还有一些卤菜,像是刚采购回来。

"我知道你今天会来,特地买的啤酒和下酒菜,坐下来聊聊?"

程圳清刚把东西放下,便感觉一阵风袭来,接着整个人被按在墙上。何危提着他的衣领,眼中戾气十足:"是不是你杀的程泽生?!"

程圳清无辜:"何警官,你审讯我的时候我说了,我从13号到今天,一直都在这里,除了刚刚出去买东西,就没离开过。"

何危盯着他的双眼,程圳清这人心理素质极好,也很会伪装,他若是睁眼说瞎话,真不一定能看出来。但他依旧没有放开程圳清,质问:"这么多天你在哪里?你明明知道一切却不愿意告诉我,如果你能早点出现的话,程泽生就不会死了!"

程圳清非但没有愧疚之意,反而露出一个古怪的笑容:"谁告诉你我出现的话,他不会死的?"

"不仅他会死,连你也会。"

何危愣住,力气渐渐卸下来。程圳清拨开他的手,从袋子里拿出一听啤酒打开,递给他:"你还是坐下来,咱们聊一会儿吧。"

简陋的地下室里,房间里唯一的一张矮桌用来摆卤菜,何危和程圳清坐在水泥地上,屁股下面垫着两张旧报纸。

"我最近也没去什么地方,就是在你们没查到的地方转转,13号才过来,也只比你早两天。"程圳清指指楼上,"而且我知道密码,也有钥匙,审讯的时候还要替你背锅。"

何危冷笑:"那我还要谢谢你了?"

"哎,不客气,举手之劳。"

"为什么密码不对?"

"因为这个细节跟你无关,改动的话不会对你产生影响。"程圳清笑了笑,"所以每次我都会改密码,让你方便找杨鬼匠来开锁咯。"

何危又听见"每次"这个词,这次却没有什么疑惑,因为很显然程圳清经历过这个完整的循环,也经历过不止一次。

程圳清手指蘸着啤酒,在桌子上写下"13"。

"13次,我已经跟着你们来来回回折腾13次了。"

何危猛然想起初审程圳清时,他当时敲出的暗语、晃动的手表,让人一直以为他是在暗示12点之后,谁能料到是在暗示时间回溯已经12次了?

"你每次回溯的时间点从什么时候开始?"何危问道。

"按完整的来算,是从4月1日到6月16日为止。也有中途就回来的,比方说你死了,循环就重新开始了。"程圳清耸肩,"很奇怪,我回来之后，别人都像是失了忆。唯独我，清楚记得全部过程，一次又一次，每一次都记得清清楚楚。"

"第一次泽生死了，我以为是这个世界的钢琴家，虽然我和他不及我和原来的弟弟感情深，但他死去我也会伤心难过，结果死去的其实就是我原来的亲弟弟。"

程圳清笑了笑，看着何危："你每次都像这样怒气冲冲地质问是不是我杀了我亲弟弟，但你仔细想想，凶手怎么可能会是我？之前我暗示过你许多次，我死过一次无所谓，唯一的目标就是救我弟弟。"

何危察觉到他对钢琴家和程泽生的称呼有所不同，他对钢琴家会直接叫名字，而对程泽生会称呼"弟弟"。这个细节实在是太不容易察觉，何危先前没有怀疑过尸体的身份，因此理所当然地认为他想救的是钢琴家，从未想过他想救的竟是另一个世界的程泽生。

原来从抓到程圳清开始，他就在想尽办法给予各种暗示。但只有当何危踏入这个循环之中，意识到这个局的本质时，才恍然明白之前那些信息量巨大的对话。

何危低着头："我必须救他。"

程圳清的手搭着他的肩："我知道，你和他这么好的关系，他还为你挡了子弹。不过你也不必感到自责，你问我为什么没有尽早出现提醒你们，现在我告诉你，不是我不想，而是不能。"

程圳清从第一次发现这个循环开始，就在想办法救程泽生。他试过各种各样的方法，其中提醒便是首选，他主动去找因为时间回溯而被带回来的何危和程泽生，结果是两人一起死在公馆里，而莫比乌斯环并没有被剪断，因为他又回到了 4 月 14 日。

第二次，他试着只接触程泽生，告诉他回溯时间之前的一切，程泽生的确没有死在公馆，他死于更早之前的一场意外。

第三次，程圳清尝试只接触何危，何危也没有告诉程泽生，并且他们也没有去公馆。等到 4 月 14 日，公馆里没有命案，15 日，何危执行任务时中枪牺牲，回溯而来的何危也消失不见。

……

一次又一次的失败让程圳清在挫折和绝望中渐渐摸索出一些门道，他发现不能用自己的力量去改变这个循环，这个循环的关键点在何危身上，一旦干涉、修改他的进程，那必然会产生更混乱的结局。而只要何危死亡，这个循环会 4 月 14 日命案发生的那个时间点重新开始；但如果只有程泽生死亡，何危存活，那回溯的时间将扩大到 4 月 1 日至 6 月 16 日，会完成一个完整的循环进程。

"就像是蝴蝶效应，在回溯之前，我对你的影响过多，你和泽生都不会有好结果。"

何危沉默许久，才问："后来呢？你肯定尝试着不去修改我的进程，只给我隐晦的提示，这样的尝试有几次？"

程泽生比出一个数字——三次。

他从第九次开始，尝试一些很隐晦的提示，这些似乎能躲过死神的眼睛，让何危渐渐意识到身处在这个局中。这样的确比较有效，因为这三次何危都平安顺利地完成整个循环，和他会合然后探讨解决方法，可惜的是这个局还是没有解开，也不知什么时候才能解开。

"关键点……在我身上？"何危喃喃自语，"那我该怎么做才能救他？"

程泽生凑过去，在耳边低声问："你猜为什么明明你才是主角，回溯记忆却无法全部保存？"

"为什么？"

只见程圳清淡淡一笑："其实我说的一个完整循环包含了两次回溯。第一次，就是现在；第二次，是下一个6月16日之后。你和我不同，你的记忆只能保持两次回溯。"

何危渐渐睁大双眼，抓住他的手臂："你是说等到那个时间点，我真的可以再回去一次？"

"没错，你还有一次能救他的机会。如果这次不成功，现在的你会去哪里，我不知道，但整个循环又会重新开始。"

第68章
再 一 次 回 溯

"案发现场你已经整理好了吧？"

"嗯。"何危点头，他做事认真仔细有始有终，肯定是确保万无一失才会离开公馆。程圳清从口袋里摸出一把枪，放在桌上："这东西给你，收好了。"

桌上是一把92式，何危拿起来观察片刻，问："这是在地下室的那把？"

"对啊，我去取的，你们明天就要去抄家了，多把枪怎么办。"

何危攥紧枪，看向程圳清的目光更冷："程泽生的死跟你无关？凶器都在你这里。"

"在我这儿就是我杀的？"

"那你怎么解释这把枪？它的弹道和地下室里那堆子弹还有从程泽

生胸口取出的子弹一样。"

"我前几次都解释不清,这次更无法解释了。"程圳清摊开手,似乎已经习惯,语气漫不经心,"你爱怎么想怎么想,东西收拾一下,还有事要做。"

何危问他做什么,他说还要去一趟钢琴家那里。他说着从口袋里摸出一条项链,在何危面前晃了下:"这个,忘了放过去了。"

何危低头看着枪,还是收进口袋里,和程圳清一起,趁着夜色前往钢琴家所住的豪华别墅。屋子里漆黑一片,因为程泽生的死亡,用人都被叫去问话,而他的母亲还在警局里,这里暂时没人会过来,直到明天上午,崇臻才会过来搜集证物。

程圳清有程泽生家里的所有门禁钥匙,密码也全部都记得,他的话不假,当时录口供的确是替何危背的黑锅。两人摸着黑进去,程圳清熟门熟路地找到沙发,把项链塞进缝隙里。何危上楼,去程泽生的卧室,戴着手套将那本用来写歌的笔记本拿下来。

他打着手电,翻到最新的一页,果真看见那段未完成的简谱。程圳清凑过来,问:"这行简谱你破译了吗?"

何危摇头,瞄一眼:"你知道就说出来。"

程圳清不说,拍着何危的肩:"这还是你告诉我的,别急,你很快就会猜到。"

"……"何危随手从桌上的花瓶里摘了一片树叶,夹在简谱那一页,将它放进抽屉里。

离开别墅,程圳清又说:"还有你家,我没记错的话这两天那个你就要搬家了吧?赶紧去把东西收拾一下。"

"我记得,不用你提醒。"

"……"程圳清无语,"态度还真是冷淡,要不是看在我弟弟的分上,我才不会费这个工夫呢。"

衣领忽然被拽住,何危冷冷看着他:"我还没弄清程泽生的死和你是不是完全无关,如果你不是他哥哥,我不可能和你这么和平地站在一起。"

"好好好,你想怎么样都行,我等你脾气下去了再说。"程圳清不和他计较,还是那句话,已经习惯了。何危平时性子清冷,没什么事能让他动怒,但在程泽生的事件上,他的情绪波动显而易见。

午夜12点,何危回到连景渊家里,他特意轻手轻脚地开门,动作很轻,斯蒂芬从飘窗上面跳下来,站在玄关对着他叫一声。

"嘘,"何危食指竖在唇上,"现在太晚了,别把你爸爸吵醒。"

可惜这句话已经说迟了,连景渊的房门打开,他披着外套走出来,对着何危温和一笑:"回来了。"

"嗯,"何危换鞋进来,见他不像是从梦中醒来,"这么迟还没睡?"

"在看书。"连景渊话没说全,看书只是用来打发时间,其实更多的是担心何危的安全。

他们是多年好友,连景渊什么想法何危心知肚明,笑了笑:"没事,我知道自己现在的身份,会很小心。"

连景渊点头,以何危的性子,的确是不需要多担心。人回来了,他可以安心睡了,何危叫住他:"电脑能借我一下吗?"

连景渊手一指,书房,让他自便。

何危去书房打开电脑,接着回房间把程泽生的手机拿过来,坐下之后一看屏幕,要密码。他想去问连景渊,但连景渊房里的灯已经熄了,也不好意思打扰,又坐回去,低头盯着键盘。

在数字键盘那里,"4,2,1,0"四个数字的键帽表面光滑反光,说明这四个数字是常用键。何危试了几次之后,用户登录解锁了。

他把程泽生的手机连上数据线,又从电脑桌里找了一个U盘,把那段存在手机里的钢琴曲片段拷下来。

他又在书房里随手拿一本本子,模仿程泽生的字迹,把那串简谱写下来。可惜学得不太像,和程泽生的笔迹有些差别,他写"5"会习惯性连笔,不仔细看像一个"8",这次特意分开,又和程泽生的字不像,有点不伦不类。

何危盯着简谱,回想程圳清之前给的提示——很多东西没有想象中的那么复杂。是指这段简谱的破译其实很简单,不需要套用他们所熟知的那些密码种类。

他将写好的简谱撕下来,翻到另一页,手中拿着笔尝试着换一种思路。这种音乐简谱会因为点和线而首选摩斯密码,但是脱离符号直接用数字密码的破译方式,对照字母表得出的结果又会很奇怪,是一串完全拼不起来的字母。

何危拿着笔在纸上写写画画,连音线、短横线……忽然,他想起程圳清提供的保险柜密码,只要有符号的数字都是两两相加,他把那串数字写出来,对照字母表,得到的还是用拼音和英文都拼不出的杂乱字母。

如果连音线或者短横线其中之一不用相加,而是连在一起的数字呢?

何危尝试连音线不相加,但很快排除了这组数字,因为六十五超过二十六个字母太多,一般数字密码不会选择这种数字。

如果是短横线不相加呢?

8,5,23,5,12,11,21。

U,L,K,W,E,H,E。

"啪",何危手中的笔掉在桌上,发出脆响。

不算迟,我还有机会救你。

天还没亮,何危戴着帽子口罩,回到未来域404,利用两个小时将这段时间生活的痕迹清理干净,将生活用品装进一个大袋子全部带走销毁。

他站在凳子上,把U盘插到石英钟背后,再用手机软件设定好12点的报时音乐。离开404,天边刚刚露出晨光,何危拉下口罩,呼吸着清晨的新鲜空气。今天他还要去一趟市局,在这之前要回一趟家里,时间紧迫。

老管家没料到少爷今天居然有空回来,何危让他去忙,不用管他,他只是回来拿一些衣服。

推开卧室的房门,这里还保持着记忆中的模样,从小到大都没变过。尽管何危不住在家里,叶兰兰也把他的房间留着,方便儿子回家留宿,可惜这个简单的想法在何危调入市局之后就成了奢望,因为工作繁忙,他连回家吃饭的时间都没有,更别说在家里小住了。

何危打开橱门,特地拿了两件以前的旧制服,这是他回来的主要目的,等会儿他要冒险去一趟市局,可不能穿帮。他顺便收拾几件以前穿过的衬衫裤子,还带了两双运动鞋,关上门时小包已经装满了。

"今天怎么有空回来啦?"

何危回头,叶兰兰竟然站在门口,笑起来温柔又优雅。

"没什么,带几件衣服。"何危拎着包站起来,"妈,您怎么没去公司?"

"我这两天有点不舒服,在家里办公的。"叶兰兰走到何危面前,见他一身黑像个泥鳅,抱怨道,"你看你就是喜欢穿这些黑的

105

白的,年纪又不大,弄得老气横秋。"

何危笑了,单手给她一个拥抱,轻拍着背:"您还不了解我,这么多年习惯了。"

"小时候你也不这样,那时候爱哭,就喜欢穿颜色漂亮的小衣服。后来倒是不哭了,穿得跟钢琴键盘似的。"

何危哭笑不得,和妈妈说局里还有事,下次回来陪她吃饭。

叶兰兰拐着他的胳膊陪他下楼,跟儿子撒娇:"你是得多回来,不回来妈妈一个人在家多寂寞。最近阿陆又在国外,你工作这么忙,我一把年纪生病了都没人来探望。"

何危停下脚步:"何陆在国外?"

"是啊,昨天打电话跟我说没十天半个月回不来,让我生病多喝热水,真是小没良心的。"

何危陷入沉思,叶兰兰见他不搭话,轻声问:"阿危,你怎么了?"

"没什么。"何危唇角弯起,和叶兰兰告别,说最近有空一定多回家。

10点左右,何危匆忙赶往市局,从停车场的门进去,刚看见那辆常年跟着他奔走的吉普车,一抬头,那个自己脚步轻快地走下台阶,穿着蓝色制服衬衫,黑色外套挂在胳膊上,正往这里走来。

何危赶紧躲在吉普车后面,等他上车之后,矮身快速蹲到另一辆车背后。一闪而过的身影让车里的何危抬头巡视,发现对面栏杆停的那只鸟,笑了笑开车走了。

何危松一口气,目送着吉普车离开,摘掉口罩放进口袋里,脱掉外套拿在手中,表情尽量轻松地走进市局。

抱着文件的同事看见何危,感到奇怪:"哎?何支队,你不是刚走吗？怎么又回来了？"

"回来拿东西。"他推门走进办公室，直接叫柯波，"那个抓回来的李诚贵，口供都录完了？"

"录完了啊，交代得相当利索。"

"笔录给我看一下。"

柯波把笔录找出来递给何危，何危翻了翻，李诚贵交代的都是自己的作案过程，从头至尾都没提到他和程泽生。

难道他作案并没有受到自己影响，不在这个循环里？

何危想了想，让人把李诚贵提出来，他还有几个问题要问。

柯波茫然，虽然不明白这个案子还有什么好审的，但还是拿起本子，准备跟着他去做记录。结果何危说不用，不是正式提审，就是问他几个问题，他一个人去就行。

李诚贵穿着政府御赐"黄马褂"，双手铐在一起，和何危独处一室，笑道："何警官，你找我什么事？"

何危压低声音，问："你应该知道我想问什么，作案手法是怎么回事？"

李诚贵始终保持着笑容："我被捕那天和何警官道过谢了，你可能没留神。"

何危心里一沉，果不其然，这是循环里的一环，并没有意外。他的表情凝重，问道："为什么审讯时你什么都没说？"

"没什么原因，我只是觉得这是我自己的事，我仇报了，没必要拖累别人。"李诚贵耸肩，"我只是感觉运气不好，没听到全部，还以为是两个客人随便聊聊破案过程，没想到是何警官曾经办过的案子。"

何危轻咳一声："好好改造吧。"

从市局出来，何危的思路也更清晰些。他回想着之前发生的事，猛然发觉，自己要做的事情越来越多。

第69章
无声的博弈

何危抱着斯蒂芬坐在飘窗上，打越洋电话给何陆。

何陆正在洗漱，电话接得很快，嘴里含着泡沫星子："哥，有什么事？"

"你现在在国外？"

"嗯，在Y国。"

"什么时候回来？"

何陆吐掉泡沫漱口，拧开水龙头把脸洗干净，点开日历算算日子，回答："大概要4月底吧，怎么了？"

"没什么，"何危找个借口，"前两天我回家，妈生病在家，说你在国外。"

"我经常和她视频啊！关心她身体怎么样了，还特地问的秦叔，结果就是一个小感冒。我让她多喝热水，还被骂没良心，更年期的女人真难伺候啊。"

兄弟俩唠了一会儿，挂掉电话之后，何危盯着窗外沉思。连景渊从浴室出来，擦着头发，坐在飘窗边："又在想什么？"

"何陆不在国内，月底才回来。"何危淡淡一笑，"而在我的记忆中，他在我搬家之后去过我家里一趟，拜托我帮忙，约你一起去天文台看流星雨。"

以连景渊的智商,轻易便理解他的意思:"那就按照你所经历过的,'何陆'和'你'见面,并且让'你'来约我。如果担心墨菲定律的话,就等何陆回来之后,以我的名义约他,让天文台的事成为事实,这样就不会穿帮了。"

何危对连景渊笑了笑:"我在想上一个循环里,我们是不是也是这样操作,所以才把6月16日的信息给传递过去。"

"可能吧。"连景渊笑得温柔,"别想太多,有些事情也许需要你刻意制造,有些事情只要顺其自然就好。"

斯蒂芬从何危的腿上挪到主人身边,两只前爪按着他的大腿踩奶,还抬起头,一双蓝眼睛水汪汪的充满期待。连景渊低头,斯蒂芬用鼻子碰碰他的脸颊,心满意足地蜷成一团闭上眼。

"这么黏你,难怪你会说是'小情人'。"

何危又回了一趟家,叶兰兰不在家,秦叔说夫人的感冒早就好了,不过是难得有个借口在家想多休息几天而已。

"那就好,"何危指着楼上,"你忙吧,我去找点东西。"

秦叔搓着手,犹豫许久才试探着问:"少爷,您最近总回来,是不是出了什么事?"

"没事,就是搬新家了,有些以前的东西想带过去。"

秦叔不再多问,倒是提醒道:"少爷,我看到报道了,伏龙山发生命案,你在山上可要小心,那里阴气重,不干净,容易鬼打墙。"

何危哭笑不得:"什么鬼打墙啊,就是在山里迷路了吧?我知道我知道,一定注意安全。"

他上楼去何陆的房间里找一套西装出来，拉开抽屉挑一块表，回想一下何陆当时的装扮，好像脖子上还有一条纯银的锁眼项链。何危拉开存放饰品的柜子，找了半天，终于在一个藏蓝色的丝绒盒子里找到那条项链。

做一个精致又优雅的男人可真不容易啊。

离开家里，何危顺便在路边的电话亭买了一张电话卡，不记名，随用随丢。

晚上，何危站在镜子前，整理西装袖扣。他把刘海扒到脑后，只留下几缕未固定的发丝落在额前，衬衫领口松开两颗，刚好露出锁眼项链的简易吊坠。再加上眼角下加的那一点黑痣，眉眼平和，几乎可以完美替代何陆。

连景渊抱着臂站在门口，笑了："你变成这样还真不适应。"

"你把我当成阿陆来看，就会习惯了。"

连景渊摸着下巴，缓缓点头，还真是，想象成何陆之后那种违和感瞬间消失。

确定变装没有问题，何危将西装脱下来挂好，连景渊好奇地问："过几天要去见他了，你会紧张吗？"

何危点头，会的吧，但那也是自己，他最了解也最熟悉的人，反而没有担心的必要。

"我明天要去外地开研讨会，大概周五晚上回来。"连景渊走进来，手搭着何危的肩，"希望你一切顺利。"

镜子里的"何陆"微微一笑，比一个手势。

"没问题。"

再次来到未来域，何危看着表，靠着墙一分一秒地等待。终于，一阵平缓的脚步声渐渐靠近，何危深吸一口气，一抬头，刚好和那个自己的视线对上。为了缓解内心的紧张，他揉着脖子，语气切换到何陆的状态。

"哥，你怎么才回来？我等你半天了。"

打开404公寓的门，熟悉的场景映入眼帘。这里每一处都有他和程泽生的回忆，现在的程泽生还活着，虽然见不到他，却能轻易察觉到他在这里生活的气息。

"坐一会儿。"

见他去厨房倒水，手机放在茶几上，何危赶紧拿起来，快速解锁，编辑何陆的通信录名片，添加一串新号码。

幸好自己平时接电话都是以看名字为主，不太会注意下面的号码，又成了一个方便动手脚的漏洞。

等到何危拿着水杯出来，"弟弟"安静地坐在那里，他丝毫没发现桌上的手机已经被动过。

接下来的对话都和印象中差别不大，何危演技谈不上过关，只能说对弟弟太了解，把何陆的说话语气和神态学得惟妙惟肖。他知道程泽生今天留在自己家里，不会回公寓，心里有点遗憾。原来住在一个屋檐下还觉得多了个碍事的鬼，现在竟是想看见凭空多出的一张字条。

谈话顺利结束，何危去玄关换鞋，忽然被叫住："阿陆，你认识程泽生吗？"

何危尽量用轻松又漫不经心的语气："认识啊，以前合作过。"

"关系怎么样？"

"还行吧，普通朋友。"何危抬起头，毫不畏惧地和他对视，"你不提我还想不起来，前段时间他不是被杀了吗？凶手抓到没？"

太过熟悉的脸，太过了解的眼神，太过清楚的表情。

体内流着相同血液，从内而外完全一致的两人，此刻凝视着对方，一个坦然大方，一个戒备警惕，仿佛在进行一场无声的博弈。

终于，对面的那个自己缓缓摇头："还没。"

看到他眼中卸下戒备，何危知道肯定成功瞒过去了，就如同之前的他被欺骗了一样，相信眼前的男人就是自己的亲弟弟。

到家之后，连景渊刚回来，正在给斯蒂芬喂猫条，看见何危进来，问道："怎么样？"

何危脱掉西装外套，手伸进短发里抓一把，语气轻松："还需要问？"

连景渊笑出声，招手喊他过去，把猫条交给他。何危半蹲着，继续喂斯蒂芬，连景渊去倒了杯水，越想越觉得好笑："真是没想到啊，没人能逃得过何警官的火眼金睛，但何警官却恰恰被自己骗到了，果真每个人最大的敌人都是自己。"

"会紧张的，我见到他的时候心跳比平常快了很多。"何危抬头，"明天你下课之后，他会来找你，问一些问题。"

"问我什么？"

"平行宇宙的事，你该怎么说就怎么说，不用多考虑。"

连景渊点头，懂了，幸好提前经历过何危穿越平行世界的事件，否则他听到有人亲历了"平行宇宙"，肯定也会当成一个玩笑。

周六一早，何危把斯蒂芬送去宠物店，下午连景渊会去接。他去富盛锦龙园，熟门熟路地打开地下室的门，程圳清正在地下室里玩手机游戏，眼皮都没抬一下："来了啊，你今天要在我这儿蹭一天，伙食费记得交一下。"

"……"何危懒得理他，自己找张凳子坐下。他虽然不是逃犯，但现在的处境也和逃犯差不多，见不得光，没想到有生之年还能体会一把

112

东躲西藏的人生。

"等会儿你出去买饭还是我出去买饭？"程圳清问。

"你。"

"大哥，我好歹在被通缉啊，你能不能对逃犯体谅一点？"

何危冷笑："反正你也是要被拍到的，不去白不去。"

程圳清一骨碌从躺椅上坐起来，认真看着他："这又是我替你背的黑锅，告诉你，其实那个在十字路口被拍到的是你才对。"

"是我？"何危皱起眉，仔细回想案件细节。他和程圳清穿的衣服颜色的确相似，身高、体形也差不多，在监控里被认错是很正常的一件事。不过何危瞄到挂在一旁的黑色外套，又发出冷笑，转身懒得理他。

当时路口的监控画面里，那件风衣的肩头有纽扣装饰，而何危的没有，不是程圳清能是谁？

程圳清摸着下巴，啧啧摇头："你真是不好玩，每次都骗不到。"

"嗯，你比较有趣，饭你去买。"

程圳清站起来穿上外套："帮你带洋葱猪肝盖浇饭？我知道你菇类过敏、茄类过敏、海鲜过敏、羊肉过敏、鹅过敏，真是少爷身子穷人命，什么都吃不了，难伺候得很。"

"不吃洋葱，"何危瞟一眼，"过敏。"

"……"程圳清想自我掌嘴，提什么洋葱猪肝，给他来个青菜豆腐不比什么都好？

何危占据躺椅，舒舒服服地倒下去，程圳清在地下室门口挥挥手，苦口婆心地嘱咐道："我有钥匙，谁来敲门也别理，不能给陌生人开门。"

这语气仿佛何危不是三十多岁而是三十多个月。

"……你滚吧。"

第70章
简谱破译

何危把新号码丢给程圳清,告诉他通过这个号码联系,几天之后的夜晚,程圳清来电话,让他赶去伏龙山的公馆。

"去那里干什么?"

"你想不想见我弟弟?想的话来就是了。"

何危看一下日历,猛然想起今天他会和崇臻一起去公馆,然后在那里,第一次见到程泽生。

夜深人静,何危顺着小路上山,程圳清在树后对他招手,他弯着腰挪过去,发现公馆的院门口已经摆了一束花,问:"是你放过去的?"

"当然了,卡片也写好了,不知道这次你会不会注意。"程圳清瞄着何危,心想:多半是不会的。可能和严谨的个性有关,从数次循环来看,何危的举动几乎没有变化,就像是一个模范演员,在舞台上完完全全按照剧本在演绎。

何危看了看时间,还有一会儿人才会过来,但是他们必须在此之前进入别墅才行。门口的巡警一直守着,程圳清告诉他,这小巡警一会儿就要到旁边打电话给女朋友道歉,到时候趁机溜进去。

果不其然,表情忧愁的小巡警坐不住了,站起来去旁边打电话,全然未发现身后有两道黑影轻手轻脚地钻进公馆。

进去之后,程圳清打开靠墙的半人高的柜子,对何危钩钩手指,让他躲进来。何危半蹲在柜子旁,保持沉思,程圳清推推他的背:"想什么呢？这里角度最好，窗户能看得最清楚。"

"凶手也是躲在这里的吗？"何危看着程圳清。

"我怎么知道，那天我又不在。"程圳清目测血泊和柜子之间的距离，"有可能，这个柜子够大，藏两个人都不成问题。"

"那你经历了这么多次的循环，一次都没有见过凶手？"

"我一直想知道是谁杀了泽生，但是没有成功过。"程圳清盘腿坐在地上，手撑着额，"后面三次完整循环里，第一次13号的晚上我就过来了，那天起了很大的雾，怎么样都找不到公馆的位置，就像鬼打墙一样。"

"雾？"何危细细琢磨，程泽生提到过，职员何危失踪时也是起了很大的雾。不过他清晰记得13号的晚上，他和程泽生一起到伏龙山，山风微凉月朗星疏，根本就没有起雾。

"等我再找到公馆，警察都来了。第二次我藏在公馆里，就躲在这个柜子里，但在案发时间段，我只能听见枪声，看不见任何人，包括你和程泽生。"

程圳清叹气："后来我想通了，也许是循环里的规则不允许我见到犯人吧？所以后来的13号我也就不过来了，在富盛锦龙园等着，反正你肯定会来找我的。"

何危不再多问，在这种问题上程圳清不会骗他，而且以他的性格，如果知道凶手是谁的话，肯定会想办法给弟弟报仇，哪怕拼上性命也在所不惜。

公馆外响起说话声，何危和崇臻终于到了。

程、何二人赶紧躲进柜子里藏好，幸好这个柜子的样式并不是全封闭的，柜门有条状镂空设计，可以清楚看见外面的情况。而柜子的位置处在背光阴暗处，上回他们过来没发现有人，这回也肯定不会察觉到异样。

"程泽生！"

"程泽生！你能听见我说话吗？"

何危喊了两声，崇臻跟在他的身后，搓着胳膊，总感觉这里阴气森森。

柜子里的何危率先发现了程泽生的身影。

有过一次经验，他一直盯着阳台的玻璃窗，在何危进来后不久，便看见玻璃里出现一道熟悉的修长背影。

何危的身子动了一下，被程圳清按住肩。程圳清做个手势，冷静，别看见一个影子就激动得想冲出去了。何危翻个白眼，他只是想换个角度看得更清楚罢了。

外面的何危也很快发现了这个秘密，走到阳台，屈起食指对着玻璃轻轻敲了两下。

玻璃里的人影转身，一点点走近，最后出现在何危身旁，低头在他耳边问好。

崇臻则是完全不明白发生了什么，坐在楼梯口看着何危盯着玻璃笑，默默担忧他是不是真的碰上脏东西了。

一切都是熟悉的情节，可惜程泽生只能看见那个何危，却不知道还有另一个已经和他相遇的何危也在这里。

待到他们离开，何危和程圳清才钻出来。程圳清拍拍肩头蹭到的灰："怎么样？我对你好吧，特地让你过来见泽生。"

"……"何危揉了揉肩头。能看见鲜活的程泽生，他的心情稍稍好转，这段时间程泽生的死一直让他无法释怀。

两人趁着小巡警不注意，悄悄离开公馆，来无影去无踪。走在山路上，何危抬头，凝视着皎洁明月，轻声问："你有没有想过这个世界的钢琴家去哪里了？"

"不清楚,他在13号晚上回去之后就不见了。"程圳清摊开手,"到处也找不到,完美失踪。"

何危想起林壑予提过的,无意间到了一个陌生的世界,钢琴家会不会也是遇到这种情况?

他和职员何危会不会在同一个地方,像这里的他们一样在另外一个平行世界里生活。

小桌子上摊着数张照片,背景是不同的街景,主角都是程泽生。中间一张,是程泽生和何危一起在饮料贩卖机前和粉丝说话的场景。

何危拿起那张照片:"你跟踪我们?"

"别说得那么难听。"虽然事实的确如此。

程圳清拿出一个牛皮信封,将照片装进去,用胶水封口:"如果哪天这张照片不存在了,有可能你们就走出这个循环了。"

程泽生没有来到这个世界,他就不会死亡。

信封放进保险柜之后,程圳清从袋子里拿出几听啤酒:"我给你的信息到此为止,明天之后你再想见我恐怕会很困难,只能去局里了。"

何危拿起一听啤酒打开,盘腿坐在报纸上:"你每次都是怎么回去的?"

"很简单,6月15号我还在看守所里,16号一觉醒来就在出租屋了,我就知道时间回溯,一个新的循环开始了。"

程圳清和何危不同,他在这个世界只有一个个体回溯到不同的时间线;而何危的情况则要诡异一些,他是两个不同时间段的个体处在同一个时间线,这种情况恐怕只有高纬度的宇宙科学才能解释得了。

何危用手中的啤酒和程圳清的啤酒碰了一下:"那祝你一路顺风。"

"我去蹲号子还叫顺风啊？"程圳清无语，"有没有人说过你这张嘴很损？"

何危淡淡一笑，轻轻摇头："没有，包括你弟弟。"

两人语气轻快地聊着，程圳清说："应该我祝你顺利才对。加油熬到 16 号，然后回去救我弟弟。"

"会顺利的吧。"

何危的手指蘸着啤酒，在桌子上写下一串字母。

U，L，K，W，E，H，E。程圳清看一眼："哟，终于破解了啊。"

"嗯。'HE' 可以是我姓氏的读音，也可以是 Happy Ending 的缩写。'WE' 的英文发音和我名字的读音一样，也可以是纯粹地表达我们的意思。'LK' 是 Luck，表达一种祝福和希望，所以是 'U Luck, WE HE'。"

"我相信你能解开这个循环的，你可是何危啊。"程圳清笑着将啤酒一饮而尽，又开了一罐。何危也喝光了，擦擦嘴，毫不谦虚："我也相信，我能够救他。"

酒过三巡，何危准备回去了，程圳清拽住他："今晚留下吧。"

"你醉了？"

"你必须留下，明天他们抓我你得留下来帮个忙。"

何危问帮他什么忙，程圳清没回答，从地道走出去倒垃圾去了。

次日一早，何危睁开眼，程圳清盘腿坐在地上，往格洛克的弹匣里装子弹。

何危记得就是这把枪打伤了夏凉，他刚想开口，让程圳清下手轻一点。结果程圳清把格洛克扔给他，抬抬下巴："你拿着。"

"我？"

"对啊，等会儿他们来了，你上去，我留在下面。"程圳清指指楼上,"开过枪之后,你直接去二楼,他们不会上去的。等他们一起进地下室追我了,你再找机会逃出去。"

何危拿着格洛克,将信将疑,总觉得他是在坑自己。和程圳清相处越久,越觉得这人没皮没脸,仗着自己记忆完整,一些不是何危做的事也故意往他的头上扣,像是在测验他的智商过不过关似的。

只不过之前那些都被何危识破,这一次对着同袍开枪,何危想都没想就拒绝了。

"这次是真的,真是你开的枪。"

"你怎么证明?"

程圳清摊开右手,只见从手心至腕部有一道白线,这是陈年旧伤的纤维增生后去不掉的疤痕。他苦笑道:"这个身体一直在贫民窟长大,为了食物和街头的混混打架是常事。这道疤听说是小时候被罐头盖子划伤了肌腱造成的,虽然日常生活不受影响,但开枪这种高难度的动作却无法完成。"

何危捏住他的手仔细查看,惊讶:"你开不了枪?那你怎么教钢琴家用枪的?"

"我可以手把手教他姿势和诀窍啊,又不一定需要自己开。"程圳清耸肩,"可惜程泽生一直没学会,倒是对拆枪拼枪挺感兴趣的,这方面天赋异禀。"

"那你还说他枪用得不错?"

"哎,剧本要求嘛,你要体谅。"程圳清推着他去楼梯口,"别感到愧疚,根据我的经验,不论你怎么小心,子弹都是会打中夏凉的。但有一次是从他的胳膊旁边擦过去,只是皮外伤,你要考虑的不是夏凉会不会受伤,而是怎样让他伤势轻一些。"

何危拿着枪，步伐沉重地踏上楼梯。

他躲在窗帘后面，难得拿着枪手心会有潮湿感，既然都会打中夏凉，那还是尽量轻吧。

智能锁重启的声音响起，何危抬起胳膊，枪口对准门口。印象中夏凉伤的是右上臂，门缓缓打开，夏凉的半个肩膀渐渐露出，何危的手微微左偏，这个角度刚好可以让子弹贴着胳膊擦过去。他咬咬牙，扣下扳机，一颗子弹破风而去。

"小夏！"胡松凯薅住夏凉，夏凉发现子弹袭来，下意识抬起胳膊，"噗"，子弹打中他的右小臂，顿时制服衬衫染红一片。

何危听着门外混乱的叫声，心乱如麻，又朝窗户补了一枪。一回头，程圳清站在储藏室门口，让他把枪扔过来。

他把枪扔过去，动作迅速地上二楼，藏进卫生间里，仔细竖起耳朵听门外的动静。

大约一刻钟后，人一起拥去地下室，发现程圳清出逃，又顺着后门追出去，别墅里重新恢复安静。

何危看着自己的手，隐隐叹气。世事难料，没想到夏凉最终还是伤在他的手里。

第71章
错 位 的 人 生

何危打开门，带着一身疲惫，斯蒂芬刚刚睡醒，跳下来伸展着身体，迎接他的归来。

不只它走了过来,还有连景渊。他穿着白衬衫黑长裤,一双眼眸温润透彻,如一块温润美玉钟灵毓秀。

"我煮了三鲜粥,吃一点吗?"他的目光从何危脸上扫过,"昨晚没回来,脸色也不好。"

"没什么,就是有点累。"何危打个哈欠。

连景渊拉着何危进去坐下,去厨房盛一碗粥出来,放在桌上:"多少吃一点,然后好好睡一觉,把元气补回来。"

何危拿着筷子,笑连景渊这话和谁学的,怎么和老妈子一样,年纪轻轻的就在谈养生了。

连景渊坐在何危对面,托着腮笑眯眯地看着他吃饭。斯蒂芬跳到饲主腿上,两只前爪撑着桌子,也盯着何危。

对面一人一猫的眼神太过炙热,何危忍不住问:"你们父子俩这样看着我,我都吃不下去了。"

"好好好,咱们换个地方。"

连景渊抱着斯蒂芬站起来,去阳台给它梳毛。

他蹲在地上,拿着贝壳梳,斯蒂芬相当配合地露出肚皮,乖巧又柔软。

夏凉出院住进家里之后,何危心里愧疚,今天抽空回去看看他的伤势怎么样。

到家之后,听秦叔说夏凉正在楼上休息,何危没想上去打扰,问了问他的状况,听说恢复得不错,也就放心了。

夏凉玩游戏玩得眼睛疼,站起来去露台,刚好看见一道熟悉的背影在楼下,往大门外走去,赶紧出声:"何支队!"

何危回头，对着夏凉笑了笑。夏凉赶紧打个手势："你先别走！等我一下！"

何危的脚步停住，他本来不想和夏凉碰面，毕竟夏凉和那个自己经常会见面，说漏嘴就完蛋了。但他想起程圳清的话，再想到夏凉受伤的位置，这些都只是小细节，改变一点也不会影响后续发展的吧？

"何支队，您怎么有空回来了？"

何危转身："还不是怕我妈继续说我的不是，今天我回来了，你去局里可别宣扬我天天不着家。"

"哎？怎么会！我住在这里都挺心虚的，肯定不会在局里提何支队你的家事啊！"夏凉拽着他的胳膊，"何支队，你留下吃饭吧？叶阿姨马上就回来了，她见到你一定很高兴！"

"这……"何危皱起眉，秦叔也来劝："少爷，您就留下吃饭吧，夫人已经在回来的路上，我跟她说过你现在在家。"

何危还想婉拒，门被推开，叶兰兰一身干练的职业装，踩着高跟鞋小跑进来："阿危，你来啦！别走了！秦叔，让大厨去做几道阿危爱吃的菜！"

"……"何危有点无措，只是迟疑几秒，居然就走不掉了。

如他所料，家里多了夏凉之后，气氛变得热闹许多。夏凉爱说话嘴又甜，几句话就哄得叶兰兰合不拢嘴，何危一向沉稳惯了，问到工作方面的事偶尔才答一两句，其余时间都是在听他们两个天南海北地闲聊。

热热闹闹吃过晚饭，秦叔去切饭后水果，叶兰兰拿出一本厚相册，何危顿时额头冒汗，如临大敌。

"小夏，来看看，这里都是你们何支队小时候的照片！"

夏凉兴致勃勃地坐过去，何危无奈："妈，这有什么好看的。"

"哇！这是何支队啊？小时候居然这么可爱！"夏凉抬头看看何危，再看看照片，"小时候这么软萌，眼睛水汪汪的，怎么现在变得这么冷漠了？"

何危："……"

"啊！还穿小裙子！何支队小时候好漂亮啊，打扮成女孩子一点违和感都没有！"

何危："……"

叶兰兰叹气："唉，人家男大十八变，这孩子八岁就变了，你看看，小时候可喜欢穿这些五颜六色的衣服，打扮得多好看，后来就变了……唉，有时候我都怀疑是在山上走丢之后被调包了。"

"山上走丢？"何危一愣，"我怎么不知道这回事？"

秦叔端着果盘过来："少爷当然不记得啦，那时候你背着小水杯一个人上伏龙山，夫人和我都急坏了，从天亮找到天黑，都没找到你。"

"我去过伏龙山？"何危惊讶，"为什么我一点印象都没有？"

"因为你回来就发高烧，烧了三天，醒来之后山上的事全忘了。"叶兰兰叹气，"我们当时找了你大半天，秦叔说是因为伏龙山阴气重，你遇到鬼打墙了，一直没绕出来，才会发烧。"

夏凉好奇地问："后来何支队就变啦？"

"是啊，"叶兰兰点头，"不爱哭了，性格变得坚强沉稳了，也不喜欢穿那些颜色鲜亮的衣服。可我还是很喜欢阿危小时候软萌萌的样子，比现在好玩多了。"

何危一直沉默不语，夏凉还以为提到这些让他不高兴了，赶紧换了话题。

直到回去，何危都在思考这个问题。他小时候曾经去过伏龙山，却一点印象都没有,在山上迷路的大半天到底发生了什么?

而且又是伏龙山,总觉得那个地方似乎真的有什么神秘力量,总是发生一些诡异的事。

天边挂着火烧云,温暖余晖洒进郁郁葱葱的树丛,何危打量四周,山林景色都差不多,让他一时难以分辨这是在哪里。

他总感觉自己轻飘飘的踩不到地,仔细一瞧,他的全身都是半透明的,能透过手脚看见对面的树林。再低头一看,的确没踩到地,他的脚尖和地面隔着几厘米,正是飘浮在空中。

"有人吗?!"

"有没有人在?!"

清脆的童声响起,何危回头,只见一个穿着白色小衬衫和藏蓝色小短裤的孩子背着书包走来,气喘吁吁,伸手抹掉额头上亮晶晶的汗珠。

他的眼睛黑亮有神,五官端正皮肤白里透红,小脸儿一掐像是能出水。一头黑亮短发,刘海被汗水打湿了贴在额头,他扶着树,累极一般坐了下来,用手扇着风,抬头看着夕阳。

"你好。"

身后传来细弱的呼唤,何危回头,又看见一个孩子出现在身后。他穿着鹅黄色T恤和白色短裤,挎着小水壶,一双大眼睛怯生生望向坐在那里的小男孩儿。

白衣男孩回头,黄衣孩子一愣,渐渐睁大双眼。

站在中间的何危也感到不可思议。

这两个孩子的长相完全一致,而且他们的眉眼脸型都很熟悉,好像是……

"你是谁?"白衣男孩问。

穿黄色T恤的男孩儿轻声回答:"何危。"

好像是我的童年时期——何危愣愣地想。

白衣孩子一下跳起来:"我才是何危!"

他直直冲来,从何危的身体里穿过去,揪住那个孩子的衣领,一只手搓着他的右脸,冷冷质问:"你是不是何陆?肯定是的,你就是这样,就喜欢做这些恶作剧!"

黄衣服的小何危软弱抵抗,豆大的泪珠滚下来:"我真的是何危……不是何陆。"

见他哭得梨花带雨,白衣小何危终于停手了,发现他的眼角下果真没有泪痣,瞬间迷惑:"你真是何危?可我也是何危啊,怎么会有两个我呢?"

黄衣小何危带着泪痕摇头,抱着膝盖坐在地上,把脸埋进胳膊里哭泣。

"我不应该自己跑来伏龙山……妈妈爸爸和弟弟都不见了,我找不到他们。"

"别哭了,我也找不到。"白衣小何危盘腿坐在地上,托着腮,"我们是来这里郊游的,结果何陆跑不见了,我来找他,也找不到路回去了。"

黄衣小何危露出一只眼睛,瞄着他:"我弟弟也叫何陆,特别乖,特别听话。"

"我讨厌何陆,我想有个乖巧的弟弟。"

两个孩子坐在地上休息一会儿,接着白衣服的何危把黄衣服的何危拉起来,在偌大的山林里,多了一个人之后便不再害怕,两人摸索着寻找下山的路，一边走一边闲聊。

何危一直跟在他们后面，听着他们的对话，渐渐分辨出这两个孩子的真实身份——一个是这个世界的他，一个是对面那个世界的何危。

"你知道什么是离婚吗？"黄衣小何危问。

白衣小何危摇头，听他接着说："我爸爸妈妈离婚了，我以后跟妈妈住，阿陆以后跟着爸爸住，我们以后都不能在一起了。"

何危看着他那双水汪汪的大眼睛，开始茫然起来：他小时候真的有这么爱哭吗？

反观旁边那个一脸淡定、性格坚韧的孩子，倒是更像他一点。

白衣小何危从口袋里拿出手帕，帮他擦干眼泪："别哭了，你要跟我一样，男孩子不能经常哭。"

"跟你一样？"

"对啊，"他笑得眉眼弯起，"你是何危，我也是何危，我们不应该是一样的吗？"

听见这话，黄衣小何危擦干脸上的泪痕，终于止住哭声。两人牵着手，互相扶持在山里行走。天色渐晚，何危一直跟在他们后面，两个孩子走累了，饥肠辘辘，黄衣服的小何危率先认输，坐在地上不愿再走。

"你走不动啦？"

"嗯，我身体不好，走太多路会感觉喘不过气。"

白衣小何危的语气有些得意："那你不行，我体能可好了，以后还想当警察呢。"

黄衣小何危低着头，轻声说："我只想爸爸妈妈在一起。"

为了安慰他，白衣小何危蹲下来，搂住他的肩："你就是我，我就是你，我的爸爸妈妈一直在一起，大不了我跟你换就是了。"

"真的?"黄衣小何危歪着头,苦思冥想半天才说,"那我有一个好弟弟,也换给你好了。"

何危眼皮跳了一下,心里顿生出一种不好的预感。

两个孩子跌跌撞撞沿着山路行走,不知从何时起,一阵浓雾笼罩住山林,何危看着四周,能见度已经降至三米之内了。

"少爷!小少爷!"

黄衣小何危抬头:"我听见秦叔的声音了!"

"何危!你在哪里!"

白衣小何危也抬头:"那是何陆的声音!"

他们站在一片迷雾之中,两道声音从两个方向传来。黄衣小何危咬着唇,眼珠转一圈,最后摘下挂在脖子上的小水杯,开始脱衣服。

"不是说交换的吗?那就换吧。"他脱掉黄T恤递过去,"我把好弟弟给你,你把完整的爸爸妈妈给我。"

不可以!

何危张开嘴,想伸手阻止,却发不出任何声音。

白衣小何危沉默片刻,也把书包甩到地上,开始动作麻溜地脱衣服。

不一会儿工夫,两个孩子已经换装完成,彼此凝视着对方。

"不能说出去。"

"嗯,谁说出去谁是小狗。"

两只小手钩在一起,拇指打了一个印。

何危睁大双眼,眼睁睁看着他们往各自家人的反方向走去。

他看见沉稳坚强的小何危被秦叔找到,被欣喜若狂地抱起来;又看到脆弱爱哭的小何危被何陆拽着,去找爸爸妈妈。

何危睁开眼,大口喘着气,额头已经汗湿。

这里不是树林,是连景渊的家里。他缓缓坐起来,手撑着额,梦里的场景历历在目,那段在山上的记忆丢失数年,终于回来了。

为什么会发生这样离奇的事?何危一拳砸在床板上,死死咬着唇,隐约明白,为何他会走入这难以破解的循环之中。

原来,他所经历的,从一开始就是一个错位的人生。

第72章
普通朋友

这个时间段,何危清楚他和林錾予在办连环杀人案,大部分时间都在外奔波,因此这时候他回到局里最合适不过,也最不容易引起怀疑。

"何警官,人带来了。"

程圳清戴着手铐,步伐懒散地走进来,对上何危的双眼,瞬间明白这是另一个何警官。

"你怎么这么快就来找我了?"程圳清感到奇怪,"怎么样也该等这件案子结束之后才对啊。"

何危的手撑着桌子,俯身盯着他:"我问你,之前的几次,我有没有和你提过我小时候的事?"

"小时候?"程圳清摇头,"没有,我们的话题主要都是围绕程泽生,你不是不太喜欢聊自己的事吗?"

何危沉默,将声线压得低沉:"我好像无意间修改了循环的一个细节,意外得知一些很重要的消息。"

难怪能提早看到他。程圳清皱眉，语气变得严肃："如果你修改的细节对这个循环产生重大影响的话，后续会发生什么我不敢想象。"

"如果我死去的话，会回到案发时间，是吗？"

"我经历的情况是这样，但是你，我不清楚。"程圳清叹气，"你对中断的循环是没有记忆的，所以我从你这边得知的都是完整循环里的情况。"

他的意思就是接下来会发生什么，他已经无法预知。从何危修改细节得到一些信息之后，就已经产生蝴蝶效应，事情的走向不在他们的掌控之中，能不能挨到6月16日再回去都是未知数。

"虽然不知道会发生什么，但这些信息对我很重要。"何危的手抓紧桌沿，"我现在告诉你，如果这次循环再失败，请你转告下一个何危。"

十分钟之后，程圳清目瞪口呆。

"你是说，你应该是那边的何危才对！"

何危点头，蹙着眉表情凝重："我才想起当年发生了什么。而且不只是忘记那天的事，连我八岁之前的记忆也被修改了，因为在我的印象中，我的家庭现状就是这里应有的情况，完全无缝衔接上了。"

如果仅仅只是交换，作为一个八岁的孩子，肯定会不习惯在这里的生活，可能会做错什么事或者说漏嘴，可是完全没有发生这种现象。何危非常顺畅地接上了这里的生活轨道，直到前几天才知道这段经历。

程圳清耸肩，现在他已经帮不上什么忙了，只能在这里静静等待。如果提前回到出租屋里，那就证明何危发生意外，循环提前结束。

"你还是按照原来的发展，去提醒他们尸体在哪里。我会尽量保证循环的完整，尽量防止意外发生。"何危拍拍程圳清的肩，"各自保重吧。"

129

"我在里面不会有事,倒是你。"程圳清着重提醒,"你的生命很重要,遇事要慎重思考。"

"嗯,我知道。"何危捏紧了拳,"我知道只有我活着,程泽生才有活着的希望。"

夜深人静,何危没有开灯,一个人静静坐在床边。

"吱呀"一声,门被顶开一道缝,一双湛蓝的眼睛像两颗夜明珠一样盯着何危。何危招招手,斯蒂芬迈着猫步走来,蹲在脚边抬头看着他。

"你怎么知道我没睡?"何危捋着斯蒂芬的小脑袋,斯蒂芬眯着眼,乖顺黏人,还一下一下地顶着他的手心。

"是我让它来看看你的。"

连景渊出现在门口,手搭着门框:"不睡觉怎么灯也没开?"

何危说没什么,在想事情,睡不着。连景渊走进来,站在他的对面半个身子靠着飘窗:"从住到这里,就没见你真心笑过。"

何危想牵起唇角,可心里压着一块石头,是怎么样都笑不出来的。

死循环并不可怕,因为这是循环,还可以回溯,坚持不懈终归能找到解决的方法。童年却是无法改变的,他和这里的何危交换,在这个世界度过数年,忽然得知程泽生的世界才是他的归宿,一时间建立起来的信念全部崩塌,忍不住怀疑自己存在的意义。

连景渊走进一些,他的语气温和又小心翼翼:"能说吗?你心里的事。我感觉你背负太多,身上的担子日复一日越来越沉,导致你的状态并不好。"

何危沉默不语,连景渊继续劝导:"你需要一个倾诉的对象,或许我不一定能帮得上忙，但可以帮你排解一下情绪和压力。"

五分钟之后，何危缓缓开口："连景渊，如果我并不是你认为的何危，你会怎么想？"

"你觉得我认为的何危是什么样的？"连景渊淡然一笑，"我认识的何危就是你这样，坚韧、有毅力、不服输，还很厉害。"

"可我不属于这个世界。"何危抬头，笑容缥缈苦涩。所有人都不知道，那天从山上回来的并不是这个世界的何危，而是另一个。什么性格转变都是骗人的，根本原因是平行个体已经调了包。

连景渊的眉头也微微蹙起，何危身上发生的事情一直无法用科学解释，他可以违背科学悖论回到过去，现在又说自己不属于这个世界，让连景渊越发为他的精神状态感到担忧。

"你不太相信对不对？我也不敢置信。"何危盯着连景渊，笑容渐渐消失，唇角抹得平整，抿成一条直线，"在很小的时候，我和平行世界的何危调换了身份，我一直不知道，原来很早以前就已经为现在的循环埋下伏笔。"

连景渊先是惊讶，数秒之后表情又恢复正常："这种事的确很离奇，但既然早就已经调换，这里也充满你生活的痕迹，那你就是这个世界的何危，是我所认识的何危。"

"可这是错误的。"何危表情纠结，弓着腰双手插进发间，"会变成现在这种情况，可能就是因为当年的交换，我不该存在在这里，所以才发生那么多事情。我还害死了程泽生！如果当年没有这么做，或许……"

或许——我也不会遇见现在的你。一瞬间，连景渊遍体生寒。

"连景渊，我真的不明白我为什么会经历这些，如果能再给我一次机会，我……"

"没有可能，没有如果。"连景渊半蹲着，认真道，"每个人都有既定的命运，你有没有想过，就算没有你的这段往事，程泽生也可能死于别的意外？这就是他的命，改变不了的，你要愧疚到什么时候？"

何危怔了怔，似乎不敢相信这些话竟然是从连景渊的嘴里说出。

"你自己也知道，循环那么多次都无法救他，那就是命运在阻挠你去做这件事，你为什么还要那么执着？"

房间里变得寂静一片，斯蒂芬蹲在地上，歪头看着饲主和另一个"饲主"，表情充满不解和好奇。

"解开这个死循环的关键在你身上，有可能解开之后，你就不会再留在这个世界了。"

何危垂下眼眸，看着连景渊，忽然笑了。

"这不是你的命运，你不会懂的。"何危站了起来，居高临下地看着他，"我不会为了自己去牺牲别人，谁都不行。我一定会救他。"

他看着这间客房，轻声叹气："意外一个接着一个，真是令人猝不及防。我想我也是时候该搬走了。"

连景渊惊讶，站起来拦住他："你现在能去哪里？"

能去的地方有很多，虽然不是最舒适最安全的，但却是最没有压力的。他还留着程圳清那间房子地下室的后门钥匙，暂时去那里过一阵也可以，只要能顺利完成这个循环，他可以回去救程泽生就行。

何危和连景渊擦肩而过，拍拍他的肩，说了一句"保重"。连景渊回头，眼看着他一步步走远，叹气道："这么晚了，明天再走吧。"

他抱着斯蒂芬走过来，把猫塞到何危怀里："今晚带它睡吧，你走了它肯定也舍不得。"

斯蒂芬扒着何危的胳膊，叫声让人心软。何危终于被说服，抱着猫重新回到房间里。

连景渊退了出去。

何危一觉醒来，窗帘关着，但透过窗帘缝隙，可以判断出外面已经大亮，最少也在9点之后了。

斯蒂芬还在床上，何危笑了笑，先撸猫撸了一会儿才起床洗漱。连景渊买的房子格局够好，连这间客房都配着独立卫浴，刚刚住进来时何危都在惊叹真是奢侈，但的确是方便不少。

洗漱过后，何危打算去阳台拿衣服，来到门口，拉着门把手转了几下，却发现门打不开。

何危开始在房间里找钥匙。这是从外面反锁的，只要找到房间的钥匙就能打开，但是当几个抽屉找过之后，何危已经不抱有希望——门是连景渊锁的，也肯定不会把钥匙留下。

"我想了想，你还是不能离开。"

连景渊的声音从门外传来："一来是你的身份比较特殊，二来是你去救他的话，你可能会消失，我不能让这种事发生。"

何危有些无语，看着门锁，无奈叹气："你觉得这样一道门关得住我？"

"我没打算一直关着你，是想让你考虑一下，可以当我昨晚的话没说，别离开就行。"

"斯蒂芬饿了。"何危说，"你要关的是我，不能饿着它吧？"

"你的房间里有猫粮，还有你的早餐、午餐，都在里面。"

何危回头，看见桌上摆的几个盘子，牛奶面包还有肉酱意面，地上

133

有猫粮和水，更加无语。

意外就这么发生了。

第73章
变　数

何危跷着腿，慢悠悠地吃早餐，斯蒂芬蹲在他的脚边吃猫粮，吃完之后又跳到腿上撒娇。

"连景渊，你今天不用上班？"何危看了看钟，"已经9点半了，我记得你每周四全天都有课。"

"调课了。"

"哦，这样。"何危有一下没一下地撸着斯蒂芬，把面包吃完之后擦擦手，"我不喜欢吃意面，中午想吃海南鸡饭。"

门外没有传来回话，何危心想他也不是犯人，点餐都不给了？一分钟后，连景渊说："点过了，11点半送达。"

何危没意见，站起来伸个懒腰，开始找一些细铁丝、发夹之类可以开锁的工具。一刻钟后，何危感叹，连景渊不愧是心细如尘，整个房间里找不到一个有用的工具，连卫生间里面可拆卸的清洁用具都给一并收走了。

但这样如果能难倒何危，那他这么多年警察也白做了。且不说那把破锁能不能经得起他的摧残，他要是动真格的，连景渊家里的门都得换。

不过何危不太主张暴力解决问题，特别是对方还是他多年的朋友，出发点也不是带着绝对的恶意,那么处理的方式就要特殊一点,尽量不要太伤人。于是何危抱着臂站在门口,语重心长道:"连景渊,你知道我的性格,我决定的事不会改变。你把门打开,我当这回事没发生过,大家还是朋友。"

"从我昨晚冲动失言之后,我就知道我们回不到过去了。"连景渊倚着门,语气轻缓带着一丝忧愁,"何危,我什么都不要,只要你在这个世界活着就好。"

"你希望我活着,但你现在所做的一切,恰恰是让我放弃寻找生路。"何危的声音变得严肃,"我陷在一个死循环里,救不了程泽生,我会一直走不出这个循环,这是你想要看到的结果吗?"

"你如果对我有朋友的情分,应该希望我能尽快剪断这个莫比乌斯环才对。"何危看一眼反锁的房门,"而不是把我关在这里,耽误我的行动。"

门外久久没有回应,斯蒂芬好奇地盯着何危,何危弯腰戳戳它的小脑袋。都怪你,昨晚使美人计,让我多留下来一晚,否则哪有这些破事?

"连景渊,你听见了吗?"

门外还是无人应答,何危叹气,提了提裤腿:"那就对不起了啊。"

"轰"一声巨响,木门被一个刚劲有力的回旋踢踹开,何危看着开裂的门头和有些变形的锁舌,还要赔连景渊一笔维修费。就说别让他动用武力解决吧,不只伤感情还伤钱。

何危走出房间,和迎面走来的连景渊对上。连景渊手中拿着一串钥匙,愣愣地盯着何危,又看了看变成废品的乳白色木门。

"……"去拿钥匙怎么也不说一声。

何危轻咳一声："我赔。"

连景渊笑了笑："别了吧,你没揍我已经很给面子了。"

"没办法啊,是打算开门之后给你点颜色看看,"何危揉着手腕,"不过看到你这张脸,下不去手了。"

连景渊的手下意识摸上脸颊,笑了笑："那还是沾了它的光。"

何危单肩挎着一个小包,里面装的都是他从家里收拾来的衣服,连景渊抱着斯蒂芬,在身后问："还能再见到你吗?"

"应该不会了吧,没多少天了。"何危抬手,晃一下表,"时间快到了。"

连景渊叹气,祝他保重,告诉他如果有需要的话可以随时过来,绝对不会再像今天这样为难他了。

何危点点头："嗯,我知道,我们还是朋友。"

"砰",防盗门被带上。斯蒂芬蹲在玄关,回头对连景渊叫着,似乎在抱怨饲主为什么没把他留下。

连景渊下意识摸上自己的脸颊,想起那句话,神思恍惚。

那句话他曾听过,在学生时代。

那时候连景渊跨年级进入高中的班级,班上的男孩子一个个都比他高比他壮,有的甚至冒出胡子长出喉结,唯独他戴个圆眼镜,胳膊细得好像一撅就断,头发软软地贴着额头,像个小鸡崽。

当时何危坐在连景渊的后排,一直护着他,久而久之连景渊被班里同学戏称为何危的"小跟班"。不过小跟班除了学习别的都不太行,视力不好,运动神经也纤细,有一次打篮球还把球砸到何危的头上,吓得脸都白了。

班里同学在起哄,"这还不教育一下""小跟班都是要挨揍的"。何危掀开球衣下摆，去擦额头上的那道灰印，漫不经心道："是想揍啊，但是看见他那张脸，下不去手了。"

小小的连景渊霎时间耳根都红透了。

连景渊捂住脸，笑容无奈。时光荏苒，他已经不再是当年的连景渊，但何危还是那个何危，让他欣赏和敬佩的地方从来没有改变。

何危悄悄回到程圳清躲难的地下室暂住，他从邻近车库的后门进出，完美躲过隔壁邻居老头的眼睛。地下室和连景渊的家里不能比，照明只有头顶一盏暖黄小灯，床还是那张躺椅，所有的设施都和上次过来时一模一样。

当初抓捕程圳清，这里一眼望到底，也没什么可搜的，只在外面的大门贴了封条。何危在地下室也没什么需要上楼的时候，除了生理需求，不过有一个难题对他来说很棘手——洗澡。

现在已经进入6月，天气炎热，虽然何危出任务的时候几天不洗也没当回事，但正常情况下，他作为一个有点洁癖的男人，一天一洗是不能省略的。倒不是多矫情，而是习惯问题，一时间还真改不过来。

在没有空调的地下室待了两天，何危闻到自己身上淡淡的发酵味道，思索片刻，带上换洗衣服决定去公共澡堂。

距离富盛锦龙园两条街就有一个洗浴中心，看门头金碧辉煌，价格还算公道。贵的都是那些推背推油的项目，何危只是单纯洗个澡，几十块钱就打发了。

何危拿着牌子去更衣室，衣服还没脱完，走进来几个流里流气的男人，不是剃了青皮就是染着一头五颜六色的非主流头发。进来之后，一个男人解开衬衫，露出花臂和胸口的青龙，还有一道从左胸口至右下腹的长刀疤，吊儿郎当地炫耀："看见没？这是给飞哥挡刀的！一米多长的西瓜刀，直接就砍上来，老子眼睛都不带眨一下！"

旁边那几个发出夸张的惊呼声，何危瞄一眼，唇角勾了勾，围上浴巾之后把柜子关好。

"哎！那小白脸，你刚刚笑什么？"

何危拔下钥匙套手上，准备去浴室，忽然被拽住胳膊："我们雷子哥问你话呢！"

"问我？"何危这才茫然回头，看着那个胸口带疤的，"问我什么？"

"我问你刚刚笑什么！"名叫雷子哥的男人恶狠狠地瞪着他，"瞧不起老子这道疤？告诉你，老子杀人的时候你还不知道在哪儿玩泥巴呢！"

"哦，"何危淡淡地问，"你还杀过人？也用一米长的西瓜刀？"

明明是很平缓的语气，可从何危嘴里说出来就是带着一股嘲讽的味道。那几个地痞的注意力顿时都集中在"一米长的西瓜刀"上，脑中出现"四十米大刀"的表情包，不知为何，面部表情变得尴尬扭曲起来。

雷子愣了愣，随即也反应过来，这小白脸是在笑话他。他当场炸了，拽住何危："我看你是嫌活得长了，敢笑话老子？！这一片谁不认识我惊天雷的！"

何危皱着眉，只是出来洗个澡还能惹上麻烦？他隐约感觉这可能和循环有关，也许他无意间得知的小时候的消息对循环造成了巨大的影响，因此现在才会发生层出不穷的意外，让人应接不暇。

还没等他细想，斗大的拳头都飞过来了。何危下意识躲开，一个矮身从胳膊下滑出来，反手抓住他的胳膊肘扭到身后，脚一蹬膝窝，强迫雷子跪下，一气呵成完成了一套逮捕犯人的标准动作。

小小的更衣室立刻哄乱起来。

何危眼尖地瞧见其中一人亮出晃眼的刀刃，脑中一片空白，只有一个想法——不能出事，一定不能让循环中断。

他抄起一把凳子砸过去，小混混散开，持刀的那个向何危扑过来，被何危一脚踢中手臂，刀子"咣当"一声落在地砖上。那人五官挤在一起，捧着手腕叫唤，何危又一脚，将小刀踢到柜子下面去。

更衣室里闹成一团，经理一见打群架，还是附近有名的地痞流氓，也不敢上来拦。何危扭着一人的胳膊，抽空对经理说："别报警！"

"啊？"经理有些蒙，这到底谁打谁，谁挑的事？被围攻的那个还不让报警？

雷子今天面子丢尽，脸红脖子粗，要给何危一个好看。他从背后补一拳过去，何危像是脑袋后面长了眼睛，回身一脚踢中他的肚子，而后将人拎起来抵着墙，回头怒喝一声："都别动！"

掐得正起劲的小混混愣了愣，被何危的气势吓到，更衣室里瞬间安静下来。何危深吸一口气，冷冷地看着雷子："你刚刚说的飞哥，是赵岩飞吧？你大哥就是我送进去的，关了七年出来之后从良了。你要是也想走这条路，我不介意搭把手。"

雷子盯着何危，渐渐瞪大双眼："你……你是何危？！"

何危松开他的衣领，把人推到一边，揉了揉脖子："要么从这个门出去洗澡，要么滚进去吃牢饭，你自己选。"

雷子打量着何危，心跳加快，招呼那几个小弟赶紧溜。这男人不像是蒙他的，从身手就能看出来。赵岩飞和他说过，抓他的那个警察是个长相周正的俊俏小子，动起手来一点都不含糊，追了他七条街，抄近路从三米高的树上跳下来把他逮个正着，可不就和眼前这男人极其相似吗？

终于走了。何危松一口气,感觉就像《西游记》,随时都能冒出来一劫,看来还是少出门的好。

又忍了三天之后,何危拿着换洗衣服,悄悄打开404公寓的门。

此刻是上班时间,家里没有人,他算盘打得好,洗个澡回去也没人能发现。就在何危已经脱了衣服,把混水阀打开之后,浴室外忽然传来询问声。

"何危,是你吗?"

何危一愣,下意识回头盯着浴室的门。

程泽生回来了。

第74章
深陷电影情节

隔着一道门,何危看见一道人影,程泽生就在门外。今天是工作日,他没想到程泽生竟然会回来,记忆中这段时间他应该是在处理一个伪装成车祸的谋杀案,忙得脚不沾地,怎么白天有空回来?

"你是不是加班才回来?我也是,在局里熬得脖子酸痛,回来休息一会儿。"

"嗯。那你去休息,我洗个澡就回局里。"何危故作冷淡,捏紧拳强压下想见他一面的冲动。现在产生的变数已经太多,如果再和程泽生见面,他和现在的何危会发展成什么样就会变得完全无法掌控。回溯的时间已经快要到了,在此之前何危只希望别再出什么意外就好。

"这么快就回去?"程泽生顿了顿,"那我等你洗好吧,想和你说说话。"

何危本想拒绝，但程泽生已经去客厅等他出来。他明白碰面是必不可少的，聊两句赶紧找个借口离开，应该问题不大。

二十分钟之后，何危擦着头发出来，果真看见沙发那里坐着一道修长身影，低头在看手机，听见动静之后他抬起头，露出那张夺人眼球的俊美脸庞。

何危凝视着程泽生，此时的程泽生还不知道他将来会经历什么，并不理解何危眼中的深意。见他的目光深沉复杂，走过来问道："发生什么事了？你的脸色不太好。"

"没什么。"何危移开视线，"你的案子怎么样了？"

"快移交检察院了，你呢？真正的嫌疑人找到了吗？"

何危看了看今天日期，距离乔若菲暴露还有几天时间，他摇摇头："还没，不过我相信很快就能找到她。"

"嗯，我也觉得。"

何危和程泽生拉开距离，道："我回局里去了。"

"嗯，好。"

何危拎着包，换好鞋之后，坐在玄关久久没有动静。程泽生一直在身后，好奇地看着他，总觉得今天的何危有些奇怪。

"程泽生，你牢牢记住，遇到危险的时候我能保护好自己，你也要保护好自己。"何危低着头。

程泽生眼看着门关上，一阵茫然：他说这些是什么意思？

在乔若菲正式进入排查范围之后，云晓晓为了拖住她，最近几天都在陪着她一起逛街购物。邹斌被安排在暗处跟着她们，却不知还有一个人，跟着他们三个。

何危看着表，现在这个时间点，云晓晓和乔若菲应该已经回到宾馆，然后乔若菲对云晓晓下手，接着就是夏凉出场，和邹斌一起英雄救美，可为什么她们还留在商场里？

"队长，云晓晓刚刚和我通信，她们正在里面试衣服，等会儿去看电影。"

坐在邹斌背后位置的何危皱眉，好好的怎么会多出一个看电影的环节？

忽然，一个穿着碎花长裙，打扮时尚的娇俏美女进入何危的视线。何危将墨镜向下推了些，眉头拧得更紧——郑幼清出现了。

她今天不是应该在局里交DNA的比对报告吗？怎么会出现在这里？额头青筋突突跳着，何危明白，又一个意外开始发生。

邹斌和刑侦支队里的前线人员接触较多，对专业做痕检的郑幼清没什么印象，加上郑幼清平时都是口罩白大褂的打扮，因此从他身边经过都没认出来。何危已经悄悄跟上去，跟在郑幼清身后，上到三楼专门售卖女装的楼层之后，看见云晓晓在对她招手。

"幼清！这里！"

郑幼清甜甜一笑，挎着小包走过去，乔若菲和她一见如故，相谈甚欢，三个回头率极高的美女走在一起，引来路人瞩目。

她们一起去四楼的男装专卖店，何危为了弄清楚郑幼清忽然出现的目的，也悄悄跟进去。店里客人不少，何危和她们隔着一个长挂衣架，听见郑幼清问："晓晓，你觉得哪个颜色比较好？"

"我又不是队长，我怎么知道他喜欢什么颜色。不过看他平时穿衣服的风格，黑白比较保险。"

何危一愣，郑幼清是在帮他买东西？

乔若菲似乎很有经验,笑道:"送给心上人的话,这条就挺好的,低调又不掉档次,什么场合都能戴。你们在一起多久啦?"

"没有,"郑幼清轻声回答,"没在一起,前几天又被拒绝了。"

"啊?"云晓晓惊讶,"何支队在想什么?放着你这么肤白貌美的局长千金不要,他难道是想要世界小姐吗?!"

"……"何危自动略过这句。

郑幼清赶紧解释:"这次他彻底拒绝了。"乔若菲更惊讶:"那你还帮他买礼物?"

"不算礼物,我爸爸说月底会有领导层的聚会,厅里的领导都会来,我只是想帮他挑一条好看点的领带,没别的意思。"郑幼清的语气带着惋惜,"最后一次帮他买东西了,今后就没机会啦。"

云晓晓和乔若菲一起安慰她,天涯何处无芳草,以后一定会找到更好的男人。何危心情复杂,他一直没有重视过郑幼清的感情,这个姑娘喜欢人的方式也很特别,不会让人觉得为难,因此每次的拒绝何危也没什么愧疚感,反而感觉自己这么做是为了她好。

但反过来想一想,郑幼清喜欢他数年,一直没有交男朋友,可以说一个女人最美好的岁月都浪费在他的身上,最后得到的也只能是一句"不得不放弃",令人唏嘘不已。

挑好领带之后,她们三人一起去五楼的影院。原来今天会临时改变计划,也是因为郑幼清早已买好两张电影票,打算约何危的,但显然已经约不到了,才会找好姐妹一起看,顺便买东西。

两张电影票,还有一个需要补票。趁着乔若菲在排队购票,云晓晓低声和郑幼清咬耳朵:"你干吗非要过来啊,还调班,我带着任务的欸。"

虽然云晓晓不明白为什么要看着乔若菲，但队长下了命令，她就肯定会执行。郑幼清的声音压得更低："我不放心你，早晨DNA报告出来了一部分，她的染色体可能是XY。"

云晓晓震惊。

郑幼清让她别说话，乔若菲回来了，她美丽的脸蛋浮上苦恼之色："那两张票周围的座位早就没有了，我只买到了最旁边的，要不你们坐一起，我坐旁边吧？"

郑幼清笑了笑："这样多不好，你和晓晓坐一起，我坐旁边好了。"

"啊！你那两张票都是好位置啊，多不好意思。"乔若菲推辞，"就你们两个坐一起好了，我在旁边也能看得清。"

云晓晓才不管她能不能看得清，而是不能让她离开视线范围。讨论一番之后，变成郑幼清和乔若菲坐一起，云晓晓坐在遥远的边位，郑幼清对着云晓晓比个手势：放心，肯定会看好她的。

何危也买了一张票进去，位置比云晓晓还偏。这是一部最近新上映的科幻片，《三叠记》，听起来像是恐龙时代的，实际上是一部时空交错的电影。三个时空重叠，复杂烧脑，但一环扣一环设计精妙，广受好评，因此本该上个月下档，硬是拖到这个月，每天排片还排得很满。

何危不知不觉被电影情节吸引，联想到他和程泽生，也是在时空的旋涡里挣扎。主角在迷茫自己不断前行和奋斗的目的，何危也在迷茫，现在的努力真的有用吗？他真的有能力可以拯救程泽生？

电影的最后，是以主角自我牺牲为结束，像是《蝴蝶效应》的结局，倘若男主没有出生，每个人的结局都会变得美好，痛苦的只有多次失去孩子的母亲。何危不喜欢这个结局，他没有那么高尚的情操和伟大的觉悟，生而为人，只有活着才有能力解决更多事情。他要救程泽生，也一定会选择能和程泽生一起活下去的方式，否则只有一个活着的话，即使解开循环又有什么意义？

电影散场之后，三个姑娘吃过晚饭才一起回去，此时天色已晚，何危跟着她们一天，也没见乔若菲露出真面目。也许是因为今天郑幼清在，所以乔若菲没有动手。

把乔若菲送回宾馆之后，云晓晓和郑幼清分道扬镳各自回家。何危压了压帽檐，今天这一天算是浪费了，也打算回去，没料到被郑幼清叫住："你一直跟着我们，有什么目的吗？"

何危回头，隔着墨镜看了一眼，没有理睬继续往前走。郑幼清踩着小高跟，追上来一把拽住他的胳膊："你知不知道你跟踪的是谁！我是警察。"

她的声音渐渐低下去，愣愣地盯着何危："何支队？"

何危食指竖在唇上，指指人工湖那里的小公园。

"换个地方吧。"

见男人把墨镜和口罩摘下，又把帽子拿掉，郑幼清才确定自己没认错人，真的是何危。

"何支队，你怎么……"

"保护你们呀，你也知道乔若菲有问题吧？她就是凶手。"何危对郑幼清笑道，"不过没想到你这么敏锐，晓晓都没发现我，你倒是先注意到了。"

"不小心在电影院的镜子里看到的，后来一直留意，发现你总是跟着我们。"郑幼清坐姿端庄典雅，双手摆在膝盖上，忽然脸色涨红，"啊！那你不会……不会看到我买东西……"

她一下子捂住脸，何危装不知道："买什么？你们去看电影的时候我才到。"

郑幼清悄悄从指缝里窥探着何危的表情，过了片刻才把手放下，自暴自弃一般将袋子递过去："看到就看到吧，帮你买的，月底有重要的会议，希望能帮得上忙。"

"谢谢。"何危接过袋子，淡淡一笑，"多少？我转给你。"

"可以换成别的吗？"郑幼清咬着唇，"陪我去看一次电影吧。"

临近深夜场次的《三叠记》较白天来说人数少了许多，何危和郑幼清坐的是中间视野最好的位置，郑幼清手里抱着爆米花，两条纤长的腿晃着，眉眼弯起："我幻想这一天好久了，没想到真的有机会和你坐在这里一起看电影。"

"你还记不记得？我第一次见你是在现场，那时候你把一截断掉的手指递给我，我当场就吐了，后来回去之后真希望那天能重来，肯定不会在你面前这么丢人。"

"正常的，你的表现还算不错，还有第一次出现场见到尸体晕过去的同事呢。"何危说道。

"那不一样。"郑幼清将长发捋到耳后，悄悄瞄一眼何危，"很早之前我就在爸爸的相册里看见过你，一直在想第一次见面要给你留个好印象。"

何危不知该如何回答，郑幼清看着屏幕，露出微笑："其实如果能像这部剧里的主角重新再来一次的话，明知道没有结果，但我应该还是会喜欢上你的吧。"

许久之后，何危才轻声开口，声音被电影立体环绕的音效轻易盖过去："这样的执着并不好，你不应该把时间浪费在我身上才对。"

电影结束之后已是深夜，郑幼清伸个懒腰，要回去赶紧睡觉，明早还要上班。何危送她到车站，郑幼清看着何危，忽然问："我们以后还能再见面吗？"

何危怔了怔，从她的眼神中，猛然明白她已经察觉出端倪。

"我在看电影之前，发消息给同事，他们说何支队一直在局里，今天没有离开过。"郑幼清微歪着头，目光温和，"虽然我不明白怎么回事，但你也是何危，这一点不会错的。可能我很幸运，遇到了电影里的情节吧。"

"你怎么看出来的？"

"因为这么多年以来，你从来没有答应过陪我看电影啊。"郑幼清眨眨眼，"我不会说出去的，这种美好的梦我要记住一辈子。以后就算面对冷冰冰的你，也不会心寒啦。"

何危叹气，还是败给这个丫头了。他伸出手，第一次摸了摸郑幼清的发顶，以朋友和哥哥的姿态，叮嘱："路上注意安全，早点睡，再见。"

坐上计程车，郑幼清对着何危挥挥手，关上车窗之后，她从包里拿出那张夜场的电影票，怔怔出神。

长久的暗恋不会让人心酸，但一时的满足，却反而像是打开了潘多拉魔盒，会想要得到更多，一发不可收拾。

郑幼清甩甩头，把脑中的杂念抛出。他既是何危也不是何危，能有这么一次邂逅已经用尽好运，不知满足的话会被降下责罚的。

下车之后，郑幼清沿着小巷回家，一个娇小的人影在路灯下蜷缩着，发出细弱的哭声。

"你怎么了？"郑幼清蹲下来，拍拍她的肩，"没事吧？怎么一个人在这里哭?"

那人抬起头,露出微笑:"当然是在等你回来啊。"

郑幼清瞳孔骤缩,还没来得及退后,已经被一块喷着乙醚的手帕捂住口鼻,意识渐渐变得模糊。

乔若菲的声音回荡在她耳边,温柔无比:"我找到比晓晓更好的目标了。你那么爱一个人,最后一个字母给你再合适不过。"

郑幼清的眼皮沉重,脑中飘过许多画面,最后停留在电影院和何危唯一靠近的场景。

真的……成了一场梦。

第75章
危险营救

郑幼清失踪了。

她自夜里下了出租车之后就失去了音信,郑局长夫妻俩起初以为她是玩得太晚在朋友家过夜,但打电话没人接,发消息也不回。第二天早晨,郑幼清没去上班,问她几个交好的朋友,都不知道她的去向,才发现出事了。

然而最糟糕的是,乔若菲也在当晚离开了宾馆,邹斌明明跟着她去了商场,但她进了洗手间之后久久没出来,邹斌找保洁进去看时,洗手间里早已不见乔若菲的身影。

DNA 的比对结果已经出来了,证实乔若菲正是那个警方一直在追查的嫌疑人,并且警方也推断出她还要再杀一个,将"LOVE"这个单词拼齐，没想到目标竟然不是云晓晓，而是她只在昨天见过一面的郑幼清。

街道的监控调取之后，众人清楚地看见郑幼清在路灯下被一个长发女人捂住口鼻迷晕之后带走，画面是黑白的，距离又远，几乎看不清脸，但云晓晓叫出声："是乔若菲！不会错的，就是她！"

何危眉头紧蹙，郑局这尊老佛难得无法保持镇定，背着手在办公室踱步，抬起头："昨天怎么没把人抓起来？！"

"昨天DNA比对报告没有完全出来，我们的揣测得不到证据的支撑，没办法抓人。"何危盯着监控画面，转头问，"晓晓，你们昨天是几点回去的？"

"8点，在湖鑫广场我们就分道扬镳了，我以为幼清会直接回家的！"云晓晓快急疯了，"她怎么会那么迟才回去？我应该把她送上车才对！"

"她是成年人，想做什么你阻止不了。"何危拿着笔，在地图上圈出几个地点，"崇臻、二胡，去调取湖鑫广场周围的监控，看看能不能查到幼清在8点到夜里2点之前去过什么地方。林壑予，我们带两队去搜一下圈出来的地方。乔若菲在升州市没有熟人，也没有最佳的藏匿地点，想要作案的话只能挑附近这些废弃的仓库或者是长期无人使用的工地。快！马上行动！"

"队长，你一定找到幼清啊！"云晓晓急得不行，乔若菲连相处几年的男友都能毫不犹豫地杀害，对郑幼清更不会手下留情！如果目标是她的话，可能事情还没那么糟糕，她毕竟一直在前线，体能格斗都不差，还会用枪。可是幼清呢？纤弱秀气，一直在实验室里做研究，哪里能敌得过一个杀人凶手？

"我知道，我尽力在黄金时间找到幼清。"何危抬起头，对郑福睿点点头,"郑局,相信我。"

女儿被一个连环杀手绑架,郑福睿心急如焚,此刻只能指望何危能尽快把人找到。面对这种杀人犯,超过二十四小时还找不到人,就有可能凶多吉少,郑福睿深知这一点,喝一大口茶也压不下燎起的火气。

另一边,何危在发现乔若菲不见之后,立刻打听云晓晓的消息,结果云晓晓没事,失踪不见的是郑幼清。何危怔了怔,立刻行动起来,去那几个废弃的工厂和仓库查看。

他现在不仅无法调用人手,连监控资料都看不了,动作还要快,因为很有可能马上就有警方的队伍前来搜查。如果和他们碰面的话,后果更加不堪设想。

"咣",何危一把推开铁门,灰尘扑面而来,似是长久无人开启。仅凭这一点,何危已经能断定她们没有来这里,匆匆赶往下一个地点。

废弃的工地里,何危走进去,一不小心踩断了一根树枝。他将树枝捡起,这并不是一根腐朽的枯枝,从断口的新鲜程度来看,是从成长的树木上折断的,尖端还能看见一点细微的皮肤组织。他去捡了一根废铁,每一步的动作都很小心,同时仔细留意四周,会不会布置了什么陷阱,或是什么人冒出来偷袭。

忽然,地上几点暗红色的滴落痕迹引起何危的注意。这几块小圆斑落在黄沙里,他捻起一点搓了搓,放在鼻间轻嗅,从味道判断出来不是油漆,而是血迹。

这血迹不知道是乔若菲的还是郑幼清的,结合那根树枝判断,应该是她们两人其中一人的胳膊或是腿被树枝划破,留下滴落的血迹。同时地上的黄沙也留下鞋印,一个是属于郑幼清的细高跟,另一个应该是乔若菲的,证明她们的确从这里路过。

鞋印和零星血迹一直延伸出这栋楼，去往另一栋楼。何危追过去，在那栋楼里发现更多的痕迹，包括一条染血的薄纱巾，是郑幼清昨天系在脖子上当装饰品的，地上还有一根树枝，以及在黄沙上留下的数字——356。

丝巾和树枝？何危灵光一闪，再看看数字，转身走了两步，又退回去，在数字前面补上几个字——金枝路。

破旧的老房子里，乔若菲坐在地上，长裙拖在布满泥土的地面也毫不介意。她托着腮，看着手脚被捆住的郑幼清，露出微笑："还有十分钟哦，我已经留了提示，就不知道他们能不能找到这里了。"

郑幼清一双杏眼瞪着她，她的腿被树枝划出一道长口子，火辣辣地疼，嘴还给透明胶带贴着，只能发出"呜呜呜"的抗议。乔若菲靠过去，坐在她身边，像是朋友聊天一般，问："你觉得谁会第一个来啊？你的何Sir吗？如果不是他的话，你会不会失望？"

郑幼清把头转过去，懒得理她。乔若菲拿出一把水果刀，郑幼清心里一惊，拼命摇头。

乔若菲划开郑幼清的衣领，用力一撕，露出大片雪白的肌肤，还有粉色蕾丝花边的内衣。乔若菲眼中带着惊讶的神色："身材真好！我越来越弄不懂了，你这么漂亮，胸大腰细，又是局长千金，为什么他还不接受你啊？"

郑幼清羞愤不已，扭动着身体想把绳子挣开，乔若菲按住她，拿出口红在她的胸口写下字母"O"。再一抬头，发现郑幼清眼泪汪汪，不知是气的还是怕的，恶狠狠地瞪着乔若菲。

乔若菲甜甜一笑，轻轻捏一下她的脸颊："还有五分钟，要是没人来的话，游戏就结束咯。"

金枝路是一条南北走向的主干道,和工地所在的玉兰路有交会。这条路很长,有古城墙,还有宏伟的城门,更有一个明清时代的文学家故居,叫金枝玉兰园。根据导航提示,356号就在故居旁边,何危气喘吁吁地赶到,却发现这一片居民楼早已搬空,有的已经开始拆迁,成为残壁断垣,仅存的几栋楼墙上写着大大的"拆"字,鲜红字体远远就能瞧见。

郑幼清应该就在那几栋楼里。何危看看楼层的高度,一栋楼一栋楼找的话太浪费时间,他猜想乔若菲既然这么麻烦留下信息引人过来,肯定不会只是为了抛尸,郑幼清还活着。于是他清清嗓子,喊起来:"郑幼清!"

郑幼清听见何危的声音,判断声音是从后面的窗户传来,她想回头,却没什么力气。在五分钟之前,乔若菲给她打了一些药物,又让她坐在窄小的方凳上。这个凳子下面还架着两个凳子,叠在一起摇摇欲坠。她的脖子上套着绳索,拴在房梁上,保持着坐姿的话不会有窒息感,可一旦她的身子歪下去,凳子倒掉,她就会被吊死在房梁上。

"我给你打的药浓度很高,很快就会起效的,这样你也感受不到吊死的痛苦了。"乔若菲捏着郑幼清的下巴看着她"我真的挺喜欢你,这么一个美人香消玉殒,可惜啊……"

她走后,屋子里只剩下郑幼清一人。她的手脚给捆着,起初还能端正地坐在椅子上,但随着药效的发作,意识渐渐变得模糊,开始产生强烈的睡意。她在心里一直在告诉自己不能睡,要撑下去,否则就等不到局里的同事来救援了。

不知时间过去多久,每一分每一秒都像是煎熬,郑幼清的眼皮渐渐沉重,好几次差点就要睡着倒向一旁,愣是强撑着,直到听见有人呼唤她的名字，声音缥缈遥远，但却那么熟悉。

"郑幼清！你在吗？！"

是他。

郑幼清唇角弯了弯，再也支撑不住，眼皮合上，身体倒向一旁。三个凳子噼里啪啦地掉在地上，重力作用之下，脖子被绳索勒住，郑幼清眉头紧紧皱着，却连挣扎的力气都没有。

何危回头，看向身后那栋楼。刚刚他明显听到有重物落地的声音，大约从三楼或者四楼传来。他连忙冲到楼上，踹开三楼的门，没有人在；又去四楼，这次踢开门，先看见一双腿，碎花长裙的裙摆落在小腿部位，双脚被绑在一起，脚上是一双细高跟。

何危心惊肉跳，扫到地上的凳子，再看到不省人事的郑幼清，第一反应就是掏出枪瞄准绳子，"啪"的一声打断。郑幼清落下来，被何危接住，何危将她平放在地上，解开绳索之后先探脉搏再看瞳孔，赶紧做心肺复苏的急救。

拜托了幼清，你不能死，千万不能死！

何危捏着郑幼清的鼻子，抬高下巴，往她的嘴里吹气，两次之后继续双手扣叠做胸外按压。他的额上冒出细汗，程泽生惨死的模样不断在脑海里闪现，导致他的脸和唇也变得苍白，冷汗顺着鼻尖滴落。

第五组人工呼吸结束，郑幼清的胸口忽然自主起伏，何危清晰地看见她呼出一口气。

"幼清！幼清！"何危拍拍郑幼清的脸颊，郑幼清呼吸微弱，眼睛掀开一道缝："何……"

"我是何危，没事了，你不会有事的。"何危搂着她，抚摸着她的头发轻声安抚,心里一块石头重重落下。

"真的是你……"郑幼清的手绵软无力,抓着他的衬衫,"又见面了……"

"嗯,昨天是我不好,应该送你到楼下。"何危叹气,"幸好你醒过来了,吓我一跳,现在没事了。"

楼下传来一阵哄闹声,一声接一声的呼喊此起彼伏。

"幼清!幼清,你在哪里?!"

"郑幼清!能听见吗?!"

何危脸色凝重,将郑幼清放下:"局里的同事来了。"

郑幼清轻轻点头,指指阳台的方向:"后门。"之前乔若菲就是从那里离开的。

何危点点头,打开阳台的门之后,发现外面连着一个违章建筑的平台,还有楼梯连到楼下。他蹲在阳台,大约五分钟后,同事们破门而入,另一个何危冲进来,一把抱起郑幼清:"找到了!快点!叫救护车!"

脚步声往阳台来,何危一翻身躲到平台侧面的遮阳棚里,来查看的同事见这里没人,又回去了。

郑幼清被送到医院,郑福睿见到女儿脱离生命危险,长出一口气,当场脚软,被助理扶着坐在椅子上。何危守在病房门口,抱臂倚着墙,眉头紧锁。

崇臻递过来一瓶冰水:"怎么脸色这么难看,幼清救回来了就是喜事啊!估计那个人妖也没料到咱们动作这么快吧,哈哈哈!"

"你真的认为是我们救的?"何危瞄一眼病房,"我们到的时候,幼清躺在地上,房梁上有绳子,你觉得是怎么断的?"

林壑予走过来,说:"是被打断的。"他拿出一个透明物证袋,里面装着一颗弹壳,"在现场发现的,弹头暂时还没找到。"

"有人在我们之前救了幼清,我们到的时候他却离开了。"何危食指抵着下巴,正在思考有可能会是谁。邹斌和文桦北来报告,找到郑幼清昨晚的去向了,她和一个男人去看夜场电影,散场之后才打车回去。

打印出来的监控照片里,那个男人穿着黑色的衣服,身材修长,戴着帽子和墨镜,看不清五官,但总给何危一种莫名的熟悉感。

"幼清谈恋爱了?!"云晓晓惊呼,语气中带着不可置信,"不可能啊,她昨天还买东西……"

"买什么?"

云晓晓心虚地瞄着何危:"领带,准备送给你的啊,何支队。"

何危再看那张照片,男人的手中拎着一个小袋子,郑幼清的双手没有拿别的东西,暂时帮忙拎东西的说法也有些牵强。

是送给这个男人的?这个男人是他?

这个诡异的想法在脑海中渐渐升起,何危的背后霎时间一片冷汗。

第76章
识 破 谎 言

郑幼清脱离危险之后,很快转入普通病房里休养。除了脖子上的勒痕看着吓人,右腿有一条划痕,身体其他器官没有别的损伤。连医生都

155

说救人及时，有些上吊的人救下来会因为颈椎脱位造成残疾，郑幼清运气很好，颈椎没有受到损害，颈部的勒痕只是皮肉伤，很快就能恢复。

"真是把我们吓死了，幸好你没事。"云晓晓搂着郑幼清的肩，"和你一起去看电影的那个男人是谁啊？"

郑幼清的笑容甜美羞涩，云晓晓感到不可置信："你真谈恋爱啦？难怪愿意放弃队长了，那也是他救了你吗？"

郑幼清故作不解："欸？难道不是何支队救我的吗？我迷迷糊糊只听见何支队的声音。"

"不是啦，在他们赶到之前你就被救下来了。幼清，你一点都想不起来了吗？"

郑幼清抱歉一笑："我被打了药物之后意识一直很模糊，醒过来的时候已经在医院了。"

云晓晓比画着手势，告诉她那天的大致情况。郑幼清演技过关，随着云晓晓的语气而不断变换着表情，还发出疑问和感叹。

"真的吗？"

"怎么会！"

云晓晓用力点头："是真的！有人比何支队还先一步救了你！他还留下具体地址，'金枝路356'，何支队说字迹完全不同，那个金枝路可能是救你的人加上去的，怕警方找不到地方耽误救援时间。"

郑幼清继续惊讶："这样啊！"心里却甜丝丝的，不愧是何危，一直都是那么厉害，而经历过他的温柔以待之后，她对何危的感情更加不能自拔了。

"嗯，而且他是用枪打断绳子救你的。弹头和弹壳都找到了，来自一把92式手枪。何支队打算让人去把子弹和程泽生案件里的子弹做比对，怀疑是同一把枪打出来的！"

"同一把枪……"郑幼清喃喃自语，脑中开始一场天马行空的猜测。他是多出来的何危，如果真的是他杀了程泽生，也可以解释得过去。她相信何危一定有自己的理由，但是如果给现在的何危得知他的存在……

云晓晓的手在郑幼清眼前晃了晃，郑幼清回神，笑道："等我回局里再做吧，我也很好奇，想亲自出鉴定报告。"

"哇，你才刚刚死里逃生，要不要这么敬业啊？"云晓晓指着她白嫩脖子上扎眼的勒痕，郑幼清摸着脖子："没什么事，我感觉已经好多了，医生说再过两天就能出院。"

病房门被敲响，云晓晓去开门，何危走进来，手中拎着果篮和一捧鲜花。

"队长，你居然还会买花？！"云晓晓惊叫，"我还以为你这种冷淡的男人这辈子都不会走进花店呢！"

"……"何危将花递给郑幼清，唐菖蒲和康乃馨清新淡雅，粉紫鹅黄搭配着十分清爽舒适。郑幼清眼中闪烁着惊喜的光芒，将花喜滋滋地捧在怀里。

"精神不错，恢复得挺好的。"何危说。

郑幼清脸色微红，轻轻点头："嗯，检查都做过了，没什么大碍。"

云晓晓从床头柜里找出一个深口水杯，拿去清洗一下打算做一个花瓶。何危在床边坐下，从果篮里拿出苹果，开始削起来。郑幼清抱着膝坐在床上，一双水灵灵的大眼睛扑闪着，充满好奇。

只见苹果皮在他的手里连成一串，宽度均匀，盘旋着落进垃圾桶里，那修长手指竟比果肉还要白上三分。

"没想到你苹果能削这么好。"郑幼清托着腮，"我就不太会，只会

157

把皮刨掉。"

"会不会也无所谓,可以让别人帮你弄。"何危淡淡一笑,"比如陪你看电影的那个,男朋友?"

"啊?嗯,刚在一起没多久。"郑幼清指指花束,转移话题,"这花真好看,现在花都挺贵的吧?"

"他叫什么,年龄多大,在哪里工作?"

郑幼清缩了一下肩,俏皮吐舌头:"何支队,你好严肃哦,难道因为我谈恋爱吃醋啦?"

"……"何危无奈,"幼清,你知道我不是这个意思,也应该明白我问你这些的目的。"

他回头瞄一眼门外:"他们都不在,今天的对话只有你我知道,你可以放心告诉我。"

何危的暗示很明显,言语之间也透露出他对事实真相的揣测。聪明如何危,也许一早就猜到那个男人的真实身份,会来问郑幼清,只是希望她来证实自己的推断而已。

郑幼清双手捏紧被子,咬着唇,左右为难。两边都是何危,都是她真心喜欢的人,并且另一个何危还展露出从未有过的温柔一面。郑幼清定了定心神,随即眉眼弯起:"真的是男朋友啦,如假包换的。他去国外了,你如果真的这么感兴趣,等他回来了我带他和你们见一面,怎么样?"

何危盯着郑幼清,只见她低垂着眼睑,不知是不愿和他对视还是不敢和他对视。既然她有心要隐瞒,何危也拿她没办法,将削好的苹果递过去:"以后再说吧,你好好休息。"

云晓晓将水杯装满拿进来,发现何危已经回去了,郑幼清一个人坐在床边，手里摆弄着苹果，有些闷闷不乐。

"何支队真是不懂怜香惜玉欸，也不多陪你一会儿。"云晓晓轻拍郑幼清的肩，"不过没事，你都有男朋友了，现在也不用再为队长的事烦恼啦。"

如果真的是男朋友的话，该有多好。

郑幼清暗暗握紧拳，下定决心，不论如何都不能让他暴露。

出院之后第二天，郑幼清回到局里上班，同事们见到她一起围上来，关心她的身体怎么样了，怎么这么快就来上班。郑幼清腼腆一笑："没事了当然要回来上班啊。"

她的脖子上扎着一条薄纱巾，尽管如此，那道瘀痕还是隐约可见。原本正常工作是不允许佩戴饰品，但郑幼清情况特殊，算是带病坚持在岗，这种敬业精神反而令人感动。

"膛线比对的结果出来了吗？"郑幼清问。

"还没有，幼清姐，你去休息吧，这里交给我们。"

郑幼清抿着唇，拍拍他的肩："我来吧，这个案子也跟我有牵扯，我想自己来出这个报告。"

晚上，郑幼清留在局里加班，何危发现实验室的灯还亮着，见她还在检验火药成分，走过去劝道："最近别加班了，早点回家休息，我送你。"

"你送我？"

"嗯，乔若菲还没抓到，你一个人回去不安全。"何危低头看一眼屏幕，"成分分析做出来了吗？"

"快了，这两天能出来。"郑幼清顿了顿，"不过别抱什么希望，我看了一下程泽生案子里的分析图谱，感觉成分不同，可能不是同一个厂家出产的。"

何危笑了笑没说话,只催郑幼清去换衣服,早点送她回去。

林鳌予带人在排查市里可以藏身的废弃地点,一连三天过去,还是没有找到乔若菲的踪迹。郑幼清站在办公室门口,对着何危晃了晃手中的报告:"报告出来了。"

何危接过一看,随即合上,拿起水杯去开水间将茶添满。崇臻翻开,愣了愣:"不是同一把枪?!"

郑幼清点头:"虽然都是92式,但是膛线痕迹有差别,没办法和程泽生的案子做同一认定。"

"那就不是同一个人了?"崇臻合上报告,叹气,"还以为能有什么眉目呢,竹篮打水一场空。"

下班时间,郑幼清将实验室里的东西收拾好,准备回去。她对着镜子解开脖子上的纱巾,瘀痕在慢慢好转,痊愈之后又会变回细嫩白净的肌肤。

"他现在在哪里?"

何危的声音忽然在身后响起,郑幼清回头,看向他的目光疑惑不解。

何危倚着门框,抱着臂,定定地看着郑幼清:"你必须告诉我他在哪里,这一点很重要。"

郑幼清唇角弯了弯,笑容无奈:"你在说什么啊?问的是谁?也不说名字。"

"原来我不是百分之百确定,但看见这份鉴定报告,已经能确认那个男人是谁。"

何危把实验室的门关上,走进来,站在郑幼清面前,将声音压得低沉:"你隐瞒保护的,是另一个我吧?也只有这个原因才会让你不顾身体回来上班,让鉴定报告全部由你经手。"

郑幼清惊讶,退后一步靠着桌子,心跳加快:"何危,你乱说什么?哪有另一个你,而且报告的结果是真实的,不信你可以再拿去给别的机构做一份……"

"已经做过了。"何危打断她的话,"在你出院之前,林壑予拿着那颗子弹和程泽生案的资料,去邻市做的鉴定。"

郑幼清捂住嘴,一时间手足无措。她完全没料到何危的动作会这么快,还去的邻市,是已经猜到她会在报告上动手脚,做一份不实的报告吗?

"他在哪里?"

郑幼清咬着唇,六神无主,轻轻摇头:"我不知道,真的不知道。"

何危转身要走,被郑幼清拉住胳膊:"何危!求你了,别去找他好不好?"

"幼清,这里面很复杂,我不方便跟你细说。"何危拉开她的手,"他的出现很关键,我一定要找到他才行。"

夜总会里灯红酒绿纸醉金迷,经理带着一个清纯漂亮、长发飘飘的美人走进包间里,点头哈腰:"雷哥,这是咱们这新来的,叫琳琳。女大学生,才毕业,嫩着呢。"

雷子和那几个兄弟打量着黑发美女,对上她有些羞怯的眼神,语气和神态变得猥琐起来:"大学生啊,我就喜欢有文化的。咱们没上过大学,这大学生还真是稀罕呢。哈哈哈!"

包间里回荡着这群地痞流氓猥琐的笑声,琳琳更加羞怯,躲在经理身后。经理将她推过去,雷子长臂一圈,将她搂个正着:"长得真不错,一看就是乖乖女,今晚跟哥走吧。"

她瞬间慌乱,带着求救的眼神看向经理:"我……我只陪酒的,我有男朋友……"

"有男朋友还来这儿上班?这笑话说给谁听啊,哈哈哈哈……"

"放心,你跟我们雷子哥走,男朋友就不要了,这一片谁能比得过雷子哥啊!"

"对,你乖乖的,雷子哥高兴了,今后都罩着你!"

琳琳快急哭了,经理对她使眼色,她咬着唇,给男人搂在怀里,从最初的挣扎到后来的顺从,美丽的脸蛋蒙上一层忧愁,惹人怜惜。

雷子一直搂着琳琳,灌了她几杯,见她脸色绯红,歪在怀里,便顺理成章地把人带出夜总会。他们刚走没多远,就见一道修长人影立在路灯下,雷子先没留神,路过这个男人身边,听他问:"你要带她去哪儿?"

雷子回头,语气又冲又恶:"要你管?!"

等他看清是谁之后,那股嚣张之气又给咽下去了。真是流年不利,怎么遇到那个澡堂里让他吃瘪的臭警察了!

"何警官,我带我女朋友回家,不犯法吧。"

何危没理他,走过去盯着歪在雷子怀里的琳琳,又问:"你要带她去哪儿?"

雷子一肚子郁闷:"去前面酒店啊,她可不是未成年啊,都大学毕业了。"

"没问你。"何危瞄一眼雷子,目光继续盯着娇弱的美女,"别装了,我知道你没醉,乔若菲。"

"琳琳"终于有了反应,她抬起头来,脸颊虽然带着酡红,但眼神却清明无比。她依然保持着小鸟依人的姿势倚着雷子,语气娇嗔:"这才几天就被你找到啦,何警官,你真是厉害。"

"要么你自己去警局自首,要么我送你去,你自己看着办。"

何危拿出烟盒抖出一根叼在嘴里,雷子蒙了,看看怀里的女人,又看看何危:"警官,她犯什么事了?和我可没关系啊!"

何危回了一句:"杀人。"

雷子怔愣住,又听他说:"她手里三条人命,你不是也说自己杀过人吗?有她多吗?"

第77章
诡异的对峙

杀了三个人。

这句话如同五雷轰顶,雷子半个身子都麻了,手抖得像筛子。乔若菲好奇地眨眨眼,抬头看着他:"你杀过人?是不是真的?"

雷子想推开这个令人闻风丧胆的女凶手,谁知刚一动,便感觉腰间顶着尖锐的物体,瞬间不敢动弹,吓得脸都白了。他到处吹嘘自己杀人坐了几年牢,其实根本没这回事,连挡刀都是假的,那是他没跑掉给人不小心砍到的,肠子都快悔青了。

这下可好,牛皮王碰上真凶手,后面顶着的那是刀子吧?好好的大学生,老老实实念书上大学不好吗?!

何危把烟点起来,看着乔若菲:"他变成你的第四个目标了?名字里有你需要的字母,还是你改变策略了?"

乔若菲甜甜一笑,手从雷子的衣服里渐渐往上攀,水果刀已经来到他的后背,抵着心脏的位置:"何警官,人家是弱女子,你怎么动不动就把杀人摆在嘴边呢?"

雷子动都不敢动,快吓哭了:"这还叫不杀人?!那你先把刀拿开啊!"

"本来我还想演一回弱女子,在床上杀了他的,没想到给你破坏了。"乔若菲抱怨道。

何危拆了她的台:"这么说恶不恶心?别装了。"

"……"雷子饱受打击,恨不得两眼一翻晕过去。乔若菲手起刀落,当着何危的面一刀刺下去,鲜血瞬间染红雷子那件花里胡哨的衬衫,乔若菲把他推给何危,尖叫起来:"救命啊!杀人啦!"

她这一嗓子成功引来路人的目光,乔若菲冲何危做个鬼脸,转身就跑。雷子被何危接住,背后插着水果刀,表情痛苦:"警……警官!阿Sir!救救我!快救救我!"

何危眼看着乔若菲的身影在人群中若隐若现,抓过来一个看热闹的青年,证件在他眼前晃一下:"看着这个伤员,打电话叫救护车,快!"

何危挤开人群,往乔若菲逃跑的方向追去。在十字路口,何危左右张望,当机立断发消息给林謦予:乔若菲,昌升路,速来!

林壑予收到这条来自陌生号码的信息，招招手，让正在看街道监控的何危过来。何危瞳孔骤缩，立刻拿起车钥匙："快！去昌升路！"

乔若菲的逃跑路线很奇怪，她知道如果只是单纯拼体力，她是根本比不过何危的，可能没过两条街就要被他给追上。因此乔若菲找到一家美容会馆，气定神闲地走进去，被当成贵客迎到楼上。

五分钟之后，何危走进会馆，前台小姐站起来："先生，请问有什么需要？"

何危把证件亮了一下，找出手机里乔若菲的照片递过去："这个女人有来过吗？"

"啊，刚来没一会儿，准备做全身护理，正在楼上换衣服呢。"

何危打算上楼，却被拦住："先生，抱歉您不能上去，楼上是女士专区，她们都在里面做护理，男士不方便上去。"

"警察办案，她是很危险的杀人犯，难道你希望你们店里的客人发生意外？"

前台小姐惊讶不已，赶紧打电话给店长，店长从二楼赶下来，派人去更衣间查看。一间间找过去，结果乔若菲根本不在，更衣室里的换气窗开着，可能是从那里逃走了。

何危站在气窗口向下观察，这里是二楼，下面是空调架，爬下去也不难。灯光一打，地上还有一只黑色的平跟凉鞋，好像就是乔若菲脚上那只。何危回到走廊，问店长："里面都是什么房间？"

"都是做美容项目的，警官，她不是从窗户逃走了吗？还要检查里面？"

何危点头，让她去通知客人项目暂时中止，将所有美容师也一起召集到大厅来。有几位客人一脸不耐烦，有的懒得换衣服，裹着美容会所

165

的浴袍就出来了，还有的在做面部美容，连面膜都没撕下来，一个个怨声载道。

何危的视线从人群中扫过，没有发现乔若菲的身影。难道是他猜测错误？但结合那个所谓的"逃跑现场"的痕迹，还有那只与其说是跑路甩掉，倒不如说是扔下去的凉鞋，明显就能得出乔若菲并没有离开会所的结论。

何危抬头看着楼梯，她一定还在楼上。

"确定楼上没人了吧？"

店长赶紧点头："没了，连保洁都在这儿了。警察同志，您动作快点吧，客人们都有意见了，我这儿还要打开门做生意的。"

"知道。"何危轻描淡写地答一句，走到楼上仔细检查每个房间。他刚准备推开第三间美容室的门，眼眸一垂，发现门口有一片阴影。

有人躲在房间里。

何危抬起胳膊挡住口鼻，贴着墙，用一只手抵着门缓缓推开，在门被缓缓推开的瞬间，一道杀虫剂喷雾喷出来，味道刺鼻。

"乔若菲！"何危冲进去，只看见大开的拉窗以及乔若菲的一缕黑发和灰色的衣角。他跑到窗边，这个房间的楼下不是空调架，而是小烟酒店的遮阳篷。乔若菲计划得很好，从这里出逃比爬空调架方便多了。

烟酒店老板在休憩，听见"轰隆"一声，刚走出来，又一声，还有一个大活人跳下来，差点被吓出心脏病。

乔若菲换了双运动鞋，比刚刚那双凉鞋利索多了。她已经快体力不支了，看着四周，想再找一个男性不易进入，能让她喘口气调节体力的地点。

刚拐过一个街角，她又听见另一道声音在喊："乔若菲！停下！"

乔若菲回头瞄一眼,林絷予正从十字路口另一边赶来。

右边有何危,左边有林絷予,乔若菲咬咬牙,在十字路口选择往前跑。何危瞧见林絷予的身影之后便躲在拐角,没有再追出去凑热闹。

剩下的交给他们吧。林絷予都来了,另一个何危肯定也在附近,他们两个联手,抓一个女人肯定绰绰有余。不管乔若菲有多狡猾,之前和他斗智斗勇,也该筋疲力尽了。

他揉了揉脖子,转身刚一抬头,遥遥一望,巷口逆着光,有一道笔直的修长身影,一双清明透亮的眼睛正盯着他。

四目相对,像是一颗炸弹爆炸,将脑中千丝万缕的思绪引燃。何危来不及多想,转身一路狂奔,那人追上来,也是用尽全力,街头再次上演生死时速。

何危三两下翻过矮墙,正巧看见林絷予已经抓住乔若菲,给她戴上手铐。

"你跑哪儿去了?不是说好我们从两个方向堵截的吗?你怎么不见……"林絷予话未说完,何危冲他点点头,向阴暗的巷子里跑去。

"哎!何危!你上哪儿去啊!"林絷予莫名其妙,只能押着乔若菲先回局里。刚走到巷口,又看见何危迎面跑来,眉头拧着脸色难看。

"你看见我了吗?"

林絷予愣愣点头:"……看见了啊,你不就在面前。"

"你把她带回局里。"

何危丢下这句,人也一头钻进阴暗的巷子里。

林絷予从起初的茫然渐渐变得惊讶,最后变为一种惊疑和不可置信。

短短一分钟内遇到了两个何危,他们穿的衣服不同,从矮墙上跳下来的那个一身黑衣,而今晚一直和他在一起的何危是穿着淡蓝色的制服。

林壑予手心潮湿，虽然他也算见过大世面，但这……也太离奇了吧？

何危跑进阴暗的巷子里，拐过一个弯，发现流年不利，这居然是一条死胡同。拦路的墙最少有四五米高，不借助辅助工具的话根本爬不上去。他瞄到空调架，大脑还没完全制订好计划，身体已经动起来，顺着空调架往上攀爬。

"别动！"

一道怒喝声传来，何危回头，借着微弱的月光，看见另一个自己正逐步从阴影里走出。

"居然是真的。"他盯着何危，冷冷道，"不下来聊聊吗？"

何危没理他，继续往上爬，脱身重要。

"我刚刚警告过你，别动！"

何危一愣，因为对面的自己掏出配枪，对着他，眼神越发冷冽："下来，我不想伤害你。"

何危终于开口，声音低沉："我们碰面，对彼此都没好处。"

"但是已经碰见了，不如你下来，告诉我到底怎么回事。"

"你以后会知道。"

"'以后'这个词我听得够多了，我现在就要知道。"

"……"何危头一次感觉自己竟是如此的强势和蛮不讲理。

对面的何危晃了晃手中的枪："你是我，就应该很了解，我真的会开枪。"

弄得好像只有你有枪似的。何危也从口袋里摸出枪，对着他："现在咱们势均力敌，动手的话对谁都没好处。"

只见他盯着那把枪，咬紧牙关："真的是你杀了程泽生？！"

"不是我。"

"枪在你手里，你救郑幼清时留下的子弹我们做过鉴定了，膛线一致，就是这把枪杀了程泽生！"

何危皱着眉，低声道："你这么不相信你自己？你觉得你有什么理由杀程泽生？"

他愣了愣，显然也想不通其中的缘由。遇见另一个自己，这本就太过离奇，但既然是同一个人，那想法、意志和性格都是相同的，就算遇到再大的仇恨都会以理智为中心，绝不会做出杀人这种蠢事。

"我正在解开这个谜团的路上，你别打扰我。"何危的语气缓下来，"这件事你一个人知道就行，暴露的话对整个事件都不利。"

对面的何危还是举着枪，没有放下："那你先下来，告诉我发生了什么我再做定夺。"

"不可能。"

"那我只有逼你下来了。"他的手拨了一下枪管，居然真的下了保险。何危的额头冒出细汗，他很清楚自己的性格，已经做到这一步，开枪是极有可能的。

"一。"

"二。"

"三。"

话音刚落，一颗子弹破风而来，瞄准的是何危扶着空调架的手。何危立刻侧身闪开，"当"一声脆响，子弹打到空调架上，在阴暗的小巷中迸溅出火光，不知弹到哪里去了。

何危被迫跳下来，被猛然扑倒，两人抱在一起，在地上滚了一圈。这一圈里，何危捏住他的手腕，他的膝盖卡住何危的腿；何危又用胳膊

169

肘击中他的胸口，同时后背一痛，脊椎骨那里结结实实遭到肘击。

两人同时闷哼，何危的手一下卡住他的脖子，将他按在地上，胸口也抵到一个冰凉的硬物，枪口正对着心脏。

两双清亮眼眸对视，彼此眼中都是强势和不服输。

何危毫不畏惧，开口："你有本事开枪啊。"

他笑了笑，被卡着脖子，声音有些嘶哑："你有本事拧啊。"

阴暗的小巷里，一场诡异的对峙僵持不下。

第78章
悖 论 规 则

两个何危互不相让，他们都对彼此异常熟悉，制住对方的同时自己也受到桎梏。两人凝视着彼此，如同照镜子一般，通过一个表情和动作，就能轻易了解对方此时此刻的想法。

"你是不是在想，我有话要问你，所以肯定不会伤到你。"

听见这话，何危笑了笑："那你是不是在想，你的子弹肯定比我的动作快，我也绝对不敢贸然动手。"

两人一语道破彼此的想法，数分钟后，僵持的局面还是何危先打破了。他先把手移开，身穿制服的何危坐起来摸着脖子咳嗽几声，枪也揣进怀里。

"虽然是我先收手，但不代表这是示弱。"何危顿了顿，"你是我，我就是你，按道理来说，我们不应该碰面，所以你的问题我不会回答也不能回答，不想死的话就什么都别多问。"

对面的何危盘腿坐在地上托着腮，表情郁闷不已："那和程泽生无关的事可以问吧？比如你是什么时候出现的？你和程圳清之前有联系吗？你们是不是在暗暗谋划什么事情？"

果然会牵扯到程圳清，并且他问的这些问题都在点子上，不论回答哪一个，相信他都能凭借着先前得到的消息推测出一些内幕。何危心想，不愧是我，找问题的角度就是精准。

因此，何危还是避而不答，对面的男人还不死心，揪着又问了几个问题，何危烦了，皱起眉："你怎么不问我彩票中奖号码是多少？"

"因为我不买彩票，所以你也肯定不会关注。"他的语气略带嘲讽，"怎么，你以为我觉得自己有命中五百万？"

"……"何危平心静气，感觉是该去买本书，学学什么是说话的艺术。

在未来的何危不肯松口的情况下，现在的何危是怎么样也撬不开他的嘴。两人瞄着彼此，同时发出感叹：人生最大的敌人果真就是自己。

何危站起身，拍拍衣服上的灰："好了，你今天就当没见过我，乔若菲的案子赶快结了吧，拖得太久了。"

何警官也站起来，把蹭到泥的制服掸干净："拖太久？那应该什么时候结束？"

"前几天就该结束了。"

按照正常的循环，11号乔若菲就该被押回去了，而12号的时候他应该已经看到那张照片，但根据目前的反应看来，程圳清发现何危这里出现变数之后，也没有再按照原来的时间线做对应的事，而是彻底丢给何危自己去收拾。

这也是一件好事，他如果已经看到那张照片，再遇到将来的自己，猜到暗藏的死循环，再自顾自行动，发生变数，那真是乱了套。

何危想走完这个循环已经感觉步履维艰,自然不希望过去的自己再来插一脚,否则他被杀死的话,那又要开始一个新的循环,程圳清用摩斯密码敲出的数字就要变成"14"了。

言尽于此,两人也没什么可说的。或许是何危强调的次数够多,终于让现在时的他不再追问原因和真相。他让何危留一个联系方式,何危拒绝了,难得碰到躲还来不及,居然还留电话,打算常联系吗?

只听何警官义正词严道:"在程泽生的案件没理清之前,我要随时找到你。"

何危深吸一口气:"程泽生不是我杀的。"

何危已经凭着矫健的身手攀上空调架,他反应过来,大声问:"为什么?你说清楚啊!"

何危翻过墙,嘟囔:"想知道过程的话自己去经历不就清楚了。"

回到地下室之后,何危盯着空荡荡的保险柜,思绪飘得有点远。

另一个自己会什么时候打开那个信封?看见那张照片之后,再结合今天遇到的事情,他会做出什么选择?

两个不同时间段的个体进行接触,对未来可能会产生怎样的影响目前也不得而知。但何危从这段时间的经历总结得出,不会有什么好事,两天后就是6月16日,他能顺利走完这个循环吗?

思来想去,第二天中午,何危主动联系连景渊,想和他聊聊。

电话接通之后,何危拿出从未有过的客套语气,暗暗担心发生过不愉快的事情之后,两人多年的友谊会产生隔阂。结果连景渊还是那个连景渊,接到他的电话语气里暗含惊喜:"你最近怎么样?有什么我能帮你的吗?"

"还好,就是遇到些事情想咨询你。"何危抬起手腕看时间,"现在在家吗?"

"在,今天你有口福,我做了甜品。"

何危说一个小时之内到,其实从富盛锦龙园这里去湖月星辰坐地铁要不了那么久,只不过他还想去帮斯蒂芬买点零食和玩具。他对连景渊没什么感觉,可是一直把经常搂着睡觉的斯蒂芬放在心里。

四十分钟之后,何危拎着一袋子宠物用品抵达连景渊家。门刚一打开,一道黑影从鞋柜上扑过来,何危本能地伸手,接住一团毛茸茸又漂亮又可爱的猫咪。

"真是乱来,空中飞猫谁教你的?"何危单手捧着斯蒂芬,象征性敲了下额头以示教训,那力道连蚊子都打不死。

"我跟它说你等会儿会来,它早就在门口守着,听到敲门声耳朵就竖起来,开门就飞出去了。"连景渊笑道。

斯蒂芬舒适惬意地躺在何危的臂弯里,还用不同声调的猫叫声回答何危的问题,太过通人性,让人舍不得放下。

连景渊盛了一碗芋圆烧仙草,配上蜜红豆和西米露,摆在桌上像模像样,和店里的甜品相比毫不逊色。何危惊叹:"你要是以后不教书,自己开个店也不错。"

连景渊笑而不语,纯粹是因为一个人的生活比较无聊罢了,才有大把的时间做这些。不像何危,工作繁忙,亲自下厨的次数屈指可数,想动手都没机会。

"今天有什么要问我的?"

何危拿着勺子,语气尽量保持平静:"他知道我的存在了。"

连景渊惊讶:"你们见过了?"

何危点头,把昨晚对峙的情景描述出来。连景渊喃喃道:"他居然会拿枪对着你，你们两个易燃物遇到一起，不会烧起烈火就怪了。"

"事情已经发生，这次产生的变数太多，我根本无法控制。"何危捏着眉心，"唯一能帮得了我的人也没什么主意，这是我自己造成的变数，只能由我来承担。"

"那你是想让我给你出主意吗？"连景渊苦笑，"我早就说过，你所遇到的事情早已超脱我的研究范围，恐怕也没什么资格贸然给你提建议。"

"现在什么建议都没用，6月16号就要到了，我也不知道这次循环会怎么样。"何危叹气，"我原本信誓旦旦，一定要救程泽生，现在心里根本没什么底。"

连景渊的手随意搭在腿上："我一直觉得，只要你想做到的事，就没有办不成的。虽然产生变数，但你不也挺过来，走到即将回溯的日子了吗？"

他托着腮，对何危弯起眉眼："所以啊，别太担心，船到桥头自然直。你好好地活着，就说明已经抗争成功，难道你没觉得自己很了不起？"

何危摇头，完全没这种感觉，他仿佛在玩一个恐怖实录游戏，随时遇到一个突发事件就有可能游戏结束从头再来。昨天还被自己用枪指着，当时何危心里多少有点发怵，已经在想象死在自己手中是什么感觉。

"你当时不也掐着他的脖子吗？如果你先杀了他……"连景渊的声音戛然而止，他忽然想到什么，抓住何危的胳膊，"你有没有试过去杀现在的你？"

"没有。"何危感到奇怪，"我为什么要做这种事？"

"我只是提出一个假设。我说过，回到过去会有外祖母悖论，即你杀死曾经的你，将来的你也不复存在。原先我以为你可以不顾悖论回到过去，是因为所做的事情不会对实际的时间线产生影响，就是你在这个世界，是不能凭自己的意志行动的，只有这样才可以平安走到你的循环点。"

"但是现在已经产生了蝴蝶效应，你不仅改变了实际时间线，还和过去的你碰面。这样的话就会产生你杀死自己的机会，但宇宙不会允许这种情况存在，所以我刚刚听你提到对峙，忽然想到一种可能。"

何危盯着连景渊，感觉他接下来的话，可能会对自己产生巨大的冲击。

"或许……悖论还是存在的，只不过换了一种形式。"连景渊语气认真，"宇宙允许你回到过去，并且还遇见过去时间段的你，但如果你可以杀死他，这是不正确的秩序。所以，如果宇宙规则想避免发生悖论，只能塑造出一种情况，那就是你无论如何也无法杀死从前的自己。"

何危细细品着这句话，猛然记起那天和程泽生在公馆，黑衣人出现，枪口首先对准的是他。

那把92式现在在他的手中，而他如果可以顺利回溯的话，去公馆救程泽生，再成为当时他们眼中的"凶手"，这一切听起来似乎顺理成章。

无论如何也不可能杀死过去的自己，而上一个循环的他为了剪断莫比乌斯环，尝试用这种方式，所以才造成程泽生的死亡？

一瞬间，凉气从脚底蹿到头皮。何危下意识盯着自己的手，联想到双手曾沾满程泽生的鲜血，心口惴惴不安。

∞ 第79章
难 以 抉 择

一旦开始产生这种联想，何危脑中的思绪就开始产生爆炸般的连锁反应。如果从头至尾凶手都是他，那为何还要安排他去查程泽生的案子，和程泽生相遇，再亲手杀死自己的室友，命运都喜欢玩这么大的吗？

何危捂住额头，如果真是如此，那他到底应该怎么剪断这个该死的循环？相信之前的自己肯定也尝试过很多种方式，但他也不清楚他们用过什么方法，难道还要去一次次重复那些徒劳无功的解决方式？

"阿危，你还好吧？"连景渊的目光中带着担忧，何危表情纠结又痛苦："不好，我发现我已经快丧失信心了，原来我每天都在数着日子，盼着回溯赶快到来，现在我却感到害怕。"

害怕那一天到来，害怕程泽生真的是死在他的手中，不论有意还是无意，他这个凶手还要继续踏入解救程泽生的循环里，可笑又可悲。

连景渊按住何危的肩："何危，我说过我相信你，因为在我眼中你无所不能，没有办不到的事。"

"我原来也这么认为，但这一次我真的摸不到方向。"何危怔怔地盯着自己的手，"如果真的是我杀了他，那我拼了命想救他的意义到底在哪里？"

难道他最后寻求的生路竟然不是拯救程泽生，而是怎样避免让他死在自己手里？

见他陷入自责和愧疚之中，连景渊耐心宽慰："你先别这么绝望，这次产生的变数太多，想想看，如果之前的你都没有和我聊过这些，那么他们不知道这个悖论规则，所以才会误杀程泽生。但是你已经了解了游戏规则，是不是就会尽力去避免这种情况发生？"

何危缓缓抬头，看着他："的确是有可能，凶器在我这里，如果我没有带着它回去呢？"

连景渊想了想，问："要不要尝试一次？"

何危的眉宇之间尽是纠结，片刻后缓缓摇头："还是算了吧。"

他现在每一步都如履薄冰，就像是在玩扫雷游戏，小心翼翼地插旗，尽量避免踩雷。任何变数都会产生蝴蝶效应，即使有这个心，但程泽生的命摆在面前，他不敢赌也输不起。

时间不早，何危打算离开，连景渊说："明天晚上来我家吧，超新星爆炸这种震撼景观一个人看没意思。"

"你没有约阿陆？"

"我前几天去约了，是他没时间。"连景渊耸耸肩，语气无奈。

"何陆真是个傻小子，他怕我生气，送了我两盒凤梨酥，你要不要拿一盒尝尝？"

何危怔了怔，随即抬起手腕看日期。之前他就是在今天收到何陆的凤梨酥，难道这次还是他做这个演员吗？

何危点点头："给我吧。"

拎着凤梨酥，何危打电话过去，用弟弟的语气约"哥哥"见一面。

傍晚，何危顺利进入404，帮忙做完家务之后，凤梨酥留下，告辞离开。

就在他松一口气，佩服自己的演技时，忽然听见楼上传来喊声："何陆！"

他回头瞧见何警官在阳台上盯着他，眉头紧皱脸色难看，显然是已经认出他了。

"你上来解释清楚！"

何危摆摆手，这还解释什么，反正都是骗，还要挑日子？他只是完成任务，尽量让循环保持完整而已。

刚坐上车，何危的电话又追来，有些气急败坏："喂！你竟然修改我弟弟的号码？那天我问你要联系方式你怎么还不肯给？！"

何危懒得理他，挂断，不理解为何自己竟会这么暴躁。

6月15日，在回溯即将到来的时间，何危再次回到家里。不知为何，他忽然很想见一见妈妈，也许是这段时间被繁重的心理负担压得喘不过气，想和最亲近的妈妈说说话。

夏凉去医院复查，叶兰兰刚好在家，跷着二郎腿，居然戴着老花镜在打围巾。

在何危的印象中，叶兰兰一直都是女强人的形象，看见她批合同签文件一点都不稀奇，甚至打电话和客户谈不拢大吵一架都是常态，但见她做起针线活，何危还真有些不适应，表情似笑非笑。

"你那一脸什么表情？"叶兰兰拿粗棒针戳戳他的胳膊，何危笑容更甚："就是好奇，没见过。"

"切，你不是没见过，是记不得了！上幼儿园的时候，你的围巾手套，都是我亲手打的呢，没在外面买过一件。"

何危含糊其词，他不是不记得，而是对儿时这些细节没有明确的记忆。毕竟八岁之前，他不是在这里生的，他是另一个何危，在另一个家庭生活。

叶兰兰把打了一半的围巾在何危胸口比一下："嗯，你戴肯定合适。"

何危看着这团鹅黄色的羊绒线，不由得惊异："给我织的？妈，我也不小了。"

"不小了又不是老了，你肤色白，这个颜色衬你特别好看。"叶兰兰故意板起脸，"可不许不要，妈妈会生气的。"

"好好好,我一定要。"何危哄着她,叶兰兰将打了一半的围巾放下,握住他的手,轻拍:"阿危,你是不是遇到什么事了?"

何危装糊涂:"没有啊,什么事都没有。"

叶兰兰叹气:"天下没有哪个当妈的会察觉不到自己孩子的异样。你从小就独立,上大学之后一个月回家的时间都没有超过三次的。这段时间回来得这么勤快,我感觉是出了什么大事,你告诉我,不管是什么妈都会想办法帮你解决的。"

可怜天下父母心,何危的心头涌动着暖流,给了叶兰兰一个拥抱:"妈,你放心,我自己能解决。围巾你先打着,到时候我肯定戴。"

傍晚时分,连景渊打电话来,喊他去家里吃饭。何危想了想,也没什么地方可去,干脆答应下来,主要还是被斯蒂芬的美貌蛊惑,一日不见如隔三秋。

既然已经过去,那相当于答应一起见证超新星的爆炸奇观。连景渊和何危一起倚着阳台栏杆,两人拿着一杯特调的饮料(连景渊的手艺),一起盯着墨蓝的星空,旁边的软凳上铺着垫子,斯蒂芬躺在上面,陪他们一起看星星。

北天琴座的流星雨渐渐达到峰值,夜空中忽然炸开一颗明亮的星子,连景渊惊讶:"视星等竟然这么高,真是百年难得一见。"

"对吧,我没骗你吧,可能就是因为迸发的能量巨大,所以我才能回到过去吧。"何危推测,忽然想到自己是在一个学者面前班门弄斧,又笑了笑,"我只是随便猜猜,伪科学一下。"

连景渊笑容温和,托腮看着他:"下一次循环里,我还能记得这些事吗?"

"应该不会记得吧,包括斯蒂芬,也不会记得我。"何危摸了摸斯蒂芬的小脑袋,"我原来一直以为和斯蒂芬有缘,第一次见面彼此就那么熟悉,没想到竟然是因为和它相处很久了。"

"但是你会一直记得吧?"连景渊摸着下巴,叹气,"闹出那么尴尬的事情,真希望你能全部忘记。"

"那可不行,我宁愿一直记得。"如此再次遗忘,那就是进入下一个循环重新开始。而下一次他又会做出怎样的选择,将事情引导到什么方向,完全无法想象。

随着时间的推移,何危渐渐感到困倦,打个哈欠:"我去休息了,明天……哦,不对,下次见。"

夜深人静,连景渊坐在床边,何危正在熟睡,累到连衣服都没有脱下。何危虽然已经三十多岁,但并不显老,他肤色冷白,天生一副公子如玉的长相,闭上眼之后,眉宇之间那股凌厉感消散得干干净净,整个人都透出一种柔和之气。

连景渊的视线移到何危的黑色上衣口袋里,这次毫不犹豫地伸手按了一下,按到硬硬的管状物体,像是一把枪。

连景渊小心翼翼地将那把枪从何危的衣服里取出来,盯着漆黑的手枪陷入沉思。

何危带着的这把枪,就是杀害程泽生的凶器,如果他没有带着这个凶器回去,那是不是命案就不会发生?

他知道何危曾纠结过,但又不敢尝试去冒险改变这一点,将枪丢下,万一真凶另有其人,那他岂不是什么都做不了只能空手而回?

所以连景渊拿出手帕将枪包起来,站起身,对何危温和一笑。

你不能做的决定我来帮你,让我们赌一次吧,希望这一次会是正解。

何危再次睁开眼，头顶是苍翠葱郁的参天大树，自己的身体被茂盛的野草掩埋，竟是躺在荒山野地里。

一道人影走来，在何危身边蹲下，笑意满满。

"恭喜回来。"

他伸出手，何危拉住，被用力一拽，从草地上爬起来。

"这里是哪里？"何危揉着脖子，他只记得昨晚很累很困，连什么时候睡着的都不清楚。是连景渊在水里下药了吗？否则以他的身体素质，不可能熬夜到一两点就困成那副样子。

程圳清冲他努努嘴，让他往前面看。

只见前方苍苍郁郁的山林间，一栋诡异破败的高大建筑矗立着，何危瞬间反应过来，他们正在伏龙山里，前面是那座公馆。

"我怎么会在这里？"何危喃喃自语，给程圳清听见了，耸耸肩："我也不清楚，都在这儿捡你几回了，也许是因为回溯之后没地方安置你吧。"

"……"这种说法真是让人难以接受，却又该死的不得不信。

何危拿出手机一看，4月1号，是他今年经历的不知道多少个愚人节。再检查一下身上的东西，404的钥匙在，但是枪却不在身上。

何危在身上几个口袋全部找过一遍，确定枪不在身上，渐渐皱眉："那把92式不见了。"

"不见了？"程圳清惊讶，"你再仔细找找，前三次回来的时候都在的，这次怎么没了？"

何危很确定，枪原来一直装在衣服里，而昨晚他和连景渊在一起，唯一的可能就是连景渊把枪藏了起来，做了他最不敢做的决定。

"怎么样，枪在哪儿？"

"枪……"何危顿了顿，"我没带回来，我在想如果没有这把凶器，程泽生还会死吗？"

希望这是一个正确的抉择。

第80章
再次相遇

再次回到愚人节，程泽生已经被带入这个世界里，而在十三天之后，他将会面临死亡的威胁。而何危要做的是剪断这个莫比乌斯环，解救程泽生，解开死循环。

何危没有带着枪回来，程圳清之前就有预感，这次循环也许会产生意想不到的结果。之前的变数都造成了何危的死亡，导致循环不完整，他才会让事情的发展尽量按照剧本去走，无论如何都让何危能在固定的循环点回来，第二次回溯才是拯救程泽生的关键。

但这次情况却有所不同，发生的变数太多，甚至还得到一些非比寻常的信息，何危却顽强地走到了循环点，因此他的尝试程圳清也认可，甚至期待会不会就此解开这个糟糕的死循环。

"接下来去哪里？"何危眺望着山际，"我不能回404，还去地下室吗？"

"现在去地下室太早了，你跟我走就行。"

下山之后，程圳清带着何危去的是胡桃里小区，他的同租室友白天上班，要在晚上6点才回来。程圳清拿出一个小包，收拾几件衣服和外套,顺便让何危来挑几件,他们身高、体形差不多,衣服混着穿没什么问题。

何危随手拎起一件,翻到洗标,"哟,一线品牌,这外套没四位数下不来。"再看看生活用品,光是剃须刀就价格不菲,难怪那位室友要说他是"做那个的",没有正经工作,吃穿用度还能如此铺张,上人产生遭到这种怀疑也情有可原。

"这几件给你换着穿吧,躲难期间出去买衣服也不合适。"程圳清从衣柜里找出几件衬衫和T恤,何危挑出一件格子衬衫:"这个不要。"

"你以前可没说不喜欢。"

"哦,那我现在说了。"

程圳清对他拱拱手:"行,谁让我要替我弟弟照顾你,不服不行。"

衣服收拾好之后,程圳清撕一张便笺纸,写下一串号码,接着又把纸揉成一团塞进口袋里。何危眼尖,瞧见他刚刚写的正是杨鬼匠的号码,便笺纸的下面垫着一张传单,警方正是通过这张传单查到有关杨鬼匠的信息。

程圳清回头,注意到何危的眼神,笑了笑:"第一次我还不知道有这个循环,打电话问人要的杨鬼匠的号码。后来循环的次数多了,来来回回这串号码我也写了十几次,早就倒背如流了。"

这种熟练恐怕是谁都不希望拥有的,因为这是在逃不开的命运里无用挣扎,被迫练就的熟练行为。何危只有两次回溯的记忆,就已经被无力感笼罩,感到力不从心,更别提程圳清。每一次循环他的记忆都完好地保存了,记得自己每一次失败的过去,不知已经绝望过多少次,却还要机械地重复着这些烦琐的情节。

何危第一次体会到程圳清的艰辛和痛苦,他低声道:"辛苦了。"

183

程圳清仰着头,发出一声长叹,像是想卸下重担。

"习惯了,至少我知道我不是在做无用功,泽生还有获救的可能,一切都还值得去努力就够了。"

狡兔三窟,程圳清恰好应景,第三个藏身点在城东的梨绘院。这里是知名大学的退休教职工宿舍,高知分子的聚集地,整个小区被浓厚的书香笔墨气息包围,门口正在举行书法展会,听说是这里的常驻项目之一,过两天还有国画比赛。

"你是怎么想到住到这里的?"

"意想不到吧,要的就是这种效果。"程圳清扬扬得意,"你们肯定认为我这种走私犯应该找什么夜总会、歌舞厅,或者干脆在大桥下找个桥洞钻进去才对。大错特错,这种知识分子扎堆的地方才是最好的藏身地点,谁能想到我一个逃犯还和这些老教授比赛下围棋?"

"哦,我之前一直找不到你,你也是躲在这儿的?"何危看了看在树荫下下象棋摇蒲扇的一群老人家,代入一下程圳清混在其中的景象,画面太美不敢想象。

"你那什么表情?"程圳清严肃强调,"这是策略,策略。"

他们暂时的居住点是5栋203室,屋子装修得古色古香,但又充满各种先进的高科技产品,比如新风系统和指纹锁。程圳清进屋之后让何危随便找个房间,哪里都能住。他走到封闭阳台,往躺椅上一躺,惬意自在。

"你倒是挺会享受的。"何危端着水杯,"精致生活,解放双手。"

"我也是来了这边才开始尝试着改变生活的。"程圳清的脚轻轻点着地,让摇椅保持晃动,悠悠道,"原来和那些毒贩拼得你死我活,连个安稳觉都睡不好,能不能见到明天的太阳都是未知数,还谈什么生活?"

"死了一次之后来到这里,忽然放下了。"程圳清笑道,"你不是这两个月也没上班办案子吗?怎么样,是不是也不想回到那么繁忙的生活里?人哪,就是这样,一旦接触到简单快乐的生活,就乐不思蜀,不想再回到那种紧张的高压氛围中。"

"没有,"何危的语气冷淡,"我只感觉很无聊,忽然那么清闲,生活都失去了乐趣。"

"你真是个怪人。"程圳清歪头沉思,"难道是身份调换的缘故吗?如果你没有来到这边的世界,是不是就不会变得这么无趣了。"

何危在深夜难寐时也曾想过这个问题,他如果没有来到这个世界,那现在会是什么样的身份、什么样的性格?会不会普通的职员就是他的将来,这辈子没有什么远大的理想,不会遇到惊艳的人,庸庸碌碌过完平凡的一生。

"可能会比现在还要无趣吧。"何危耸了耸肩,"做一个公司职员,娶一个不是很漂亮但性格却很好的老婆,再有一个看上去乖巧却总是不省心的孩子,可能人生就是这样了吧。"

何危坐在沙发上用食指一下一下盘着杯口,又想:如果真的是生活在那个世界,他还有可能遇到程泽生吗?

一个是在不同的世界过得百般辛苦,一个是在同一个世界里形同陌路,不论是哪一种,都不是何危想要的结果。

程圳清一身黑衣黑裤,再戴上口罩和墨镜,全副武装的打扮,回头问:"你能认出我吗?"

何危皱起眉："你要抢银行？"

程圳清拿出相机，是去拍照片。抢什么银行？况且他这种情况，抢了都没地方花，时间回溯还是一分钱带不回去，气人不气人。

何危一看日期，想起来今天是他和程泽生一起去吃姜母鸭，然后在那里遇见钢琴家的粉丝的日子。虽然知道照片就是程圳清跟在后面拍的，但……何危打量着他的装束，觉得只有"猥琐"二字可以形容。

"对了，上次的照片你让他看了吗？"

程圳清正在调整口罩，摇头："没呢，但他之前已经见过你，这可比照片暗示的作用强多了，可能已经猜到发生了什么。"

"也对。"何危点点头，"毕竟是我。"

程圳清无语，有时候也挺佩服何危这种人，弄不懂他是怎么能自卖自夸得那么坦然且随心所欲的。

他原本打算一个人出门，但何危也换了件深色的衣服，要一起去。一问原因，何危语气淡然，理由充足："去见见程泽生。"

程圳清考虑到一个很严重的问题："现在他的身边还有一个你，你这算……"

何危拍拍他的肩，他连见面都还没考虑，程圳清都开始联想到别的情节。

"不是，这样真的很难办啊。"程圳清抓了抓短发，"我弟弟要是遇到两个何危，他到底该站在哪一个何危身边？我估计他能疯掉。"

"不用选，两个都是我。"何危微扬着下巴，"我相信他不会纠结，他既然是我的朋友，就不会在乎是过去的还是将来的何危。"

他们两人去了城南的美食街，程泽生和何危果然遇到了钢琴家的粉丝，但不知为何，竟然有路人惊叫起来，瞬间数道视线一起集中到程泽

186

生的身上，粉丝和路人，将程泽生团团围住。

"程泽生，啊啊啊啊！给我签个名！"

"是真的程泽生吗？他怎么在这里？是在录节目？"

"快拍啊！难得见到真人！"

何危和程圳清面面相觑，变数又产生了。

然而更大的变数是，一直在人群外看热闹的何警官发现了他们，敏锐的直觉立刻让他察觉到不对劲，挤过人群往他们所在的方向赶来。

"看见我了！"程圳清揣起相机，推了推何危，"快快快，咱们快撤！"

何危思索片刻，手抵着程圳清的背，将他用力推了出去。

程圳清傻了眼，何危指指自己，再指指人群里的程泽生，两只手指做出"跑"的动作。程圳清瞬间反应过来，更想骂人：怎么还有这种人？

程圳清压了压帽檐，晦气无比地当起诱饵，奔跑的英俊身姿成功将何警官引走。

程泽生汗颜，他从来没遇到过这种情况，这钢琴家人气也太旺了吧？他该怎么解释自己不是钢琴家，现在真的不是在录节目。

忽然，一只手攥住他的手腕，何危低沉的声音响起："跑。"

程泽生接收到指令，一转身，果真发现何危已经为他打开一条通道，脚下立刻行动起来。

何危拉着程泽生奔跑在街头巷尾，手是热的，脉搏在鲜活地跳动，程泽生还活着，让他产生一种如在梦中的不真实感。

拐进一条小巷之后，何危示意先别说话。

巷子外的喧闹声都被隔绝。

何危感受到身边的程泽生,太好了,你还活着,真的还活着。

"你……是将来的何危吗?"程泽生轻声问。

"他告诉你遇到我的事了?"何危闭着眼,"你害怕吗?"

程泽生摇头。

"虽然我不知道发生了什么,但对不起。"

何危猛然睁眼,一股酸涩感蒸腾上眼眶,他眨了眨眼,竟掉下一滴泪。

别说什么对不起,是我害得你不能继续欣赏美好的世界才对。

何危将情绪压下,紧咬着唇,低声承诺:"没关系,将来你也一定会活着。"

第81章
现在时和将来时

一刻钟后,外面的街道才恢复宁静。何危和程泽生待在这条阳光无法触及的背光小巷里,他眼眸微抬,注视着巷口那一缕灿烂阳光。

"真的不能告诉我吗?"程泽生看着眼前的何危,"或许我可以帮你,你不用一个人那么辛苦。"

何危摇头,并未回答。程泽生没有强迫,他清楚何危的性格,深沉又倔强,不肯说的事用上什么方法也无法逼他开口。

"你什么都不必知道,只要在这里注意安全就好。"何危看着程泽生的脸,笑了笑,"其实我们不该见面,只不过我想见一见还活着的你,给自己打打气。"

程泽生看着他,刚想开口,只听一阵急促的脚步声传来,另一个何危气喘吁吁地出现在巷口，看见他们两人，他一向镇定的表情瞬间改变。

最尴尬的场面出现了，程圳清果真是乌鸦嘴。

程泽生左右张望，眼前两个何危从头到脚、从眼神到头发丝儿都是一个模子刻出来的，若不是衣服有差别，摆在一起压根无法分辨。

"果真是你。"何警官盯着何危，"刚刚那个黑衣男人是谁？程圳清？"

听他的语气何危就猜到肯定是跟丢了，程圳清狡猾得很，大家都是十年的老警察，谁还没两把刷子，而且程圳清以前都是和凶残的毒贩打交道，在逃跑和躲藏这一方面经验丰富，跟丢了一点都不奇怪。

程泽生听到哥哥的名字，眼神闪烁着，握住何危的胳膊："你知道我哥在哪里？！"

何危笑道："但是你们不能见面，放心，以后一定有机会。"

程泽生点点头，模样显得很乖巧，站在巷子口的何警官可没那么好打发，走过来："带我去找程圳清，我有很重要的事找他。"

眼看着他一步步逼近，何危对程泽生道："帮我拦住他。"

"嗯。"程泽生一口答应，何危笑了，微扬起下巴。

对面那人的脸色瞬间阴沉，他脚步加快，何危已经转身，迈着稳健的步伐往巷子的另一个出口走去。程泽生拉住赶来的何警官，他拧着眉语气有些急躁："程泽生，快放开我！他要走了！"

程泽生牢牢抓着他的胳膊，推着人往回走："那我们也回去吧，时间不早了。"

"他知道你哥哥在哪里，你应该跟我去追他才对！"

"哎呀，肯定有机会见到我哥的，也不急在这一时。"

何危的身影转个弯，已经彻底消失在阴暗小巷的另一端。

何警官甩开程泽生的手，瞪着他："你怎么想的？不论是他还是程圳清，现在都对我们很有帮助。你不仅不帮我拦住他还当着我的面把人放跑了，你当我是死人？"

程泽生为难："可是……他不就是你吗？"

"不是，"他语气笃定，带着敌意，"我们既然能以单独的个体存在，就不能混为一谈。而且如果是我的话，了解整个事情经过，肯定会尽力帮助过去的我解开困境，而不是这样不管不问。"

何危头一次在程泽生面前表现出怒意，独自离开。程泽生头疼，赶紧跟在身后，何危前何危后地叫唤。何危懒得理他，直到回公寓都没给什么好脸色。

为了将来的何危得罪现在的何危，程泽生觉得这日子真是好像旅游去南极，难到极点了。

何危在傍晚回到梨绘院，刚一进门，就被程圳清拎住领口。他下意识抓住那只胳膊，反手往背后扭，程圳清叫起来："哎哎哎，你拿我当工具人，还不许我生气报复了？"

"……"何危放开他，推到一边，装作什么都不知道。

程圳清在一旁酸言酸语："泽生这小子命怎么这么好，我可是他亲哥。"

何危淡淡一笑，笑容略带嘲讽："人各有命，你还能穿越平行世界，岂不是让更多人羡慕。"

程圳清摆摆手："穿来这里有什么用，什么都做不了，还要眼睁睁看着弟弟死去，与其如此痛苦，不如不要这个机会。"

过了会儿程圳清点的外卖来了，啤酒和烤串。他和何危坐在阳台，点的都是何危能吃的菜，看来循环这么多次，也把他的饮食习惯摸得差不多了。

当他听说自己之前想象的画面已经实现，一口啤酒差点喷出来。

"要论狠还是比不过你。"程圳清竖起大拇指，"厉害，你这就是想给他们添堵啊。"

何危拿着酒杯，笑了笑："不会，我还是挺清楚我自己的。"

他心有不甘，才会故意当着"何危"的面和程泽生合作。

"你这性子太不服输了，算了，我认你狠，有什么事还是我自己出去吧，你在家养着就好。"

"你有什么事？"何危问道，"难道你还要做什么准备？"

程圳清右腿支着，胳膊随意搭在膝盖上，摸着下巴："我在想要不要给你弄把枪，万一你遇上危险呢？"

"我们升州市治安还是不错的，不用费心。"

程圳清指的是命案发生的时候，万一要和凶手搏斗怎么办？赤手空拳哪能弄得过舞刀弄枪的。

何危低头摆弄着放在打包盒里的竹签，他没有告诉程圳清对凶手身份的推测，有可能会是他自己在不得已的情况下误杀了程泽生。而会产生这种意外只有一个原因能解释——之前的自己想要解开死循环，所以剑走偏锋，想要杀掉过去的何危。但基于悖论规则，这件事永远无法实现，所以如果想要杀何危，那死掉的必然会是程泽生。

何危感觉他这次回来，还是有一定优势的。这一次循环得到的信息量巨大，包括童年的往事，所以关键点是不是就在他和职员何危的身份互换上面？

"枪的话，不必了。本来我没有带着枪回来，这次就没有使用的打算。"何危说。

"那……你到时候随机应变，多保重。"程圳清拍着他的肩，"记好了，不只我弟弟的命，你的命也很要紧。"

何危在梨绘院里优哉游哉地度过了一个星期，在某个夜晚，程圳清外出回来，身后还跟着一个身材高挑、遮得严严实实的男人。

"你去胡桃里找我，我当然不在了，我最近都住这里。"程圳清冲他招招手，"进来，给你介绍个朋友。"

"嗯。"那人闷闷应一声，何危站起来，四目相对之后，他惊讶不已，"是你？"

听见这道熟悉的声音，何危已经猜出他的身份——钢琴家程泽生。

口罩之下果真是一张俊美的脸，程泽生看向何危，目光生疑，悄悄和程圳清咬耳朵："我之前在街上遇见他，他还跟我打听你，感觉来者不善，你跟他真是朋友？"

何危："……"别遮遮掩掩的了，干脆摊开来正大光明地讲，反正都听得清清楚楚。

"哎，误会，都是误会。"程圳清搂着程泽生的肩，"他找我绝对不会要害我，是来找我买枪的，对吧？"说完还冲何危使眼色，快配合一下，骗骗这傻小子。

"是你的客户？"程泽生惊讶，将他拉到一边去，"哥，你不是说不搞走私了吗？怎么还在做这个。"

"傻小子，男人的话你怎么能信的，"程圳清义正词严，"尤其是你哥我这种男人。"

"……"程泽生闪亮的黑眸眨了眨，眉宇间冒出担忧的神色。这种无辜又清纯的眼神差点让何危笑出来，这不能怪他，虽然和印象中的程泽生差别过大，但这种温和又通透的气质配上那张精致的脸并没什么违和感，仿佛他本就该是如此温暖的男人。

程泽生乖乖坐在那儿，双手整齐摆在膝盖上，比上课的学生还标准。这下换何危低声问："你把他带来干什么？"

"他在找我，之前也带你见过一次，对循环没什么影响，这次我就带回来了。"程圳清的手挡着半张脸，"就随便聊聊呗，反正你们也不熟，也没什么可说的，是吧？"

程泽生虽然坐在那儿，但眼睛却时不时瞄向何危，带着一种好奇和防备。何危去帮他倒了一杯水，程泽生很礼貌地道谢，见他的穿着很居家随意，悄悄问："你和我哥住在一起？"

"算是吧，暂时的。"何危也打量着他，"你之前不知道你哥在这儿有房子？"

程泽生无辜地摇头，他最近一直在找程圳清，得知他离开胡桃里之后，第一时间赶去富盛锦龙园，结果哥哥也不在那里。他心急如焚，就害怕哥哥因为走私枪支的事被警方给抓到。

后来还是因为程圳清来找他，要在兵器库里挑一把枪，程泽生赶紧拖住他，软磨硬泡，才找到哥哥的另一个据点。

何危更加好奇，在程泽生身边坐下："为什么你们会建起来一个兵器库？我听说你枪用得也不好，只在枪支拆卸方面比较有天赋。"

程泽生脸色涨红，有些局促不安，支支吾吾道："因为……因为我很想学，我小时候总做梦梦到以后当警察，所以……所以我哥就说多弄点枪,让我过过瘾……但我太没用了,手枪还不太会用……"

"你梦到过?"何危忽然抓住他的手腕,眯起眼,"你小时候去过伏龙山吗?"

"伏龙山?"程泽生表情茫然,摇头,"我在二十岁之前一直在J国,没有回来过。伏龙山是在城南那边吗?我还没去过。"

何危沉默片刻,放开了他,背靠着沙发沉思。

应该是弄错了。程泽生的资料他们仔细调查过,的确在幼年时期没有回过国内,更不可能去过伏龙山,所以也不会发生像他那样的交换情况。

程泽生摸着手腕,皮肤上还残留着余温,他悄悄打量何危,刚刚肌肤相触的那一刻有些紧张,就像是那天在街头被他掩护,装哭之后安慰一样。

程圳清从浴室里出来,发现客厅的气氛有些诡异,钢琴家弟弟和何危一起坐在沙发上,何危仰头盯着灯,程泽生偏头盯着他。真是奇怪。

第82章
演奏会

这几天,钢琴家都会偷偷溜来梨绘院,在程圳清这里一待就是一整天。他十分安静,一个人坐着捧一本书,一天就过去了。正如程圳清所说,何危和他不熟,压根没什么好聊的,两人待在一间屋子里,各做各的事,能几个小时不说话。

来活跃气氛的大多数都是程圳清,何危能看得出来,他对这边的弟弟也是真心相待，眼神里和话语间流露出的关心不是装的。钢琴家性格温和，又有些沉闷，什么事都喜欢藏在心里，程圳清还会主动问他工作上的事，有没有遇到什么矫情的人或是不开心的事，有就说出来，别憋在心里。

在他的引导之下，程泽生偶尔也会对娱乐圈这个大染缸吐槽几句，何危在一旁听着，就当是吃瓜听个八卦了。

午后，何危躺在阳台的躺椅上，拿着一个黑色手机，在看存在里面的那张简谱。这是他拍的照片，放在程泽生的手机里，经常拿出来看看。

程泽生心里好奇，走过去轻轻敲了敲阳台的玻璃拉门，何危抬头看一眼，示意他可以进来。

程泽生站在封闭阳台上，装作是在看风景，这里是二楼，又不是高层，天知道有什么风景可以看。何危还是盯着手机，程泽生轻咳一声："在看什么？"

"简谱。"何危把手机递过去，问，"看得懂吗？"

毕竟是钢琴家，乐感好，程泽生瞄一眼轻轻摇头："不知道什么意思，但调子有点怪，是你写的吗？"

何危笑了笑没回答。程泽生好奇地问："是别人写给你的？"

"算是吧。"

程圳清恰好出声打断，让何危来帮忙晾衣服。

何危慢吞吞地走过来，看见篮子里的几件衬衫，不由得鄙视："真多。"

"你当我真叫你来晒衣服的？！"程圳清压低声音，"你要是不想惹麻烦就和他保持距离啊。"

195

何危看他的眼神像看神经病。

程泽生傻傻地站在阳台，还在看风景。

13号当天，何危和程圳清都起得很早，几乎是天蒙蒙亮就爬起来了，看到对方从房间里出来，立刻心里了然。

"你睡不着？"程圳清问。

"你也是？"何危反问。

两人相视一笑，而后表情又变得凝重。今夜将是揭晓胜负的关键时刻，他是不是能拯救程泽生，全看今晚的奋力一搏。

13，在西方是不祥的数字，而4月14，听起来就是那么阴森诡异。

洗漱过后，程圳清问他想吃什么，何危点起一支烟，没什么胃口，时间离得越近，脑子里越是被程泽生中枪的画面塞满。程圳清叹气："人是铁饭是钢，不吃饱哪有力气去和敌人战斗。煎饼和豆浆吃不吃？我下去买。"

何危摆摆手，随意，他对这方面没什么要求，况且现在毫无食欲，填饱肚子就好。不过程圳清刚走没五分钟，门铃就响起来，何危以为他忘带钥匙，去开门之后，发现钢琴家站在门外。

"你今天不是有通告吗？"何危想了想，"采访吧？我记得。"

"改档期了。"程泽生的黑眸炯炯发亮，"你有加我的粉丝群？"

何危尴尬地笑笑，总不能说之前调查过吧，再对上程泽生藏着期待的眼神，他敢说如果直截了当地表示"我不是你的粉丝"，程泽生保证瞬间蔫掉，一朵娇花当场凋谢给他看。

无奈之下，何危只能点点头："嗯，有关注，你钢琴弹得不错。"

程泽生腼腆一笑，俊美脸颊居然浮上一层薄红。何危感到更加奇怪,他是大明星,什么好听的"彩虹屁"没收到过,一句"弹得不错"竟然还能让他害羞?

何危研究不出来,也不想研究。他倚着门,程泽生轻声问:"我能进去吗?"

"你进来啊,我又没拦着。"

何危是没拦着,只是挡着门了,被提醒之后他坦然侧身,仿佛是程泽生没主动要求进来似的。

按正常进展来说,程泽生今天应该在做采访,却推掉通告出现在这里,这会对夜里发生的命案产生什么影响吗?

而何危还不能把他赶回去,因为另一个何危正带着程泽生在钢琴家的家里搜查有用的线索,钢琴家忽然回去,肯定会让他们手足无措。

程泽生坐在何危身边,问:"你对古典乐了解吗?"

"不了解。"学生时代学的那些声乐相关的理论知识早忘得差不多了。

"可以试着了解一下,会得到很多启发。"程泽生的手伸进风衣口袋里,"我这里有一张票。"

"没兴趣,也不想了解。"

程泽生的表情尴尬又局促,被何危这么一堵,演奏会的票怎么都拿不出来。

何危是故意如此,他早已看出他的目的,他想跟他做朋友,但他不想惹麻烦。程圳清都找他打过预防针了。其实根本没有担心的必要。

程泽生纠结数分钟,终于又想到一个借口,但何危已经站起来说有点困,想回房间睡个回笼觉。

于是程泽生只能眼巴巴看着他的房门关上,从口袋里拿出周末演奏会的 VIP 包厢票，表情委屈无比。头一次遇见送票还送不出去的情况，他不是自己的粉丝吗？

过了会儿，程圳清回来了，不只拎着煎饼，还有小笼包和鸭血粉丝汤。他开门之后，发现程泽生来了，愣了几秒，随即说："吃了吗？没吃的话过来吃小笼包，刚好买得多。"

程泽生坐到桌前，程圳清掰开筷子递给他："何危呢？"

"回去睡觉了。"程泽生声音闷闷的。程圳清夹一个小笼包放到他的碗里："怎么了，一副受委屈的样子，谁欺负你了？"

程泽生低声说："哥，周末是我的演奏会。"

程圳清点头："嗯，我知道，你上个月说过，我记着呢。"是来给他送票的吧？这个弟弟还真不错，什么都想着哥哥。

果不其然，程泽生从口袋里拿出一张票，递给程圳清。就在程圳清准备伸手接过时，听他小心翼翼地问："你能想办法让何危去吗？"

程圳清按住他的手腕："来来来，你先告诉我，你为什么要让他去看你的演奏会？"

程泽生脸色涨红，摸了摸鼻尖："我也不知道怎么回事，就……就看见他感觉很熟悉，就想交个朋友。"

"这也不能全怪你。"程圳清叹气，毕竟也是程泽生的平行个体啊，对何危熟悉是应该的。不过问题就在这里，这个何危和现在的程泽生不是一个世界的人……唉。

程泽生拉着程圳清的袖口，恳求："哥，你就帮个忙，让他来看一次演奏会。"

他像是怕程圳清不答应，把票直接推给程圳清。恰好这时候经纪人来电话，约他去看看演奏会的场馆。程泽生拿起帽子和口罩，脚底抹油的速度之快，程圳清叫都叫不住。

过了会儿何危的房门终于打开了，他站在门口探头："走啦？"

程圳清吸溜着粉丝，没好气地看着他，筷子指指放在桌上的票。那意思是你自己解决，我管不了了。

何危把票拿起来，这场演奏会正是云晓晓已经买好票，打算要去的那一场。就在这个周末，15号晚上。

"你也不必紧张，都是过去的事了。"何危笑着把票折好装进口袋里，"6月份程泽生也没演奏会，对吧？"

程圳清起初还没回过神来，和他的眼神对上，顿悟：他指的是解开死循环之后，时间或许会回到正常的轨道，又从6月16日继续往后走。

程圳清释怀一笑："但愿如此。"

∞ 第83章
突 生 变 故

临近傍晚，何危发现程圳清还在优哉游哉地玩手机，推了推他的胳膊："还不去收拾东西？"

"收拾什么？"

"你不是该去富盛锦龙园了吗？"何危问道。

程圳清摇头，不去了。按照以往的计划，命案发生时他的确会在富盛锦龙园，在那里驻守，等待着第一次回溯的何危找到他，和他接头。

不过这次情况特殊，既然在不断产生变数，最后时刻也没必要规规矩矩照本宣科了，干脆就玩把大的，和何危一起去伏龙山。

"和我一起去？你确定？"何危耸肩，"我先声明，出什么意外我可不能保证你的安全。"

"你别管我，你把你自己管好就行了。"程圳清站起来，"走，最后的晚餐，咱们出去吃顿好的。"

"……"何危忽然又没胃口了，说的什么晦气话，他们迎来的不是无尽的深夜，是黎明前的黑暗才对。

等到他们从饭馆出来，天色已经完全变成墨黑，程圳清抬头盯着夜空，忽然问何危："要不要去看看钢琴家现在在做什么？"

"上一次的循环里，你最后一次见他也是11号？"

"嗯，我没有把他带来梨绘院，他没有见过你，所以今天也都是正常去参加采访，没发生其他的情况。"

"那就是说，你也不知道他是什么时候不见的。"何危摸着下巴，"那就按你说的，我们现在去钢琴家那里，看看他现在还在不在家。"

他们两人打车到程泽生居住的别墅区，程圳清有门禁卡，进出都相当方便。何危跟着他从小路绕到程泽生的家附近，躲在灌木丛后面。只见别墅里的灯亮着，程泽生和一个矮胖的女人正在说话，似乎发生了争执，程泽生忽然站起来打开了门，请她离开。

"他的经纪人，我在微博上看到过。"程圳清低声说。

何危在脑中快速回忆当时经纪人的笔录，她说在采访过后送程泽生回去，而后自己也直接回家，没有提到和他发生争执的事。如果不是经纪人隐瞒的话，这或许也是其中的变数之一。

胖女人咬着唇，接下来的举动出人意料——她从他身后伸出短胖的手臂，抱住程泽生的腰。

何危和程圳清面面相觑，只见程泽生脸都白了，不知是气的还是吓的，语气柔弱又无助："芳姐，你放开我行不行？我……我们真的不合适！你当我今天的话没说过，我不改流程了还不行吗！"

"泽生，你怎么能喜欢别人呢？还为她写歌，我辛辛苦苦帮你打理一切，你都看不到吗？！"

如此深情又令人窒息的表白让围观的两人直接无语。

程泽生显然没经历过这种"场面"，一时间手足无措，着急忙慌地挣扎着。芳姐从身材看上去就不太好惹，胳膊比程泽生的小腿粗，目测体重也是过人一等。何危彻底感受到了钢琴家和程警官的区别，这要是换成程警官的话，早就想办法摆脱困境了。

"要去帮忙吗？"程圳清问，何危愣了愣："你问我？他是你弟弟。"

"他是你室友……的另一个版本。"

眼看着这场"强抢美男"的戏码愈演愈烈，围观的两人终于看不过去，踩着栏杆翻墙进去。

"哎哎哎！干什么呢！人家不愿意哪有你这样强买强卖的？"

芳姐和程泽生同时抬头，程泽生死死护着自己的衬衫，看见程圳清之后双眼一亮，等见到何危之后，不知从哪儿迸发出洪荒之力，将芳姐一把掀开。

芳姐像一颗球似的滚到一旁，胳膊和腿撞到沙发，"哎哟哎哟"地叫唤不停。程泽生才管不了，跑到何危面前，脸色涨红："我……我和她……"

"我看见了，她强迫你。"何危绕过去走到芳姐身边，蹲下来，"小姐，虽然性侵男性构不成强奸罪，但还是会构成猥亵罪名的，如果我报警的话，5到10日的拘留肯定免不了。"

他提到"报警"，慌的是两个人。芳姐在担心自己的前途和名声，

201

程泽生害怕的是哥哥的身份暴露，于是芳姐赶忙爬起来和程泽生道歉，灰溜溜地离开。程圳清摊开手："就这么放走了，真可惜啊。"

"我会换经纪人的。"程泽生一直在偷瞄着何危，"谢谢……谢谢你来救我。"

何危指指他的衬衫领口，程泽生意识到此刻自己衣衫不整有损形象，赶紧把衬衫扣好拉平整。

程圳清拉住何危，提醒他该走了，顺便叮嘱程泽生："时间不早了，你把门锁好就睡吧。"

"你们要回去了？"程泽生挽留道，"这么晚了，要不在我家住吧？"

"有事。"何危两个字就打发了，抬了抬手，"早点睡。"

他们看着程泽生家里的灯熄灭才离开，程圳清喃喃道："这么晚还在家里，应该不会再失踪了吧？"

"不知道。"何危也说不准，"但愿吧。"

深夜时分，两道人影穿梭在摇晃的树影间，程圳清拽着树干借力踩到石头上，喘口气："快到了。"

"你知道现在在哪儿？"

"知道，半山腰，公馆在东南那个方向，咱们穿过去就到了。"程圳清揉了揉肩头，"没办法，大路不能走，捷径小路给那里的两人占着，咱们还不就只能另辟蹊径了？"

何危的脚再次给石头绊了下，不偏不倚撞到大脚趾，夸道："真是条好路。"

"……"程圳清哪能听不出他语气里的嘲讽，吐槽道，"你别嫌弃，就这还是我一点一点摸索出来的呢！"

说话之间，浓雾四起，何危感到不妙，攥住程圳清的胳膊："起雾了，小心一点。"

"嗯，咱们暂时别走动，等雾散了。"程圳清干脆找块石头坐下，抬手看表，"现在时间还早，11点都还没到。"

何危也坐了下来，浓雾之下可见度保持在三米之内，根本分不清走到哪儿了。本来就是程圳清带的路，如果和他走散的话何危还真不一定能顺利摸到公馆。

为了打发时间，程圳清拿出烟，分一根给何危。山林里传出一阵又一阵的虫鸣和鸟叫，甚至还有一声兽类的嚎呼，程圳清回头看了看："不会是有狼吧？"

"你猜。"

程圳清轻咳一声："其实我并不害怕，有次出任务，我在热带雨林里埋伏了三天，一条碗口那么粗的蟒蛇就睡在旁边。"

"哦，那你为什么紧张得手抖？"

"谁手抖了！我在弹烟灰！"

话音刚落，两人又听见山林里传出的"嗷呜"一声长啸，程圳清头皮发麻，后悔没从程泽生的兵器库里顺一把AK来。

"应该不是野狼，否则伏龙山早就给圈起来做动物保护基地了。"何危一根烟优哉游哉地抽完，一看时间，11点还没到。

好像不太对。

何危把程泽生的手机拿出来，两个手机显示的时间相同。他打开秒表，定时一分钟，到时间之后，表情骤然变得凝重。

"刚刚你看的时候是几点？"

"10点50啊。"

何危立刻站起来，把程圳清也拉起来："走，这里不对劲！"

程圳清被他拽着一头扎进浓雾森林里，弄不清状况："怎么回事？不是说等雾散了再走吗，大半夜的丢了可不好找啊。"

"不能等了。"何危咬了咬牙，语气凝重，"停在那里的话，时间根本不会流逝。"

程圳清一愣，再仔细一瞧，才发现分针还指在 10 的位置，刚刚一根烟抽完，时间却丝毫没有变过。

这就是在逼着他们冒险啊。

何危一直拽着程圳清的胳膊，确保他在自己的视线范围内。雾越来越浓，明明气温不低，但吸入肺部的空气却逐渐冰冷，程圳清拨开矮木丛，还有心情吐槽："哎，像不像寂静岭啊？"

"嗯，有点。"何危抬头，前方是只能隐约瞧见轮廓的树林。

"会不会突然出现一个巨大的怪物？"

"是突然出现某个人把我们一起干掉。"

"你难道没怀疑……是自己人吗？"

话音刚落，何危的腰上顶着一个硬硬的物体。他身体僵住，偏头瞄一眼，只见程圳清手中拿着一把枪，用黑布包起来，枪口正对着他的腰。

万万没想到会发生这种变故，程圳清靠近，在他耳边低声说："你把我弟弟带到这个世界，死循环的关键也在你身上，每次看到我弟弟惨死的模样，何警官，你不知道我多想让你也尝尝子弹的滋味呢。"

何危很镇定，低声道："那你能杀我的机会太多了，为什么要拖到这个时候？"

"因为你从来没有在这么合适的时间死过，我想尝试一下这样是不是能解开循环。"程圳清在他的耳边轻笑，"大不了就是再来一次，我习惯了，而你，什么都不会记得。"

何危面不改色，脑中却产生多重遐想：他所有有关循环的认知都是来自有全部记忆的程圳清，他有所隐瞒或是欺骗，自己是根本不可能知道的。

正如他所说，何危没有保留完整的记忆，或许之前已经被程圳清为了解开循环尝试杀死过很多次，只不过他都忘记了罢了。倘若真是这样，那只能说明程圳清是一块当影帝的料，将他骗得团团转，而他被玩弄于股掌之间，居然丝毫没有察觉到程圳清对自己有谋害的意图。

那把枪移到何危的后脑勺，程圳清残忍的笑声再次响起："再见咯，何警官，希望这一次我能赌对。"

"砰。"

何危下意识闭上眼，忽然反应过来，刚刚那一声根本不是子弹出膛的声音，而是程圳清发出的。

他立刻回头，只见程圳清捂着肚子在笑："哈哈哈，你被吓到了？难得呀，这么多回我终于看见你冷汗下来了，哈哈哈……"

"……"何危劈手夺过他手里的枪，黑布拿掉之后，一把玩具水枪露出来，地摊上五块钱一个。

"你什么武器都没有，好歹准备一个能吓唬人的嘛。"程圳清摆摆手，"你装身上吧，就是代你买的。"

玩具水枪虽然做工粗糙，但包上黑布之后，一时之间还真是难辨真假。何危把玩具枪揣进口袋里，想到刚刚发生的事，冷冷瞪着程圳清："你真无聊。"

"哟，气到骂人了？"程圳清摊开手，"这也不能怪我啊，这雾起的，又是寂静岭又是狼叫，我这就是纯属活跃气氛。"

何危沉着脸，心想要是手里有把真枪，头一个就把程圳清给崩了。

他走在前面，程圳清跟在后面，也知道自己玩笑开大了，叽里呱啦地岔开话题，何危嫌他烦，懒得理他。不知过去多久，身后忽然没了声音，何危回头去看，身后已经没了人影。

"程圳清！"

"程圳清！"

何危边往回走边喊，程圳清像是消失一般，偌大的山林里只剩下他一人。

何危找不到方向，独自在漆黑的山路里摸索，也不知过去多久，走到哪里都感觉路是一样的，树是一样的，整个人疲惫不堪。

浓厚的雾渐渐变得稀薄，隐约之间，何危似乎看见前方不远处出现一栋建筑物的轮廓。

他加快脚步，与此同时，雾也以极快的速度散去，何危终于看到——伏龙山公馆到了。

他拿出手机，4月14日凌晨2点50分。

第84章
最后的赌注

此刻雾已经散尽，月朗星疏安宁静谧，公馆被笼罩在银白的月华之下，深山之中矗立着华美的巴洛克建筑，她精致的外衣被岁月蚕食殆尽，仿佛一个白发苍苍的老妇，秀美容颜已逝，干瘪脸颊留下风霜侵蚀的沟壑，两扇落地窗如同凹陷下去的空洞双眼，正凝视着前方的不速之客。

何危正站在公馆前方，这栋公馆是一个会扭曲时空的怪物，会造成程泽生的死亡，而他一次次回溯，不知已经多少次在这个深夜站在这个位置，只是为了能够拯救程泽生，避免悲剧的发生。

不出意外的话，程泽生和那个何危正在后方5点的位置窥视着他，猜测他的身份。他原本还心存侥幸，认为黑衣人可能另有其人，但事实摆在眼前，已经无力挣扎，不得不承认，也许在之前的循环里，正是他失手杀死了程泽生。

而程圳清的走失不知是意外还是必然，或许正如他所说，循环主角之外的人是无法接触到案发现场的，哪怕找到公馆，也处在不同的时空，无法阻止命案的发生。

何危定了定心神，终归是他的命运，他该去面对，逃避也无法改变结局。伸手压了压帽檐，何危步伐稳健地走到公馆院门，手扶上浸染着铜绿的栏杆，轻轻推开。

他沿着青石板铺成的小路走到公馆正门，将锈锁拿下来，并没有戴手套和口罩，口袋里其实有准备，只是感觉没有这个必要。过去时的何危清楚他的存在，以他的精明程度，从看见自己出现的那一刻，就该猜到黑衣人的真实身份。

公馆里黑暗静谧，只有月光透过落地窗给地板铺上一层霜。何危环视一圈，目光落在落地柜，程圳清曾带着他躲在这里，他正在犹豫这一次是不是也要按着上次的循环，躲进落地柜里等待着两人进来。

而这次最大的变数是，他没有凶器，还会有谁能杀掉程泽生？

如果不按着剧本走，和程、何二人见面摊牌，今后的走向又会变成什么样？

正在此时，一声枪响在他的身边炸开，紧接着阳台那扇落地窗的玻璃碎了。

何危惊讶，立刻回头，却没有看见任何人。公馆的门被推开，脚步声一阵阵传来，仿佛有人走进公馆，但同样的，他也看不见来人是谁，只能感受到紧张的呼吸声，连带着自己的心脏也快速跳动。

到底怎么回事？

又一声枪响，程泽生的喊声响起："何危！过来！是圈套！"

何危下意识快步走过去，走到客厅中央，第三声枪声响起。

胸口的衬衫渐渐浮现艳红的血迹，何危摸着自己的胸口，已经慌乱起来：这不是他的血，他没有受伤，中枪的是程泽生吗？但是他在哪里？！为什么看不见！

空气中飘浮的腥甜气味越来越浓厚，地板上也冒出一摊血，在不断扩散漫延。何危的双手沾满鲜血，轻轻颤抖，仿佛已经看见程泽生的尸体就在眼前，面色苍白毫无生气，失去神采的双眼微眯着，再也不会醒来。

何危膝盖一软，跪在地板上。他虽然看不见发生了什么，但嗅觉的记忆深远，他想起来了，刚刚发生的一切，是上一次回溯里程泽生惨死的经过。

先前散去的雾又开始变得浓厚起来。

不知为何，明明是在公馆里，雾却浓到让人伸手不见五指。何危咬着唇，闭上眼甩甩头，强行让自己镇定下来。不对，这是上一次回溯里发生的事，他已经又回溯一次！程泽生还没死，他不会死！

尽管双手在颤抖，何危还是想办法看了下时间，果真，2点50分，他从看见公馆到进来，已经过去许久，时间却没有任何流逝。

这里不对劲，不是真实的世界，或者不是他所在的那个世界。何危扶着膝盖站起来，开始走动摸索着，雾已经浓到将月色也掩盖，他什么也看不见,踩在湿答答血泊里,每走一步,脑中都是程泽生让他过来的叫声。

在静谧又骇人的浓雾中,何危听见一阵脚步声,由远及近,正在渐渐靠近。脚步声停下,眼前出现一个朦胧的身影,何危看不清是谁,低下头,只瞧见一双脚,穿着蓝色的运动鞋,表面是蛇皮花纹,他记得自己也有一双。

一双微凉的手握住他的手,将一个冰冷的金属物体塞进他手心。

"你的枪,在这里。"

"你是谁?"何危摸着冰冷的枪管,这是一把真枪,和自己口袋里揣着的那把糊弄人的玩具枪完全不同。他没有带枪回来,就是不希望命案发生,为什么现在还要硬塞给他?

后背被推了一下,那道声音又说:"去吧,你知道该怎么做。"

何危一个趔趄,脚下发出清脆的树木响声,他愣了愣,低头一看,发现自己站的地方哪里是什么公馆,而是在布满枯树枝的草地。

他一个激灵,像是从梦中清醒,再次抬头,没有雾,没有血,公馆还在对面,而他站在原地,一步也没有动过。

手中却多了一把货真价实的枪,借着月光,何危发现那是一把92式,隐约感觉也许就是杀死程泽生的那一把。

何危握住枪,回想刚刚发生的一切,忽然明白为什么之前的循环里的何危会想要杀掉他来解开循环。

因为他必须做点什么,如果就这么平静地走进公馆,无事发生的话,可能会陷入更加混乱恐怖的重叠混沌之中。

何危戴上口罩和手套,帽檐向下压了压,再次走向公馆。

2点50分，程泽生和何危在公馆外目睹黑衣人的进入，彼此相对无言，沉默不语。

"我猜是将来的我。"何危低声说，"我在之前就怀疑是他杀了钢琴家，因为凶器在他手里，现在他又在这个时间点出现，绝对不是巧合。"

程泽生则是持反对意见："不会的，凶手一定不是他。"

"你为什么这么确信？"

"因为……他就是你啊，你怎么可能会杀一个和你没什么瓜葛的人？"

何危盯着他，严肃重申："我告诉过你，他是他，我是我，别把我们混为一谈。目前为止，他的所作所为都令我感到不解，而且他和钢琴家之间背地里有没有矛盾，我们都不清楚，所以你别这么早下定论，我怕到时候你的信任会被碾成齑粉。"

程泽生和他四目相对，无奈叹气，何危对未来的自己敌意太强，让他有些弄不懂，为什么会有人对自己讨厌到这种地步？

"砰！"

公馆里忽然传出一声枪响，程泽生"唰"地一下站起来，跨出矮树丛："我进去看看！"

"喂！"何危赶紧跟在后面，心跳也不由得加快。怎么回事？里面没有人，他为什么会开枪？

两人进入公馆之后，发现公馆里空无一人，便开始查看痕迹。然而他们不知道的是，何危正躲在落地柜里，将这一切尽收眼底。

他看着程泽生半蹲在地上查看脚印的身影，再看看何危去查看碎掉的阳台玻璃的背影，脑中正在争分夺秒思考。

这把枪交到他的手里，那就意味着注定要杀一个人。他应该把枪口对准谁？如果还是选择过去的自己，也许悖论规则会让程泽生代替他死亡；如果是杀程泽生……那他回来救人的意义又在哪里？

脑中不断交替着"循环、死亡、拯救"这些字眼，何危快给逼疯了，为什么会让他来做出这种选择？如果他和程泽生的命必须二选一的话，他宁愿死去的是他自己！

何危一怔，脑中猛然冒出一个诡异的想法。

这个想法一旦出现，便像刹不住车，他咬咬牙，不去尝试的话永远不知道结果。钻出落地柜之后，何危胳膊抬起，枪口对准的，正是程泽生。

程泽生表情诧异，和他四目相对，却毫不畏惧，反而轻声问："何危？"

何危盯着他，尽量压下眼中的痛苦情绪，程泽生感到不解，站起身缓缓走来："发生什么事了？你为什么要……"

"别过来！"

何危冷声喝止，而站在阳台边的何警官惊呆了："喂！何危！你发什么疯？！他不是钢琴家，他是另一个世界的程泽生！"

"我知道。"何危语气冷静，深吸一口气，"我要杀的，就是他。"

程泽生莫名其妙，一直和何危对视，眼中充满疑惑。他感觉何危是有什么理由才会用枪对着他，尽管不让他过去，但他也不会听，还是迎着枪口向前："你先把枪放下，有什么事告诉我，我们一起解决不好吗？"

何危笑了笑，苦涩的笑容隐藏在口罩之下，手指几次想扣动扳机，但却下不去手。

但是……却是一个有可能解开循环的机会。

何危咬咬牙，终于缓缓扣动扳机。"砰！"子弹刚刚出膛，他便被抱住腰撞到一边，这一枪成功打偏。另一个何危绕后扑来，将他压倒在地上，瞄见地上冒着硝烟的弹孔，心有余悸。

"你居然想杀了程泽生？！"

何危冷笑："你不是看见了吗？还要问？"

两个何危在地上滚成一团，何警官拼尽全力去抢夺何危手中的枪，何危不甘示弱，和他扭打在一起。程泽生在一旁看得干着急，想把他们分开却找不到下手的机会。千钧一发之际，又一声枪声响起，两个扭打在一起的人安静下来，身下的地板渐渐漫延出血迹。

何危的胸口在不断冒出鲜血，白衬衫被鲜血浸湿，生命也随着血液的流出不断流逝。他的意识渐渐模糊，程、何二人惊慌失措，围在他的身边。

"何危！你怎么样了？！"

"我不知道为什么会走火打中你，我没有开枪！"

何危看着他们慌乱的模样，唇角勾了勾，想说什么却发不出声音。

的确不是那个何危开的枪，是他按着对方的手，扣动扳机。

他不可以杀死过去时的自己，却可以被过去时的自己杀害。

这次——不知道有没有赌对。

意识越来越朦胧，何危闭上眼，彻底陷入混沌的黑暗之中。

第85章
莫 比 乌 斯 环

黑，一望无际的黑。

何危的身体在晃动着，仿佛在海洋中浮沉，但没有海浪的声音，只有深不见底的黑暗。

胸口感受不到那股撕心裂肺的疼痛，视觉和听觉也被剥夺，何危不知自己身处何处，这难道就是地狱吗？没有一点光亮和声响，浓重的墨黑足以把人逼入一个疯狂的境地。

忽然，一点光亮将漆黑的浓墨撕开一点口子。

渐渐地，一点、两点……一束光、两束光……它们在何危的面前交织着，将他包围起来。何危眯着眼，不知道这些光是什么，伸出手轻轻触碰，却像是拨动了一根弦，所有的光束因为力量的传输晃动着，形成美丽又耀眼的光波。

在这光波之中，还夹杂着一些五颜六色的画面，何危想看仔细，脚下意识一蹬，竟轻飘飘地游了过去。

这里不知是什么空间，像是没有引力的太空，却又可以自由呼吸。至少何危没有感受到缺少氧气的窒息感，也或许是他已经死亡，不再需要正常人类所需的氧气。

靠近光点之后，何危看清那些画面，渐渐睁大双眼。

每一个光点都是他的照片，每一张都有细微的变化，像是在做定格动画一般，一张张排下去，形成一道光束。

何危抬起头，看不见光束的发射点，再向下看，也看不见光束的尽头。他又游去横向排列的光束前面，发现同样是由他的照片组成的，随手捡起的一束是十岁生日那天，弟弟为他戴上生日帽的情景。

查看过数道光束之后，何危看见自己的童年、少年、青年时期，他忽然明白，这些光束是他成长的时间轴，时、分、秒整齐地穿插排列，组成一个立方体，将他包裹在其中。

"这些都是你的人生吗？"

低沉的声音回响在空洞的空间里，何危下意识回答："是，都是我经历过的人生。"

"你想再次拥有？"

何危怔了怔，不太明白这句话的意义是什么，片刻后再次点头。

不知过去多久，那道声音又一次响起："你做的选择，别后悔就好。"

光束渐渐发亮，也在不断紧缩靠近，像一团燃烧的白火。何危抬手挡住眼睛："等等，你……"

剩下的声音连同何危一起，被耀眼的白光淹没，一望无际的黑，被明亮通透的白完全占领。

"啪啪啪！"

"何支队！你起来了吗？"

"老何！何危！听见就答应一声！"

何危闭着眼，眉头紧蹙，睡得极不安稳。闹铃声、呼喊声、拍门声交织在一起，在耳边叫嚣着，像是几个大喇叭一起播放摇滚乐，连同他的太阳穴也被震得突突跳。

"何危！死没死出个声啊！"

好吵。

何危缓缓睁开眼，映入眼帘的是雪白的屋顶和格子窗帘。他坐起来，头脑昏沉，扭头观察自己身在何处。面积不大的房间、雪白的墙壁、色调冷硬的衣柜还有身下那张一米二的单人床，一切都是那么熟悉，这不正是之前住了几年的老宿舍吗？

敲门声戛然而止，门外传来说话声。

"这都中午了，何支队现在还没起来，不会出什么事了吧？"夏凉的声音响起。

崇臻的大嗓门响起:"你这么一说还真有可能,他喝得挺多的,别酒精中毒都没人管了!"

夏凉一下紧张起来:"那……那咱们想办法进去看看?我下去找物管拿备用钥匙……"

"要什么备用钥匙,看哥的,佛山无影脚……"

崇臻已经摆好架势,右腿刚准备发力,门从里面打开了。何危摆着一张惨白的死人脸,不耐烦道:"吵死了,在外面叫什么?"

崇臻铆足的劲险险收回去,脚下一个踉跄,扶着窗台才没摔倒。他盯着何危仔细瞧一番,叫起来:"你没死啊?没死都不应一声!我和小夏嗓子都快喊破了,还以为你在宿舍里猝死了!"

"要我死没那么容易。"何危揉着额角,夏凉注意到他苍白的脸色和乌青的眼圈,轻声问:"何支队,你是不是酒喝多了头疼?"

"喝酒?"

夏凉点头,对啊,昨天他们组里聚会,夜里才回来,何支队可不就是喝多了才睡到现在吗?

"今天几号?"何危问。

"15号,你日子都过糊涂了?"崇臻啧啧摇头,"幸好今天是周末,否则老郑准得批评你。"

"15号?"何危皱起眉,"没有出现场吗?"

"一个案子刚结就不能歇会儿?"崇臻拍着他的肩,左右看看,"脸色这么差,还想叫你一块儿去吃饭呢,我看你还是继续睡吧。小夏,咱俩走,吃顿好的。"

送走崇臻和夏凉,房门关上之后,何危站在宿舍里,看着这十几平方米熟悉的老宿舍,心中突兀地生出一股陌生感。

215

他拿出手机，确定今天是 15 号，警方没有接到报案，意味着伏龙山没有命案发生。再一看微博，程泽生的演奏会在今晚 6 点半开场，和粉丝们不见不散。

何危神情有些恍惚，他清晰地记得之前发生的所有事情。在这一次，他选择让自己死亡，明明陷入一片混沌之中，再次醒来人居然在老宿舍里，时间是 15 号，和现在时的何危无缝对接上了。

那件属于程圳清的外套不在屋子里，只有 14 号晚上聚餐穿的外套，里面的东西没什么特别的，钥匙、手机、出现场必备的手套，完全是一套普通的必备装备，找不到任何特殊之处。

程泽生的手机不见了，那把枪也不在，不知道是不是遗留在公馆里。他必须去确认一下，同时还要找到程圳清，询问之前的循环里有没有发生类似的情况。

或许是因为之前都在东躲西藏，所以何危出门已经习惯换上深色的衣服，再找个口罩戴上。路上遇到禁毒队的衡路舟，他下意识低着头目光躲闪地从身边走过，给衡路舟薅住胳膊："哎哎哎，何危，怎么回事，见面都当没看到？"

"哦，没注意。"

"我隔三米远就在跟你招手了！去哪儿啊？裹这么严实？"衡路舟看看外面的天，"今天快 30 摄氏度了，我穿短袖都一身汗，你还捂得像个泥鳅。"

何危应对自如："心静自然凉。"

"能静下来的那是死人！"衡路舟终于舍得放开他，"我当你是因为我没请你吃饭才不理人呢。"

何危摆摆手，刚好提醒他了，这顿饭会记着跟他讨的。饭不饭的以后再说,现在还有正事要办。

下楼之后,何危在停车场里找到老伙计,坐上驾驶位,他摸着方向盘,心里感慨:在外人眼中,他可能只是一天没有开车出去而已,只有何危自己清楚,他已经最少有三个月没有碰过心爱的座驾了。

吉普车行驶在广阔的公路上,何危单手搭着方向盘,另一只胳膊撑着车窗。狂野的风呼啸着灌入车窗,前方的天空一碧如洗,灿烂阳光倾洒而下。途经的林荫道种植着一片广玉兰,大朵大朵绽放着,醉人香气飘荡在整条街道。

人间四月芳菲未尽,最美的风光也不过如此。

这一路驶去,何危的心情已然放松不少。抵达伏龙山之后,他将车锁好,站在那条通畅的大路前面,犹豫再三,还是选择走那条小路。

他已经不知多少次站在这座公馆前面,这里给他带来的回忆太过惊恐和心酸,就怕走过去一看,里面躺着一具尸体,是程泽生。

万幸的是,从窗户看去,公馆里什么都没有。何危戴着手套推开公馆的院门,进去之后,站在正门口,低头观察地上的灰尘,厚厚一层,证明这里长久无人涉足。

何危小心翼翼走进去,打着手电搜索一番,确定没有找到上一次回溯应有的东西,这座公馆最近的访客只有他。退出来之后,何危抬头和头顶灿烂的阳光打个照面,长出一口气。

没有命案,程泽生没有死。这是不是意味着,他已经成功剪断莫比乌斯环,将这个死循环打破了?

想到这里,何危心中隐隐激动,他稳了稳心神,告诉自己先别高兴得太早,等找到程圳清和他确定之后再说。

他开着车,在驶往胡桃里的中途接到一个电话,号码是未知的,声音是熟悉的。

"喂……何危吗？"

何危怔了怔，下意识看向手机屏幕，程泽生？

对面的确是程泽生，但不是他所熟识的室友，而是钢琴家程泽生。

钢琴家声音温和："晚上的演奏会，你会来吗？"

"啊？"何危过了几秒才反应过来，今天晚上是钢琴家的演奏会，但是……现在他们认识？这熟稔的语气，仿佛彼此应该是相熟的朋友才对。

"我……我只是想感谢你对我的帮助，你别误会，也没有强迫你来的意思。"程泽生的声音忽然低下去，带着再明显不过的沮丧，"如果你忙的话就算了，下次我再邀请你。"

何危云里雾里，弄不清状况，他把车停在路边，专心打电话。

"我帮你什么了？我们认识很久了？"

"也不算久，你在街头帮我挡过粉丝，前天晚上经纪人芳姐想对我……也是你出手相救，所以我希望你能来我的演奏会，我有礼物送给你。"

何危再次愣住，程泽生所说的这些都是包含在循环之内的事情，现在循环被打破，这些不是不应该发生的吗？

正常的生活中，他不认识钢琴家程泽生，他对这些明星不感兴趣，只有云晓晓会去追星看演奏会。

"那你哥也去吗？"何危捏着眉心，如果能见到程圳清的话要好办得多，他也许更清楚现在是什么状况。

"嗯？"

程泽生的声音茫然。

"你说的是谁？我没有哥哥。"

第 86 章
没 有 相 遇

胡桃里小区，32栋4单元203室门前。

依旧是那个不修边幅的宅男，顶着鸡窝头来开门，每次和他见面的场景都跟复制粘贴似的，连衣服都没换过。

"找谁啊？"

"马广明在吗？"

男人摇头："敲错门了吧？没这个人。"

何危表情严肃，又问："那你和谁住在一起？"

男人不愿回答，带着一定的警惕心，直到何危把证件拿出来，告诉他警方办案配合调查，男人赶紧一五一十回答，有一个合租的，但不叫马广明，是个戴眼镜个头矮矮的大学生，一脸的痘印，外号"朱麻子"。

这个外貌描述与程圳清天差地别，不用见到真人都知道肯定不是他。离开胡桃里，何危又去梨绘院和富盛锦龙园，梨绘院敲门无人应答，富盛锦龙园这里则是真正的毛坯房，比之前还要简陋得多。

大门的密码不对，何危绕到车库，也没找到后门的地下通道。之前他明明从这里出入过无数次，现在却连门都找不到了，难道地下室也消失了吗？

何危沉思片刻，打电话给程泽生，问他现在在哪里，准备过去一趟。

听闻何危要来，程泽生惊喜不已，连忙告诉他在体育中心彩排，调试音响，到了之后打个电话，他派工作人员去接。一刻钟后，何危把车停在体育中心的停车场,下车后没走两步就看见有工作人员对他招手,戴着鸭舌帽胸口挂着工作牌,走近之后才发现,程泽生竟然自己跑出来了。

"你不是在彩排的吗?"

程泽生腼腆一笑:"我怕工作人员不认识你,所以就找个借口溜出来了。"

"哦,有心了。"何危和他并肩行走,正好趁着独处的机会,旁敲侧击地问了些有关他们之前如何"认识"的经过。

"那天晚上,我被粉丝追赶,不小心撞到你了。你帮我掩护,让我蹲下来装哭,假装安慰朋友。"程泽生脸色一红,长睫毛垂下,唇抿成一条弯弯的线,"没想到还挺有用的,后来我跟你道谢,交换号码之后就认识了。"

和之前的相遇大体相似,但细节部分完全不同,这段记忆像是程泽生在脑中修改过的版本,交换号码什么的何危并没有经历过。

"你那天晚上为什么在那里?"何危问道,"那条街靠近胡桃里小区,和你住的地方一个东一个西,你过去做什么?"

他多么希望能从程泽生的口中听到"找人"这个词,结果程泽生的回答依旧让他失望,只是晚上闲得无聊,去一家心仪的甜品店买东西,才不小心给粉丝撞见。

何危隐隐叹气,感觉现在的境遇比东躲西藏那段时间还要麻烦。第一,他不确定循环有没有解开;第二,最能给予帮助的人不见了,只剩下他单打独斗,还摸不清方向。

"那你的经纪人现在是谁?还是那个芳姐?"

程泽生赶紧摇头:"我已经和她没关系了,现在暂时没有经纪人,等演奏会结束之后再看吧。"

何危笑了笑："你也算是蓝颜祸水啊，这张脸老少通吃，不过我都记不清为什么会忽然去你那里，年纪大了，记忆力不太好。"

"我当时还以为你是来找我的，结果你只是跟踪嫌疑人路过罢了。"程泽生挠着后脑勺，"不过幸好你路过，否则我还不知道该怎么办。"

"我一个人跟踪嫌疑人？没带同事？"

"嗯，一个人，还是翻墙进来的。"

"哦，也对，今天去富盛锦龙园也差点翻墙。"何危笑道，"那个别墅区你听过吗？围墙还挺高的。"

程泽生点头："知道，我在那里有一套房子，一直闲置着没有装修。"

何危装作恍然大悟："难怪有证人说在小区里看见过你。"

听说有证人提到他，程泽生立刻问有什么能帮得上忙的，一定会尽力配合。何危正有此意，对过地址之后，便问起来那栋房子的结构，有没有地下室之类的地方。

"地下室有，开发商送的，不过我暂时还没有装修的打算，以后可能用来当作储物室吧。"

"后面有通道吗？"

程泽生茫然，何危看见他的表情就已经知道答案。好了，不需要再问了，程泽生既然都不清楚，他也没找到后门，那当初程圳清逃走的通道也应该不存在了。

"演奏会的票你带了吗？不带也没关系，我让人领你去安排好的位置。"

程泽生这么一提，何危才想起来晚上还有演奏会这么回事，他该问的也问完了，想找个借口离开，但对上程泽生闪着光的黑亮眼眸，到了嘴边的话又咽了下去。

人家没什么恶意，如此热情邀请，都到现场再泼盆凉水，未免太不近人情。而且他还有些事情需要了解，何危点点头，决定体验一下高雅艺术。

程泽生心情极好，眉梢眼角都挂着笑，何危挥挥手，让他去忙自己的，他在休息室里随便坐一会儿。休息室里只有他一人，门关上之后，何危跷着腿盯着天花板，情绪随着唇角的弧度渐渐沉淀下来。

似乎比在梦中还要混乱，还伴随着一种隐约的不安感在心底蔓延。

半个小时过后，程泽生拎着从酒店打包的外卖进来，和何危一起吃晚饭。他掰开一双筷子递过去，何危把菜全部打开，深吸一口气：很好，五道菜里四道都有他会过敏的食材，只有一道西芹百合没有问题。

程泽生浑然不知，小心翼翼瞄着何危，见他只盯着一道菜吃，壮起胆子剥一只虾，放进他的碗里。何危盯着丰满的虾屁股，这下不得不扫了他的面子，非常无奈地说："过敏。"

程泽生一愣，赶紧把虾夹回来，又换一块水切羊肉，何危依旧无奈："还是过敏。"

程泽生有些手足无措："那……那你吃什么不过敏？"

何危夹起一筷子西芹："还是吃这个好了。"

程泽生拿着筷子，表情尴尬又羞愧。何危倒是没什么感觉，西芹和百合吃得欢快，还夸这家饭店口味不错。

"对不起，我应该先问你才对。"程泽生低头，沮丧不已，他只顾着兴冲冲地点招牌菜，完全没考虑到何危能不能吃。谁知道竟然能这么精准地点中何危的过敏源呢？

"你别往心里去，本来就是我的体质问题，和大众不合，不必迁就我。"何危露出微笑，"也能看出来你挺会照顾人的，真的是独生子女？"

程泽生点头,说家里只有他一个,听说之前有个哥哥,但很小的时候走失了,父母多年寻找一直没有音讯。

何危喝着汤,和他闲聊起日常生活。话题拐到枪械方面,程泽生对此一窍不通,只能保持微笑,做一个合格的听众。

对此,何危的心渐渐沉下去,变得布满阴霾。

程圳清不是失踪,而是在这个世界根本没有存在过。

演奏会表演期间,何危的双眼虽然一直盯着舞台上俊美的钢琴王子,但心思却全然不在欣赏艺术方面。

程圳清怎么会消失?他和程泽生是三年前相认的,而循环是最近才开始的,为什么他的存在会被完全抹去?

既然他不在,那地下室的兵器库还存在吗?那把杀程泽生的枪是不是也消失了?

流畅轻快的钢琴音也无法将何危心中的烦闷打散,他揉了揉额角,大脑被一个个问题塞满,根本静不下心来欣赏这场演奏会。

观众席响起热烈的掌声,何危抬头,看见程泽生站起来致敬,才注意到一首钢琴曲已经结束。他也跟着鼓掌,掌声结束之后,又撑着额继续沉思。

这次演奏会还有一个特邀嘉宾,听说是程泽生的圈内好友,在钢琴领域虽然没有程泽生那么耀眼夺目,但也是极具天赋的钢琴天才。台上面对面摆着两架钢琴,两人合奏一曲,中途忽然停下,好友问:"泽生,你知道这首曲子叫什么名字吗?"

"《时光简史》。"

"我看过一个剪辑的视频,用这首曲子做的背景音,在钢琴曲结束的时候,发生了非常奇妙的时空现象。"

"什么现象?时空倒流?"程泽生好奇地问。

好友摇着手指:"不不不,你再猜。"

程泽生连续猜了几种答案都不对,他耸了耸肩:"不论是什么现象,反正也不是真的,请尊重科学。"

何危猛然抬头,尊重科学?

观众席发出轻笑声,台上好友吐槽程泽生真是一介闷葫芦,还是一个没有想象力的闷葫芦。

欢声笑语中,只有何危的眉头紧拧,表情越来越紧张不安。之前和程泽生的对话浮现在脑海里,那些截然不同的细节为什么会在他的记忆里出现?

答案呼之欲出——是为了补足所有事件的合理性。

惴惴不安的情绪在心湖泛滥,已经从涟漪变为惊涛骇浪。何危心口突突跳得厉害,既然程圳清在这个世界不存在,那程泽生呢?

为了保持这个世界的合理性,平行世界还可能存在吗?

何危猛然站起,周围观众看向他的目光怪异,他顾不了那么多,迅速离开体育馆,开车前往未来域。

按照正常的时间,过几天之后,郑局才会通知他拿钥匙搬家,但何危已经等不及了,他要去一趟公寓,就在此时此刻,只有切切实实地看到他和程泽生一同居住过的地方才能安心。

街头一盏盏路灯如同流星从窗口划过,抵达未来域之后,何危匆匆下车,连锁都来不及按。未来域只有星星点点几户灯光亮着,何危乘坐电梯抵达四楼,熟门熟路地找到尽头那间公寓。

401,402,403……

何危停下脚步，盯着眼前的白墙愣怔许久。

他随即转身，将整个楼层都走一遍，后来干脆是整栋楼跑了一遍，终于遇到一个打扫卫生的保洁人员，何危拉着她语气紧张地询问："请问一下404该怎么走？"

"404？没有啊，这里没有404这一间。"

何危愣在原地，保洁员已经离开，只有他站在走廊，头顶是一盏灰白的小灯，打下的灯光阴冷而绝望。

许久之后，他才缓缓走到走廊尽头，眼前是一道白墙，没有那道属于他和程泽生居所的门，只有冰冷的影子投映其上。

平行世界，也不存在。

他和程泽生之间唯一的关联被剪断了。

何危伸出手，抚摸着墙壁，和他的世界没有牵连，是不是意味着程泽生会在那里好好生活，而程圳清或许也没有死亡，兄弟俩的生活平静安宁，彻底摆脱悲惨的命运。

"咚！"

何危将拳头砸在墙上，死死咬住下唇。

第87章
记 忆 碎 片

"门窗完好，没有搏斗的痕迹，像是熟人作案。"

"对，这个杯子里泡的茶叶是上等的碧螺春，而受害人自己的杯子里泡的则是很普通的茶叶，看样子凶手还是一位贵客。"

"可能是他的上司？程副队，您的想法呢？"

众人的视线一起集中在程泽生身上，半分钟过去，只见他一直盯着墙面喷溅的大片血迹，眼神茫然，没有汇聚成一点。向阳拉了拉他的衣袖："程副队，您怎么了？"

"嗯？"程泽生恍然回神，扭头看见一张张熟悉的脸以及这间陌生的房间，他为什么会在这里？

"你怎么了？心不在焉的。"乐正楷推了一下他的肩膀，"我们知道约会中途把你叫来的确是不太好，但咱们也没办法啊，突发案件，都体谅一下吧。"

"我和谁约会？"

"就你那青梅竹马，谢文兮啊。"

程泽生下意识否认，不可能，顶多是被拉去做苦力，说成"约会"可扯太远了。他小心翼翼走到墙边，防止踩到地面的滴落血迹，手指测量着喷溅血迹的长度，双眼被大片鲜艳浓稠的血迹占满，脑中炸开的却是枪声。

"呼！"

两道纠缠在一起的模糊人影渐渐静止不动，鲜血从身下漫延，铺成一张血红的地毯，正张牙舞爪地不断涌向程泽生的脚边。

程泽生下意识往后退一步，被提醒："哎！程副队您小心！后面是柜子。"

程泽生意识恍惚，发现这里还是刚刚的现场，哪里有什么纠缠的人影。最近是太累了吗？连出来办案都能出现幻觉。

现场证据全部采集结束，尸体也被拖回局里，警方一行人收工离开。乐正楷摘掉染血的手套扔进垃圾袋里，问："你今天怎么回事，神情恍惚心不在焉的。"

"没什么,可能是最近太累。"程泽生捏着眉心,"脑子里一团糨糊,总觉得没睡醒。"

乐正楷勾住他的肩:"也对,你都多久没休过年假了,干脆和老黄打个申请,去旅游放松。"

程泽生让他拉倒吧,师父在医院躺着,他放假了案子谁来查?

坐在车里,程泽生闭目养神,回想去现场之前的事。他上午被谢文兮拉去逛街,然后接到局里来的电话,要出现场,去办一个入室杀人案件。

这些记忆明明储存在他的脑海里,不知为何程泽生却总是有一种陌生感,仿佛已经时间久远,他连谢文兮上午穿的是什么衣服都记不起来了。

包括在现场,他恍然回神的那一刻,仿佛做了一场漫长而悠远的梦,忽然被唤醒,分不清身在何处,也分不清梦境和现实。

断断续续的记忆碎片里,总有一个朦胧人影,全身笼罩着黑雾,看不清脸,但从修长的身形看来像是一个男人。他总感觉这个人他很熟悉,名字似乎在嘴里打转,呼之欲出。

他是谁呢?

回到家里,丁香早已准备好丰盛的饭菜,程泽生进门之后先给他哥烧炷香,再洗手吃饭。程父依旧不苟言笑,程泽生也习惯了,自己吃自己的,当作看不见父亲的脸色。

"你和老黄打申请要搬去宿舍住?"程父问。

程泽生面不改色地回答:"嗯,早就递上去了。"

丁香满面忧愁:"泽生啊,你怎么要搬出去了?圳清不在了,家里

227

就剩下我和你爸……"

"喀！喀！"程父用力咳嗽两声，瞪着程泽生，"他翅膀硬了要自己出去住，就让他去！"

程泽生不仅没生气，还皮笑肉不笑地回一句："谢谢爸。"

夜里，程泽生做了一个诡异的梦。

他梦见在一栋古旧的破房子里，看过自己倒在地上，胸口有一个弹孔，血肉模糊，而另一人跪在他的身边，正是那个身形模糊看不见脸的男人，轻声低语。

"对不起。"

为什么对不起？是你杀了我吗？程泽生疑惑又好奇，看了一眼自己的尸体，却没有太大的触动。他不是第一次梦见自己死亡，出于职业的习性，心里早已做好牺牲的准备，此刻也清楚明白是在梦中，没什么好畏惧的。

男人带着一身血离开，程泽生跟在他后面，和他一起下山，去了一所大学，见到了另一个有些面熟的男人。程泽生仔细回想这人是谁，想了半天才记起是 Avenoir 酒吧的老板，连景渊。

男人在和连景渊说话，聊的是什么流星和超新星，程泽生听个大概，男人又跟着连景渊一起回家，他也跟在后面，看着他换过一套衣服之后，再次出门。

花店的小姑娘拦住了男人，他问："有香槟玫瑰吗？"

姑娘摇头，男人离开，去一间网吧之后，又回到山上。

程泽生看着男人在整理现场，最后跪在他的身边。

"你等我。"

"我一定会想办法救你。"

程泽生走过去，也蹲在自己的尸体旁边，想看清他的脸。

男人的脸上还是蒙着一层黑雾。

程泽生睁开眼，带着一脸疲惫坐起来，太阳穴胀痛着，神经突突跳得疼。

窗外已经大亮，难得周日不用加班，他还在梦里东奔西走，比出外勤还累。

他不知道男人是谁，甚至连他的脸都看不见。

内心莫名感到一阵空虚，程泽生的手握紧又打开，总觉得自己失去了一些很重要的东西。

入室杀人案正在侦办中，程泽生虽然和平时一样安排任务、走访调查，但却肉眼可见不在状态。

比如说他经常会神游天外，盯着某一样东西出神，眉头紧皱着，还会把证物和证词记岔，频频失误，这在程泽生的办案生涯中可从来没有发生过。问他他都说没事，可朝夕相处的同事心里清楚，程副队这种状态不可能没事。

"你真的不用休息？"

午休期间，乐正楷递给他一听冰可乐："看你的脸色多难看，别把身体弄垮了。"

程泽生摇头，没睡好也是真事，他几乎每晚都梦见那个男人，跟着他东奔西走，甚至还梦见自己已经死去的哥哥。

在梦里，男人和哥哥的关系很古怪，说是朋友，感觉并不亲密。他们却又能无话不谈，坐在一间昏暗的地下室里推杯换盏。他们聊的内容程泽生并不理解，与其说不理解，不如说听到的内容不全面，像是隔着一层水雾，只能隐约听到某些无关紧要的内容，缺少关键的部分，前后剧情也无法联系起来。

为此，程泽生常常会在白天想起所做的那些梦，那个男人几乎成为他的心结。

梦里的时间和现实并不同步，他总感觉已经过去了很多天，可一觉醒来，才只是经过几个小时而已。

这么多天过去，他始终不知道男人叫什么，也看不清他的脸。

这样算起来，程泽生的白天和夜晚几乎分为两个世界，他在梦里度过的长夜导致他在白天会因为时间过去太久而忘记一些现实里的案件和内容。晚上得不到良好的休息，白天还要集中精力工作，短短几日，程泽生已经感觉到精神状态不佳，甚至有时候白天会出现一些幻听。

"你等我，你要等我啊。"

程泽生不明白要等什么，也不明白等待的原因是什么。

乐正楷扶着程泽生的肩："我昨天和黄局说了，他应该会安排你休息几天，你不是还要搬家吗？"

程泽生揉着太阳穴："啊，不说我都忘了这回事，还没找老黄去领钥匙。"

果真，下午黄占伟就找他，给他三天假，刚好搬家，顺便休息一阵。程泽生自己也感到状态不好，留在工作岗位可能还会降低效率，难得没有倔强反抗，而是利落答应了。

程泽生搬进了未来域403，这条走道的最后一户，他站在门前，看着冰冷的白墙，总觉得这里空出的面积过大。明明还能再做一间房，为什么要空着？公家不是都喜欢不浪费一分一毫物尽其用的吗？

程泽生没再多想，搬家之后身体几乎被掏空，躺在沙发上，不知不觉竟睡着了。

这一觉没有再梦到那个男人,而是梦到一段钢琴曲,不停地在耳边回荡着,重复播放,耳朵几乎都快给磨出老茧,那段钢琴音像是一段魔咒,让他的头脑嗡嗡作响。

程泽生醒过来,拿起手机一看时间,夜里 12 点。

他爬起来之后,头脑昏昏沉沉,似乎隐约还能听见钢琴的声音。他感到烦躁,低着头甩两下,想把烦人的乐曲声赶走,但它却一直响着,悠远缥缈又空灵寂寞。

不对。程泽生站起来,仔细聆听,好像真的听到了琴音。

他仔细辨别声源的方向,缓缓转身,发觉是从身后那堵墙传出的。

程泽生走过去,耳朵贴着墙面,能隐约听见那阵琴音不断响起,像是一个闹铃,没有人按下它就不会停止。

可对面是一堵空墙,他的旁边没有邻居。

程泽生再次走出公寓,站在那堵墙面前,伸出手轻轻触碰。

忽然,墙壁极其轻微地震颤了一下,像是有什么外力击打在上面。程泽生左右张望,整条走廊只有他一人,不可能会有谁能让这堵墙产生这种现象。

何危咬着唇,又一拳砸在墙上,全身被溃败感和无力感笼罩。

程泽生。

何危闭上眼,在心里默默低语。

程泽生缓缓收回手,盯着那堵白墙看了数秒,最后又回到屋子里。

幻觉越来越严重了。

第88章
断 裂 的 世 界

"你在被捕之前和我说的话,还记得吗?"何危双手抱臂,居高临下地看着双手被铐在一起的犯人。

李诚贵坐在审讯椅上,思索片刻摇头:"警官,我说什么了?能给点提示吗?"

何危身体前倾,低声道:"你说……是谁帮过你?"

"没有吧,我在这里人生地不熟的,能找谁帮忙?"李诚贵以为何危又是来诈他的,"何警官,我真的该交代的都交代了,笔录里连标点符号都是真的。"

何危继续问:"犯案手法也是你自己想的?没有听别人说?"

"这个真没有,想出这些方法的时候我还小小得意了一阵,感觉比较厉害,呵呵。"

"……"何危无语,弄不懂这有什么可自豪的,犯罪都会得到应有的惩罚,这些"荣光"等着留到监狱里沾沾自喜去吧。

从审讯室里出来,何危被郑福睿叫去,收到一把新宿舍的钥匙。

"喏,新公寓下来了,已经有人搬进去了,你也抓紧吧。"

何危拿起钥匙一看,上面写的是"405",在原本的404对面。他并没有郑局长意想中的欣喜,而是盯着钥匙出神,喃喃道:"为什么没有404?"

郑福睿举着陶瓷茶缸,摸着啤酒肚:"这我哪知道,得去问公寓的设计师，可能是因为避讳吧，两个4，多不吉利。"

"家具都置办好了吗？"何危顿了顿，"如果是我弟弟帮忙的话，你告诉我就行，我不会说的。"

"哎，怎么和你弟弟扯上了？家具都是我和幼清去挑的！"郑福睿用食指敲敲桌子，"我家丫头眼光好得不得了，保证你住进去会喜欢的。"

何危笑了笑，没说话，钥匙揣进口袋里转身离开。郑福睿总觉得他状态有些奇怪，但又说不上来怪在哪里。

办公室里，何危摆弄着手里的钥匙，一张俏丽的美人脸出现在门口，弯着眉眼："今晚加班吗？"

何危摇摇头，手里也没案子，正好去新公寓看看。

听说他要去新公寓，郑幼清食指点着下巴，笑靥如花："去仔细看看，明天记得夸我。"

"肯定要夸，老郑说都是你挑的，眼光不错。"

"那是自然，我选什么眼光都很好。"郑幼清意有所指，何危苦笑，"我已经没的选了。"

通过李诚贵和新公寓的事，足以证明循环已经不存在，现在所有的事情发展都是他第二次回溯之后的情况延续。

包括程圳清也不在了，两个平行世界的联系被切断，他可以确定这个世界不会再有多余的何危，也不会再有多余的程泽生。

下班之后，何危开车去未来域，再次站在走廊尽头的那堵墙前，这次没有驻足多久，转身打开405的门。

随着防盗门被缓缓推开，颜色清新的家具和窗帘让人耳目一新，淡淡的果绿色，入眼到处都是一片生机勃勃。这里的格局和404完全相反，已经完全不是那个他所熟悉的公寓，包括墙上的钟，也不是带着黄铜钟摆的石英钟，而是和家具配套的一个盘面雕刻着猕猴桃的水果钟。

坐在陌生的沙发上，何危似乎累极了，身子一歪，倒了下去。

他闭着眼，回想和程泽生住在一个屋檐下的种种。

何危睁开眼，拿起外套快步离开，打给连景渊："在家里等我，一个小时之内到。"

何危去之前，习惯性从宠物店买好足量的猫罐头和零食，结果连景渊开门之后，一只体形娇小、浑身雪白的茶杯犬一蹦一跳地跑出来，坐在玄关歪头看着他。

何危愣了愣，连景渊的声音响起："怎么一眨眼就不见了？小短腿跑得还挺快。"

他走出来，发现茶杯犬正在和何危大眼瞪小眼，便将它抱起来："来啦，带的什么？"

何危盯着茶杯犬，又看看家里："斯蒂芬呢？"

"斯蒂芬是谁？这里只有薛定谔，乳名雪雪。"连景渊捏着茶杯犬的爪子晃了晃，"雪雪，来打个招呼。"

何危心情复杂，感觉自己带来的罐头和零食毫无用武之地。没想到现实竟会如此残酷，连那只陪他一起度过数个冰冷夜晚的温柔布偶猫也会消失不见，让他寄托感情的第二条纽带也彻底崩断。

"你怎么买的猫罐头啊？"连景渊打开袋子哭笑不得，"听谁说我养猫了？我连养狗都没告诉别人。"

"我如果说，你之前一直在养一只叫斯蒂芬的布偶猫，你会不会相信？"何危扶着额，露出苦笑，"乱了，我已经彻底乱了。"

连景渊帮他倒一杯茶，让他有事情坐下慢慢说。何危找不到谁能倾诉，告诉别人或许会被当成疯子，告诉连景渊也许会好一些，仅仅会被认为是"办案压力过大，需要休息"而已。

何危说了一半，连景渊的表情已经从平静变为惊奇，果真问他是不是最近压力太大，产生幻觉。何危很确定地说："我没有疯，精神状态很正常，我所告诉你的一切都是曾经发生过的事，只不过现在一切都变样了。"

他低头，看着卧在脚边的薛定谔："包括宠物，我和斯蒂芬相处那么久，怎么可能是假的？"

"但是……"连景渊苦笑，"阿危，你也找不到能够证明你经历过时间循环的证据啊。"

连景渊的话不无道理，循环不存在了，他所知道的"事实"都和现在的既定现实不符，没有任何有力的证据，他又怎么去让别人相信这么荒谬的事情呢？

何危忽然站起来，走去连景渊的书房，打开电脑。连景渊跟着进去："你要用电脑？我设的开机密码……"

何危扫一眼键盘，猛然之间觉得不用证明什么了。

数字键盘那里有磨损痕迹的字母和先前也是不同的，集中在"5、3、1、0"四个数字。连景渊走来，输入"0315"，账户登录了。

"是你妈妈的生日？"

"欸？我妈妈生日在1月份啊，这是我农历生日。"

何危坐在椅子上，脑中的记忆一次又一次被推翻，已经快让他怀疑自我了。

连景渊蹲下，手扶着何危的肩，担忧地看着他："阿危，我认识专业的心理医生，你这种情况还是疏导一下比较好。"

235

何危沉默许久,倔强地摇头:"不需要,我所经历的都是真实的,我很清楚。"

程泽生在梦中默默陪在男人身边,已经过去数日。他不知道具体时间过去多久,笼统算起来也有一个多月,男人只要出门,总是一身黑衣的打扮,帽子口罩全副武装,低调又小心翼翼。

不过大多数时间,他都是在连景渊的家里,逗一只叫斯蒂芬的猫。一人一猫感情非常好。

不知猫是不是天生存在一种通灵感应,男人看不见程泽生,它却能凭着嗅觉精准找到程泽生的位置,在他所站的位置乱嗅。

"斯蒂芬,在找什么?"男人的声音低沉又温柔,他将斯蒂芬抱起来,斯蒂芬"喵呜"一声,可惜男人听不懂猫语,抱着它去阳台梳毛。

程泽生跟去阳台。

"看到你这么乖,我都想养一只宠物了。"他抚摸着斯蒂芬的小脑袋,"就是不知道我的室友喜不喜欢猫,从来没有听他提过。"

我喜欢的。程泽生立刻回答,只可惜发不出声音,无法让男人听见。

他抱起斯蒂芬,揉着尖尖的耳朵:"如果我可以救他的话,到时候也养一只和你一样漂亮的布偶,经常带来和你做伴,好不好?"

程泽生从梦中醒来,坐在床边冥想一阵,突发奇想想去买一只布偶猫。

谢文兮听说他要养宠物,整个人都被吓到:"你不是吧,居然要养猫?还是布偶。我建议你这个新手还是养养英短好了,布偶娇贵不易伺候,你这个大忙人哪有那么多时间照顾它。"

"不了，就要布偶，养别的没意思。"程泽生脑中又闪过梦里那只布偶，"要那种脸上开的是一个正八字，耳朵是深棕色的，背上也是棕色，四只爪子都是白的，肉垫和鼻子是粉的……"

"要求还这么详细，得得得！你跟我说我也不懂，我找朋友按你的要求挑一只，到时候联系你。"

买猫的事情折腾了一个星期，谢文兮的朋友相当负责，帮程泽生跑了几家猫舍，终于挑到一只让程泽生最满意的布偶，毫不犹豫地把它带回了公寓。

这只布偶猫四个月大，长相和体形都和斯蒂芬非常相似，叫声轻柔无比，性格也同样温柔黏人。到家的第一天，便不肯睡在窝里，要在床上和程泽生睡在一起。

"叫你什么好呢……"程泽生抚摸着布偶柔软的长毛，"要不你也叫斯蒂芬好了。"

程泽生搂着他的斯蒂芬一起入眠，进入梦乡之后，他又在男人的身边，先跟他一起到一栋富丽堂皇的大房子里吃晚餐，回连景渊家里之后，再看他从噩梦中醒来，大口喘着气，似乎被吓得不轻。

谢文兮约程泽生一起吃晚饭，告诉他帮忙买猫的朋友也来了，程泽生刚好想感谢人家，便答应下来。

抵达餐厅之后，卡座里坐着一个长发飘飘文静端庄的优雅美女，对着程泽生腼腆一笑。程泽生感觉她有些眼熟，脑中正在回忆什么时候见过，谢文兮神神秘秘地说："你记不起来了？林婉啊，我们以前一个高中的，人美气质佳的校花你忘啦？"

程泽生茫然摇头，不记得是肯定的，他开窍晚，根本不关注什么校内美女，能大致记得她的脸已经很不错了。

等到坐下之后，程泽生才发现谢文兮约的这个饭局不是因为买猫的事，而是来给他牵红线的。林婉像是一个大家闺秀，只敢目光羞涩地悄悄瞄着程泽生，而谢文兮贴上一颗痣就能当媒婆了，把林婉夸得天上有地上无，仿佛程泽生不对她倾心那就是瞎了眼了。

程泽生埋怨这个死丫头就会找事，谢文兮看出来了，趁着林婉去洗手间，低声说："你可别怨我，是阿姨托我给你介绍漂亮姑娘的，我这不就顺便了嘛。今年你都三十了，皇上不急太后急啊。"

"你先把你自己的事解决吧，"程泽生作势要站起来，"我回局里了，案子还没忙完，哪有时间陪你在这儿瞎起哄。"

"哎哎哎，你这人，多个人陪你养猫还不好？人家开宠物店的，懂的不比你多？"谢文兮赶紧揪住他，"好歹交换了号码再走啊，不然我都没法交差。"

林婉回来了，刚刚还硝烟四起的两人又装作无事发生。两个女人聊得开心，程泽生倍感无聊，撑着额看着窗外，已经无趣到在数楼下的路灯了。

忽然，他的视线被一道穿着白衬衫黑西裤的修长身影吸引，此刻正值下班高峰期，对面写字楼里涌出一群白领，但唯独这个男人抓住了程泽生的视线。

他的身影和梦中那人的身影重叠，身高和体形像是一个模子刻出来的。

"我看这样好了，你们加个微信，以后要买猫要买狗也不用我来做中间人了，是吧，婉婉？"

程泽生盯着那个男人，他正站在路口等红绿灯，从头到脚都是一副普通上班族的打扮，和大多数人一样，低头看着手机，毫无特别之处。

林婉面露羞涩，悄悄拿起手机："那好吧……"

程泽生"唰"地一下站起来，丢下一句"有事"，头也不回地快步迈出餐厅。他三步并作一步，来不及坐电梯，从安全楼梯下去，一路狂奔跑出商场。十字路口跳成绿灯，人潮汹涌浩浩荡荡过街，那个男人的身影若隐若现，混入其中几乎无法分辨。

程泽生也挤了进去，他穿过那些阻挡在前面的上班族，就算接收到异样的目光也毫不在意，眼睛始终盯着那个修长的背影和有着一头乌亮短发的后脑勺。

还差一点点了，他就在前面。

程泽生几乎是扒开拥挤的人潮，抓住男人的胳膊。

男人停下脚步，诧异回头，眼中带着惊恐和防备。

程泽生盯着他，脑中模糊的黑雾散去一半，露出的五官和眼前的男人十分相似。

"你是谁？"明明是程泽生主动追来，反倒先质问起对方来。

男人小心翼翼回答："何……何危。"

何危。

终于找到了。

第89章 双向发展

"我叫何危，人可何，危机的危。今年32岁，在鼎新进出口贸易公司做报关员。"

"家住哪里？"

何危说了一个老小区的地址，小心翼翼地看着程泽生："程警官，能问一下要我配合调查的是什么案子？"

程泽生刚刚为了留住人，证件一掏随便找个办案的借口把他拉到咖啡馆。现在何危提起来，他轻咳一声，回答得冠冕堂皇："这个暂时不便透露，放心，这些都是正常流程，只是了解一下你的基本情况。"

好在何危老实又单纯，点点头没有再多问。反正他没做什么违法行为，身正不怕影子斜，也不畏惧程泽生市局刑侦支队副队长的身份。

坐在对面那人眉眼温顺平和，皮肤白净五官端正俊秀。

何危看了看时间，露出抱歉的微笑："程警官，还有别的事吗？我该回去做晚饭了。"

"家里有人等你？"

"没。"

"那就在这里吃吧，我请客。"

何危刚想拒绝，程泽生已经叫来服务员点单了。他天生不善于拒绝，而且对方还是刑警，也许案件还有需要他配合的地方，于是何危轻轻点头："麻烦了。"

等菜期间，程泽生已经将"例行问话"转变为正常聊天，旁敲侧击地询问更多的私人情况。他不是爱搭讪的人，这次竟然"滥用职权"，只是为了接近何危，和他多聊几句。

两人聊到身边亲近的家人和朋友，何危如实回答，有一个双胞胎弟弟，关系不怎么样，身边关系不错的只有一个朋友，开酒吧的，平时小聚也都是在他的酒吧里。

"连景渊？"

何危惊讶:"程警官,你怎么知道?"

因为我在梦里看见你和他关系很好。不过梦里的连景渊并不是酒吧老板,而是大学老师,估计也是自己的大脑随便安的一个身份。

"我原来查案子和连老板认识,听你提起酒吧老板,下意识就想起他了。"程泽生切了一块牛排,笑了笑,"没想到这么巧,他和你是朋友。"

"嗯,景渊是我大学学弟,我们关系一直不错。"

"那下次去酒吧消费能打折吗?"

"啊……这我也不清楚,"何危腼腆一笑,"可能报我的名字没什么用,我带你去好了。"

一顿饭的时间,两人的交谈平淡愉悦,程泽生看着何危,面带微笑,不过心中却渐渐冒出一点怪异的感觉。他总在期待何危的下一句回答会带来不一样的惊喜,似乎他那张嘴应该多说些冷嘲热讽的犀利言辞才对。

可惜何危性格太温和,面对什么话题都是不卑不亢的态度,最常见的表情就是腼腆一笑,要么就是低着头沉默不语,沉静里也掺杂着懦弱和胆怯。

"今天多谢款待,"何危从口袋里拿出一张名片,递给程泽生,"这是我的名片,有什么事程警官尽管打给我就行。"

程泽生点点头,捏着名片,目送着何危上出租车,还对他挥挥手,眉眼里一团柔和。

好像总有点不对。

回到公寓,程泽生拿出手机,才看见谢文兮发来的连环消息。

"喂喂喂,你有没有搞错啊,要遁你也找个借口啊!让我怎么收场?!"

"我不管,阿姨问起来我就说是你搞砸了,跟我可没关系。"

"我跟林婉解释过你的工作特殊性了,人家姑娘相当能理解,号码是138××××××××,你赶快加了弥补一下。"

程泽生回:不用了。

夜深人静,程泽生依旧进入了那个漫长遥远的梦境,这一次他刚走近,男人转身,蒙在脸上的黑雾消失不见,那张脸和晚上见到的何危分毫不差。但眉宇之间却带着一股浑然天成的犀利和强势,仅仅一个眼神,便与现实中认识的何危判若两人。

他和连景渊似乎产生了争执,连景渊头一次表现出与他气质不符的激动,他对何危说:"我不想再看见你这么痛苦下去,不管你是从哪里来的。"

后来,何危还是离开了连景渊的家,回到那间昏暗的小地下室。他一个人睡在躺椅上,盯着头顶昏暗的小灯发呆,没有斯蒂芬陪在他的身边,夜晚也变得漫长而寂寞。

何危睡着之后,程泽生蹲在他的身边。

"比起现实,我好像更熟悉梦里的你。"

搬进405之后,何危的状态并没有好转,虽然每天依旧上班,业务水准也没有降低,但整个人变得沉默无比,肉眼可见地瘦了一圈。

手机响起,何危瞄一眼,是程泽生的电话。他没有半点欣喜,说起来都是程泽生,这个却不是他想要联系的程泽生。

"晚上有空吗？上次演奏会委屈你吃盒饭了，今天我在家自己做的盒饭……不不不，是晚饭！我自己下厨做的晚饭……"

每次和何危沟通，钢琴家都会紧张到语无伦次。何危对晚饭没什么兴趣，他只是刚好想到他家去一趟，程泽生送上门来，也省得他再找借口邀约。

尽管已经知道没有必要，何危还是不死心，想去检验一下兵器库是否存在。

下班之后，何危开车去程泽生家里，用人来开的门，他走进去，看见钢琴家正拿着锅盖和锅铲在煎鱼。

"你……你来啦，稍等一下，这条鱼快好了。"

看着程泽生一手拿着锅盖当作盾牌来保护他那张金贵无比的脸，一手拿着锅铲当作箭矛和恐怖的鲫鱼搏斗，何危在心底叹气，艺术家不搞艺术搞厨艺，这不就当着他的面啪啪打脸吗？

两个世界不同的程泽生，在烧菜方面糟糕的表现还是一致的。

他走过去，从程泽生手里把锅铲拿过来，开小火，将已经掉皮的鲫鱼翻一面，顺便轻轻推了一下他的胳膊："锅盖放下，鱼打算怎么烧？"

"炖汤。"

何危说知道了，让程泽生去客厅等着，很快就好。程泽生不好意思地离开料理台，站在后面看着何危："没想到你还会做菜。"

"还好，一个人住总不能饿死吧。"

程泽生尴尬，他也一个人住，但吃饭都是点外卖或者让阿姨做好，难得想在何危面前一展身手，还弄得这么狼狈。

"是我请你吃饭，没想到还要你自己下厨。"程泽生自责起来，何危似不在意："你的手是弹钢琴的，做这些太暴殄天物。"

243

程泽生两颊一红。

半个小时后,何危端着奶白色的鱼汤从厨房出来,程泽生把饭盛好,用人已经回去了,空旷别墅里剩下他们两人共进晚餐。

何危看了一下,今天的菜色中规中矩。五道菜卖相不错,不过尝过味道之后,何危沉默了,怀疑程泽生是把糖和盐,酱油和醋弄混了。

"怎么样?还合胃口吗?"程泽生的双眼充满想被表扬的渴望。

"嗯,挺好的。"何危唇角弯了弯,"你还是适合弹钢琴。"

"……"挫败感一瞬间将钢琴家笼罩。

何危浑然不觉自己说了什么,吃完饭之后趁着程泽生在洗碗,自己晃去车库。车库的摆设没有变,连小轿车停的位置都和记忆中一模一样,墙上还贴着那张自恋的海报,但已经摸不到暗门的缝隙,角落里也找不到应有的指纹锁。

兵器库并不存在。

也许是打击过多,何危反倒没什么太大的情绪波动,双手插着口袋回到客厅,程泽生正拿着刀在笨拙地削苹果。

"我来吧?"何危倚着门框说。

程泽生赶紧摇头,这都要麻烦何危,那还算什么男人?

何危也不勉强,行,削到手也不是他的事。他在客厅里四处乱转,晃到乳白色的钢琴前面,翻开琴盖,修长手指落在黑白琴键上。

那段简谱盘旋在脑海里,许久没有听见,仍然记忆犹新。在陌生的领域,换成他动作笨拙地摸索着琴键,试了几次才找到正确的音,一个个按下去。

随着他手指的动作,熟悉的音调渐渐呈现,虽然是破碎的,但那漫长悠远的纠结感觉却毫无障碍地扑面涌来。

"这是什么曲子？"程泽生忽然出现，手里端着盘子，里面是切好的苹果。

"很特殊的曲子。"

程泽生将果盘放在钢琴上，凭着刚才听到的音调，手指游动在琴键上，瞬间演奏出完整悠扬的曲调。何危惊讶，钢琴家的音感果真不是骗人的，仅仅只是听过一遍，便能如此完美地呈现，和每晚12点的报时钢琴音乐几乎没有差别。

"很厉害。"何危由衷赞叹。

程泽生今天终于得到夸奖，整个人精神状态立刻和之前判若两人。

何危走后，程泽生坐在钢琴前，再次弹起先前那一段小调。他有些疑惑，这是什么曲子？听起来很怪，并不怎么顺耳，为什么何危会说它"比较特别"？

一转眼已经将近10点，何危才慢慢悠悠地晃回未来域。下电梯之后，刚拐过转角，何危停下脚步。

走廊里有一只海双布偶，晃着小脑袋四处张望，湛蓝的杏眼里充满好奇。在它转头的一瞬间，何危屏住呼吸，几乎感到不可置信。

"斯蒂芬。"

何危轻轻唤一声，布偶猫的耳朵动了动，竟然真的对这个名字有反应。

但它却没有走来，而是蹲在原地，歪头好奇地盯着何危。

何危一步一步缓缓靠近，忽然安全楼梯里的垃圾桶响了一下，他下意识回头，什么也没看见，等到再转过来，猫也不见了。

何危小跑到刚刚布偶猫所在的位置，两边的房门都关着，走廊的通

245

风窗户也没开,那只布偶猫去哪里了?

他又折回安全楼梯,只见做保洁的阿姨正在换垃圾袋,也许刚刚是她发出的动静吓跑了那只布偶猫,不知蹿到哪里去了。

也不排除可能是何危的"幻觉",无数次的打击让他也快怀疑自己记忆的真实性,是不是真的需要去约一位心理医生。

程泽生扔过垃圾回来,一把捞起斯蒂芬:"你怎么又跑出来了?万一碰到坏人怎么办?"

斯蒂芬无辜地喵喵叫着,眼睛一直盯着走廊的前方,似乎想告诉爸爸刚刚的确是有陌生人在,但它被抱起来的瞬间,那人就不见了。

程泽生在走廊里前后张望,确定只有他一人,便教育起斯蒂芬:"讲你两句还敢吵架?"

斯蒂芬不服气,尖牙对着爸爸的食指轻轻磨一下,被放下之后卧在沙发上蜷成一团不理人。

程泽生看得好笑,摸摸它的小脑袋,想起何危,说:"过两天带你去见一个人,你肯定会喜欢他的。"

∞ 第90章
梦 境 和 现 实

没过几天又是一个周末,程泽生开车去何危家附近,刚下车就看见两个何危在一起拉拉扯扯。

之所以说是两个,是因为他们的长相几乎一模一样。程泽生眼尖,发现其中一个右眼角下有一颗针尖大的泪痣,并且面相给人的感觉更加冷漠，不似何危那般柔软平和。

程泽生想起何危曾提到过有一个双胞胎弟弟，就是这位吧？看来兄弟俩的关系果真不怎么样，这还是在大街上，就动起手来了。

"我今天一定要把你带回去，跟我走！"

"阿陆，我今天有事，真的……真的不能跟你回去。"

何陆拧着眉，拽着何危的胳膊态度强横，半拖半拽弄到一辆黑色奥迪前面，打开车门，将他往里推。

正在此时，他的肩头忽然被用力钳住向后扳去。何陆脚下趔趄，扶着引擎盖站稳之后，瞧见一个高个子男人将自己哥哥拉到一边嘘寒问暖。

"没事吧？胳膊疼不疼？"程泽生上下捏几下，"还好，没脱臼。"

何危揉着泛红的手腕，往程泽生的身边躲了躲。何陆不耐烦道："你是谁啊？出来多管闲事。"

"你别管我是谁，你刚刚的行为属于限制他人人身自由，我如果打电话报警的话，拘留肯定没跑的。"

何陆冷笑："呵，你说拘留就拘留，公安局你家开的？"

程泽生掏出证件，就差按在何陆脸上。何陆脸色一变，挡开他的手："警察了不起？！这是我哥，我们在处理家务事，你管得够宽啊！"

"家务事也要在合法范围内解决，"程泽生回头，"他要带你去哪里？"

何危低声回答："去……去他家里。"

"那你想去吗？"

何危还没回答，何陆沉声道："哥，你今天最好跟我回去，别惹我生气。"

何危浑身一颤,下意识拉住程泽生的胳膊,半个身子藏在他的身后。何陆皱起眉,视线在他们两人身上游走:"你们什么关系?"

程泽生没理他,又轻声问一遍:"你想跟他走吗?"

何危犹豫半晌,对上何陆的眼神更加瑟缩,摇摇头不敢说话。

"那就不回去,想去哪里?我送你。"

程泽生拉着何危转身离开,何陆急了,跨一步还想伸手,结果连哥哥的衣角都没捞着,就被程泽生拦下。

"哪有你这样做弟弟的?他是你哥哥!推推搡搡大呼小叫,最起码的尊敬都没有。"程泽生指着他,语气严肃,"我不管你们之间有什么'家务事',但何危不愿意做的事你就不能强迫,否则我真的不介意带你回局里喝茶。"

何陆脸都给气白了,盯着何危,再瞪一眼程泽生,咬牙切齿:"好,何危,你别以为能躲着我!"

他摔门上车,奥迪的引擎启动,打个弯绝尘而去。他离开之后,何危才松一口气,满目忧忡,程泽生感到奇怪:"你弟弟找你什么事?把你吓成这样。"

何危似乎不好意思开口,摇摇头什么都没说。程泽生见他不愿意提,也不强迫,问:"准备去哪儿?"

"去连景渊那里吧,"何危瞄着他,羞涩一笑,"刚好想请你喝一杯。"

Avenoir还没到营业时间,门外挂着"CLOSE"的牌子,吧台有三个人,正是老板和他的两位朋友。

站在吧台里的男人戴着眼镜,长相俊美气质温雅,他调好一杯橙红色的果汁,推给程泽生,笑道:"真是太巧了,没想到程警官竟然和学长认识。"

"也是偶然。"程泽生端起杯子尝一口,"没想到你不仅是老板,还会调酒啊。"

何危捧着莫吉托:"景渊大学里打工就是在酒吧做调酒师,这一手很厉害。"

连景渊笑而不语,让后厨做几道小食送来。他正在洗雪克壶,注意到何危手腕上的红痕:"手怎么回事?"

何危支支吾吾,连景渊已经猜到,唇角的笑容也落下了:"何陆又来找你了?"

"嗯。"

"没带走你是程警官的功劳吧?否则你也不可能来我这里了。"连景渊对程泽生道谢,"多谢程警官出手相助,真希望能亲眼见到何陆被抓起来的一天。"

何危有些尴尬:"景渊……"

连景渊将洗好的杯子擦干,"你那里太不安全了,要不暂时搬来我这里吧,何陆肯定不敢找来我这里。"

何危摇摇头,他只要不怎么情愿的时候,都会低着头不吭声。看样子连景渊这个建议也不是第一次提了,只不过每次何危都这个反应,他耸耸肩,不来就不来吧,只要学长开心就好。

趁着他去洗手间,程泽生半个身子凑过去,低声问:"他弟弟怎么回事?"

连景渊表情虽平静,眼中却都是鄙视和嫌弃:"他是个偏执狂,程警官如果想要和学长做朋友的话,那就保护好他。"

离开酒吧的时候天色尚早,程泽生问:"还有什么事吗?"

何危摇头,除了来连景渊这里,他也没别的娱乐活动了。程泽生问他有没有时间,陪他一起带斯蒂芬去宠物店。

"宠物……是猫吗?"

程泽生点头:"布偶猫,你喜欢吗?"

肯定会喜欢的吧,你在梦里和它那么亲热。

没想到何危咬着唇,修长手指盘在一起:"不好意思,我有过敏性哮喘,对这些长毛动物都不耐受。"

程泽生怔了怔,万万没想到会是这么个回答。一时之间,他发觉坐在身边的何危和梦里的那个差距越来越大,他相信如果是梦里的何危,今天遇上胡搅蛮缠的何陆,一套流星拳早就招呼上去了。

"哦,没事,是我没了解清楚,过敏体质还是别养宠物比较好。"程泽生打着方向盘,"那我送你回去吧。"

何危张了张嘴,还想回请他吃一顿晚饭呢,但程泽生盯着前方,似乎也没有给他开口的机会。何危一路沉思,最后还是作罢。

程泽生把何危送回去之后,去店里打包一份板栗鸭翅回家,外卖摆在副驾驶位,诱人的香气直往鼻子里钻。程泽生打着方向盘,脑中不知不觉出现一幅他和何危面对面坐在一起吃外卖的画面。

嗅觉和味觉的记忆是最长久的,程泽生渐渐开始迷茫,怀疑到底是在梦中发生的还是现实里也存在过,可是之前他和何危并不认识,这些混乱的记忆又是从何而来?

到家之后,程泽生一个人坐在桌前啃鸭翅,他并不寂寞,因为斯蒂芬也跳上桌子,陪着饲主,一个吃一个看。

程泽生盯着可爱的布偶猫,喃喃自语:"为什么会对猫过敏呢?"

他养斯蒂芬就是因为梦中何危的那句"以后想一起养一只猫",现在看来梦都是反的,何危不仅不想养猫,他还过敏。

斯蒂芬无忧无虑,鼻子在空中嗅了好几下,爸爸吃的东西居然比猫粮还香。

程泽生拎着垃圾打开门,吩咐斯蒂芬:"爸爸二十秒就回来,你乖乖在家,别乱跑。"

斯蒂芬"喵"一声,表面答应了,程泽生将门虚掩着,刚一走,它就用小爪子自己把门推开,柔软的身体滑了出去。

何危趁周末独自去了图书馆,看了一个下午的书,太阳穴突突跳得疼。他手中拿着一本从图书馆借回来的书,一下电梯,又看见那只机灵又漂亮的布偶猫。

它似乎迷路了,在走廊里乱转,每间门都嗅一下,站起来两只前爪对着 403 的房门乱抓,发出柔软的叫声。

是对面那家养的猫?何危走过去,这次终于没有再让布偶猫跑走了,成功抱起它。

像,真是太像了。不论是开脸还是五官以及眼睛的色度和毛色,都和斯蒂芬十分相似。他喊一声"斯蒂芬",布偶猫耳朵动了动,果真对这个名字产生反应。

何危惊喜不已,抱着它舍不得放开:"你真是斯蒂芬?没事,我当你是就行了。"

斯蒂芬似乎对何危很有好感,蹭着他的手趴在怀里不动了。何危虽然喜欢,但也明白不是自己养的留不住,抱着它在走廊里玩一会儿,便去敲 403 的门。

敲了数声,403 没有回应,何危猜想对方可能不在家,更弄不明白不在家的话猫是怎么出来的，难道是故意丢掉的？

这种可能性微乎其微，如此好看的布偶猫丢掉根本不科学，要么就是弄错了主人，根本不是403养的。

何危抱着斯蒂芬在楼道里挨个敲门，全部敲过一遍之后，还是没找到它的主人。他脸上带着无奈的表情，心中却是隐隐欣喜："那你先跟我回去吧？我家里有好吃的罐头。"

斯蒂芬听见"罐头"，爸爸立刻不重要了，美味的罐头才是王道。

何危开了一个罐头放在斯蒂芬面前，蹲在一旁看着它大快朵颐。他打算收留它一个晚上，明天刚好是周末，可以专门腾一天时间帮斯蒂芬找主人。

"我也想过养一只猫。"何危想起程泽生，苦笑着叹气。

第 91 章
细 微 的 裂 缝

何危已经许久没有睡得这么安稳，竟然一夜无梦，但并不是自然醒来，而是被一下一下有节奏地踩踏给弄醒的。

不只是爪子，毛茸茸的尾巴也甩到脸上来，扫了几下，似乎是让他别睡了，快起来弄饭，孩子在长身体，不能饿着！

"好好好，我帮你开个罐头。"何危打个哈欠，揉了揉斯蒂芬的小脑袋，下床去开罐头。一看时间才7点多，帮它准备好早餐，又回去睡回笼觉。

迷蒙之间，何危刚准备再度进入梦乡，那两只小爪子又搭着胳膊踩起来。

　　如果只是单纯的肉垫踩来踩去，相信谁都会醉死在肉爪的天堂里，但是加上爪子的效果那就不一样了。何危感到尖锐的物体陷进胳膊里，赶紧按住斯蒂芬，要求终止按摩服务。

　　"指甲有点长，脚毛也是，我家里没有专用的指甲剪，去店里帮你修剪一下？"何危盘腿坐在床上盘着斯蒂芬的两只前爪，"我知道你想和我玩，但是你的武器太凶残了，卸掉再说。"

　　"喵——喵——"斯蒂芬的叫声太过柔软动人，简直是猛男杀手，何危的心化成一片，难得打破平时严谨自律的生活，坐在床上和猫玩了一个小时。

　　吃过早午饭，何危抱着斯蒂芬出门，它看见对面403的房门，身子挣扎着要扑过去。何危继续去敲403的门，还是无人应答，他耸耸肩，打算先带斯蒂芬去宠物店，回来之后再看看能不能找到它的主人。

　　"要是找不到的话你就跟我一起住吧？"何危将斯蒂芬举过头顶，"罐头和零食管够，还帮你买到屋顶那么高的猫爬架，保证你会喜欢。"

　　去宠物店修过指甲和脚毛之后，何危抱着斯蒂芬回来，忽然想起什么，去管理处一查，403竟然是间无人居住的空房子。

　　"真的还没人住进来？"

　　"这哪能骗您，我们都有登记的。"保安看着他怀里的猫，"这猫真好看，会不会是楼上跑下来的？"

　　"嗯，我正打算今天楼上楼下都问一遍。"何危单手抱着斯蒂芬，拿笔在本子上留下号码，"麻烦你也留意一下，如果有人来找猫，联系我就行。"

　　另一边，程泽生心急如焚，正在找跑丢的布偶猫。甚至动员闲着没

253

事的同事一起过来，把保安室的监控调出来，认真的模样不比查案子差多少。

保安室给刑侦支队的人占着，委屈的保安只能站在角落里："程副队，您真的确定是昨天晚上7点以后跑丢了？咱们录像都看三遍了，连个影子都没见到。"

"肯定7点10分，我当时去扔垃圾，回来发现猫不见了，特地记的时间。"不愧是搞刑侦的，处理事件的下意识反应都是相同的，不论猫还是人，都有一个搜救的黄金时间。

不过猫和人又有本质区别，比如它走丢了，乐正楷认为它是出去玩，没有从正门出去，也有可能是从窗户走的啊。动物的行动可比人类灵活多了。

程泽生指指窗外："你自己看看，周围有没有一棵足够高又距离适中的树，最近的和我们那层楼相差十米，它难道是飞天猫？"

乐正楷摆手："但也不是不能，不要小看你家布偶猫的潜能。"程泽生懒得理他，让向阳留在保安室里看监控，乐正楷被他叫去楼上，两人一起挨家挨户敲门去问。

只要周末休息留在未来域公寓的，都声称压根没有在楼里见到过猫，更别提布偶猫。做保洁的大妈倒是见过一次，但也是上次斯蒂芬跑出来的事了，昨晚没见它出来溜达。

"人证物证都没有，未来域也就这么大，咱们都找过了。"乐正楷啧啧摇头，"密室失踪啊！"

程泽生心烦意乱，坐在椅子上水都喝不下。虽然养斯蒂芬没多久，但感情是真的投入进去了，就跟自己家的孩子似的，走丢了能不着急？

乐正楷安慰道："要不咱们再去楼下院子找找？说不定躲在哪个花

坛里面呢。"

花坛昨晚程泽生已经第一时间打着手电去查看过了,并没有斯蒂芬的踪影,不过昨晚不在不代表现在也不在,程泽生刚坐下没多久又站起来,和乐正楷一起去楼下。

两人在楼下叫着斯蒂芬的名字,希望能将它唤出来,斯蒂芬没找到,倒是找到一窝流浪猫母子。花坛就这么大,他们再次空手而回,向阳从保安室出来,来来回回几个监控一帧一帧快看吐了,还是一无所获。

乐正楷见程泽生一副愁眉不展的模样,摇摇头:"要不是亲眼见到,我还以为是你儿子丢了呢。"

"它和家人一样,你不懂。"程泽生声音低下来。

"没见过吗?好的,谢谢。"何危礼貌道谢,关上门,顶楼的最后一户也问过了。

"看来你的身世真是成谜啊,除了我之外居然都没人见过你。"何危捏了捏斯蒂芬的耳朵,"你到底是从哪儿跑来的呢?这么漂亮,主人找不到一定很着急啊。"

斯蒂芬抱着何危的手,用他的拇指磨牙,还舔了几下。何危抱着它从安全楼梯下来,回到四楼,斯蒂芬的眼睛一直盯着蓝色的垃圾桶,何危眼珠一转:"你的主人出来倒垃圾才把你弄丢的?真是粗心,门都不锁起来。"

斯蒂芬喵喵叫,在反驳是它不听爸爸的话自己跑丢了。

何危站在安全楼梯,观察着走廊,从这里可以看见403的门,如果是倒垃圾的话,只要十几秒就能回去,换成是他的话也懒得关门。不过

255

403没有人居住,物业那里都没有登记,它为什么还要执着地去挠那道门?

忽然,斯蒂芬的耳朵动了动,何危也听见一声若有若无的呼唤。

这道声音很陌生,他并不认识,听上去也像是从楼下传来的,距离遥远且不清晰。

"你的主人在楼下?"何危抱着斯蒂芬,推开换气窗,探头往下看。楼下只有两人在抽烟闲聊,看上去也并不像是在找猫。这时,斯蒂芬挣开何危的手,甩着蓬松的大尾巴蹿去走廊,何危赶紧追过去,只是眨眼之间,斯蒂芬竟然不见了。

何危揉揉眼睛,他亲眼看见斯蒂芬从安全楼梯跑去走廊,他也及时追去,其间间隔只有一两秒,那么大一只猫竟然就这么凭空消失了。

能去哪儿呢?何危找遍整条走廊,也没有再看到斯蒂芬。布偶猫体形并不娇小,能躲藏的地方他都找过一遍,这条走廊一眼望到底,刚刚没有开门的声音,能藏到哪里去?

忽然,何危转身,盯着那堵雪白又冰冷的墙。这面墙是曾经的404,在他居住的公寓对面,平时只要一推门就能看见。

斯蒂芬是去那里了吗?

正常人第一时间肯定不会往什么平行世界的方面去想,但何危经历得太多,一个活物能这么轻松自如地消失不见,除了掉入另一个世界,他也想不到什么更好的解释了。

"程泽生。"何危轻轻唤一声。

并没有得到任何回应,走廊里静悄悄的,只有何危一个人的气息。他摸着下巴沉思数秒,又跑回安全楼梯,头探出气窗往楼下喊:"程泽生!"

256

程泽生猛然抬头，乐正楷问："怎么了？"

"刚刚听到有人喊我的名字。"

乐正楷和向阳莫名其妙，谁喊他了？花坛这里除了鸟叫和风声，他们什么也没听见。

程泽生盯着未来域那排气窗，声音是从那里传出的，有些耳熟，但一时之间在脑中却对不上号。他跨出花坛，指指楼上："我上去看看。"

何危等了足足五分钟，还是没有接收到属于另一个世界的信号。他内心隐隐失落，关上气窗，难道是他太神经质猜错了吗？

何危再次回到刚刚驻足的位置，伸手抚摸着白墙，一寸一寸地摸下去，手指摸到一点异样的地方。那是很轻微的凹陷，像是一条细线。

他眯起眼，手指在细线的位置上下抚摸，又抬起头看了看。

这道刚刷好没多久的墙，竟然产生了一道非常细微的裂缝。

乐正楷和向阳跟着程泽生一起上楼，刚下电梯便听见走廊里回荡着轻柔甜美的猫叫声，程泽生浑身一个激灵，急急忙忙冲过去。

果不其然，斯蒂芬正蹲在403的门前叫着，程泽生大喜，一把将它抱起："斯蒂芬！你跑哪儿去了？！这么长时间才回来！"

"别太严苛，二十四个小时还没到呢。"乐正楷插嘴，"孩子大了在家待不住，做家长的要体谅。"

向阳低声嘟囔："不能体谅，体谅的话下次说不定真没了。"

程泽生欢天喜地抱着斯蒂芬回家，还以为它饿一个晚上见到罐头要像恶狼扑食，谁知只是吃了几口便坐在一旁舔爪子，一副兴致缺缺的模

257

样。

乐正楷惊奇:"不愧是仙女猫,果真不食人间烟火!"

程泽生则是皱眉,摸摸斯蒂芬的肚子,小家伙吃得圆滚滚的,再看看爪子,居然指甲和脚毛都被精心修剪过。似乎斯蒂芬昨晚根本没有在外面流浪,而是寄宿在某个人家中。

是刚刚喊他的那人吗?

那道声音很耳熟,他肯定听过,程泽生捏着眉心,那人的名字挂在嘴边,呼之欲出,但大脑关键时刻掉链子,让人头疼。

乐正楷和向阳离开之后,程泽生盯着斯蒂芬:"昨晚你去哪里了?坦白从宽,抗拒从严。"

斯蒂芬在舔着爪子,似乎对照顾它的人很满意,对偷跑出去玩没有一点悔过的意思。

程泽生无奈,弹了下它的小脑袋当作一个教训。

夜色浓重,程泽生穿着风衣,里面是一件淡蓝色衬衫,站在一栋宽敞又阴森的破败别墅里。

这里是哪儿?

他四处走动观察着,破旧沙发,带着裂纹的落地窗,地面存积的一层厚灰,都在彰显这栋房子年岁已久无人涉足。直到注意到屋子里熟悉的雕像,程泽生睁大双眼,终于明白这是哪里。

这里是山上那座破旧公馆,他的长梦开头便是他在这里死去,何危跪在他的尸体边。

"程泽生!"

程泽生回头,清晰地看见落地窗的玻璃里映出何危的身影。

"程泽生!"

何危带着温和笑意,在对他挥手。

程泽生快步走过去,紧张地咽了下口水,轻轻伸出手指,指尖触碰到玻璃,"哗啦"一声,玻璃在眼前碎成齑粉,何危的笑脸也消失不见。

程泽生猛然惊醒,从床上坐起来,大口喘着气。

他终于可以对上号了,白天那一声呼唤,是来自梦里的何危。

第92章
希 望

程泽生躺在床上举着猫,和斯蒂芬对视,一人一猫仿佛在进行沉默无声的心灵交流。

自从斯蒂芬回来之后,程泽生的梦变得错综复杂,仿佛一张完整的拼图给打散了,再被一双无形的手一块一块塞进他的脑海里。梦的场景分为两个地点,一个是山上那座诡异破败的公馆,一个就是和他现在居住的格局相同但家里的陈设完全不同的公寓。

公寓里,他和何危同住一个屋檐下,却看不见彼此。程泽生看见的场景,要么是自己,要么是何危对着空气说话,像是自言自语。还有无人的厨房,油烟机开着,锅里煎着喷香的食物;莲蓬头开着,浴室里没有人;门会忽然打开,又自己关上,这一切像极了灵异电影。

程泽生站在上帝视角，目睹他们两人在这种艰苦的环境下，相处了很长的一段时间。

梦里的时间一向过得非常快，仿佛开了最大倍速的电影快速放映。直到某一天，流星雨之后，程泽生看见他去了何危的世界，两人一起散步，一起购物，享受短暂的休闲时光，后来又面临着变故。

梦境的地点转移到公馆，程泽生跟着两人一起进去，眼看着他和何危还有另一个黑衣人僵持不下。当黑衣人对着何危开枪，而自己扑过去挡在他面前和黑衣人的双眼对上时，程泽生猛然发现，开枪的这个凶手，竟然也是何危。

至此，这一切都和最初的长梦接上了。他倒在血泊之中，何危在他的身边，承诺一定会救他。那句之前重复数次的"你等我"，也终于有了一个合理的解释。

回到现实中，梦境里的真实感久久无法散去，仿佛都是程泽生亲身经历过的一个个故事。尽管很难相信，但程泽生已经明白，他要找的一直都是梦中的何危才对。

为此，程泽生专门查找许多资料，终于查找到一个有关"平行宇宙"的理论解释。理论之所以被称之为理论，是因为它还只停留在一个空想的阶段，是没有实际数据支撑的。

程泽生又开始产生怀疑，目前所感知的这一切都是从他的梦境中获得的，而梦境往往都是大脑的产物，什么稀奇古怪的事都有可能是凭空想象，这一切会不会只是他单纯的臆想而已？

"你不见的那一晚，是他在照顾你吗？"程泽生抱着斯蒂芬，挠着它的下巴，"如果你能说话该有多好，就可以告诉我他到底存不存在了。"

斯蒂芬用脑袋拱着程泽生的下巴，伸出爪子在爸爸的胳膊上踩。没剪多久的爪子又给磨尖了,程泽生捏着它的爪子低语:"我希望他是存在的,这样就能一起养你了。"

咖啡馆里,何危主动约程泽生见面,两人坐在卡座里,程泽生眉头微皱,一副心事重重的模样。

"最近怎么了?看你脸色不太好。"何危语气温柔,关心道,"当警察任务繁重工作辛苦,注意身体。"

"周六有时间吗?最近新上的一部电影很好看,科幻题材的,不知道你感不感兴趣。"

"什么电影?"程泽生端起咖啡抿一口。

"《三叠记》,是三个时空重叠的故事,情节紧凑又刺激,评分很高的。"

程泽生的注意力全然不在他的邀约上,反而拿出手机搜索《三叠记》。找到详情之后大致浏览一遍,发现电影里描述的部分情节和他梦到的情节相似,特别是主角见到将来时的自己,简直就像是何危和黑衣凶手的现场会面。

"你相信这种时空重叠吗?"程泽生问。

换作普通人,肯定都会说这只是电影,是艺术,不能放在现实里较真。但何危的表情却变得有些怪异,视线飘忽不定左右摇摆,凭着做警察多年的直觉,程泽生察觉他应该知道些什么。

"你有想说的吧?没关系,不论是什么我都会认真听。"

何危看着他,又看看四周,才低声开口:"这件事其实挺离奇的,我也记不太清了,那时候年龄太小,也许是我自己臆想的。"

"我……好像曾经见到过和我长得一模一样的人,不是我弟弟,他也是何危。"

程泽生怔住，何危微歪着头，状似苦恼："具体发生了什么我也说不上来，但我知道他和我不一样，他很勇敢，很厉害，我们在山里迷路了，是他一直陪着我带着我往前走……"

"你在哪里见到的？"程泽生打断他的话，抓住何危的手腕神情紧张，"山上，有公馆吗？"

何危被吓了一跳："是……是伏龙山，公馆我不知道，后来一直没去过了。"

听到"伏龙山"这个地名，程泽生豁然开朗，那里有一座闹鬼的老宅子，去年在附近办案时有所耳闻。程泽生"唰"地一下站起来，拿起外套匆匆和何危告别，说自己有非常紧要的急事，下次换他请客。

没走两步，程泽生又折回来，漆黑眼眸定定地看着他："不好意思，周末我有约，电影不能陪你看了。"

何危愣了愣，又摆摆手："没关系，你忙你的，我自己去就好。"

程泽生点点头，脚下生风一般地离开。

何危下班之后，刚出警局就和程泽生巧遇，程泽生见到他之后老毛病又犯了，紧张到话都说不完整。

"好巧啊，今天……今天要不要来……来……"

"去你家？"何危疑惑，"又要我下厨？"

程泽生赶紧摇头，今天已经请阿姨把饭做好了，约他主要是有别的事。何危问他什么事，他也不说，拉着何危上车，告诉他到了就知道了。

程泽生是明星，在大街上只是逗留五分钟已经引来人群瞩目，助理也在催促着赶紧离开，何危叹气，真是上了贼船了。

到了别墅,助理开车离开,房子里只剩下程泽生和何危。程泽生拉着何危走到乳白色的钢琴前,坐了下来:"你还记得上次我约你来演奏会,想送你礼物吗?"

"不记得了。"何危一秒都没犹豫。

"……"尴尬只在程泽生的俊脸上浮现一秒,他摸了摸鼻尖,"当时我是打算在演奏会弹感恩赞送给你,但是现在我想到更好的礼物了。"

程泽生掀开钢琴盖:"这首曲子没有在任何平台发布过,只想送给你。"他的声音里暗含着紧张,"名字叫 *Wings of Hope*。"

Wings of Hope?何危一怔。

"我弹给你听。"钢琴前的俊美男人优雅挺立,像一根标杆,修长双手轻轻摆在琴键上,深吸一口气,睁开眼时已从容而镇定,手指轻轻按下第一个音。

随着一串串流畅音符倾泻而出,美妙又空灵的乐声回荡在客厅里,音调不断升高,力道也在持续加强,饱含着丰满的情绪,仿佛黑暗中出现的那一点光,渐渐由星星之火变得炽热明亮,如展开一双希冀的翅膀。

这首曲子的第一句,是何危再熟悉不过的钢琴曲调,后面都是程泽生自己的创作,将这个"不怎么好听"的调子改编打磨成一首如此美妙动听的乐曲,脱胎换骨般赋予了它新的生命。

随着曲调越来越高,何危的情绪也被影响。

U Luck,WE HE.

如果救不了程泽生,算哪门子的 HE(Happy Ending)。

乐曲的尾声变得低沉婉转,构曲相当巧妙,最后一段又回到初始那段曲调,多添加了几个大字组的音,就像是何危所经历的循环,最后一切又回到起点，却多了些低迷的感伤。

程泽生演奏结束，睁开眼看向何危，刚想开口问问他感受如何，却发现他愣怔着不说话。

"怎么了？"程泽生慌了。

"谢谢，很好听。"

程泽生心里一喜："我见你最近总不开心，想着这个能够让你开心一下。"

第93章
借 猫 传 信

傍晚，天色开始变得阴沉，不久之后下起淅淅沥沥的小雨。程泽生冒着雨跋涉在山路上，沿途询问村民，一路泥泞终于找到那座废弃的公馆。

它矗立在山林烟雨之中，墙是灰的，院子里铺着青石小道，门锁锈迹斑斑，推开之后，公馆里的场景与梦中别无二致。

程泽生的黑发早已湿透，淋得像落汤鸡，他在公馆里查找一番，可惜什么有用的线索都没找到，这里长久无人光顾，地板上只有他带着泥水的脚印。

"何危！"

"何危！"

他在公馆里呼唤，甚至去阳台的玻璃前，希望能看见那道熟悉的身影。同样的，没有奇迹出现，他见不到何危，也找不到他在哪里。

难道真的没有办法和何危联系吗？

回到公寓，程泽生站在走廊里，盯着自己公寓隔壁的那面面积甚大的白墙。梦境里的那间公寓虽然和他的公寓格局相同，但阳台的位置有所区别。403的阳台是在东面，而梦里的公寓阳台是朝南的，可以直接看到楼下的小区大门，这是边户户型才会有的设计。

再看一下整条走廊的门牌号，程泽生恍然大悟：这里原先也是有一间公寓的，是404才对。

四楼404，听上去的确不是什么吉利数字，然而它以前存在，这下真的成了404 Not Found了（网页错误提示）。

他该怎样才能找到何危？

脑中闪过斯蒂芬机灵漂亮的小模样，程泽生摸着下巴，冒出一个大胆的想法。

当晚，程泽生在网上买了一批手工串珠，到货之后研究许久，帮斯蒂芬做了一串项链戴上。斯蒂芬乖乖给爸爸盘弄着，项链大小合适，但被胸口那团长围脖似的毛遮住了，只有它的身体运动起来，那些花朵和彩色的小珠子才会露出来。

"斯蒂芬，全靠你了。"程泽生摸摸它的脑袋。

斯蒂芬歪着头，一双湛蓝杏眼一眨一眨。程泽生把它引到门口，打开家门，自己走出去，斯蒂芬也跟在他的脚边，一起踏出家门。

程泽生清楚地知道斯蒂芬跟在身后，当他踏进安全楼梯，再转头时，斯蒂芬已经不见了。

程泽生喊了两声，确定斯蒂芬不在楼道里，隐隐放心不下，可除了这种冒险一搏的方法，他已经想不到什么好主意了。

夜深人静，楼道里只有一盏昏暗小灯，斯蒂芬发现爸爸不见了，只有它一只猫在走廊里。它东张西望,找到 403 的门,两只前爪开始扒起来,同时发出较平时大些许的叫声,一声又一声回荡在走廊里。

叫了几分钟之后,斯蒂芬蓬松的大尾巴垂下,开始去扒对面 405 的门。温顺的布偶猫天性便是喜欢和人黏在一起,走廊里空无一人,又幽暗寂静,斯蒂芬抖抖耳朵,叫声更加低沉凄厉。

何危从梦中惊醒,他不仅听见猫叫还有窸窸窣窣的扒门声,仿佛斯蒂芬就在门外喊他开门。

"喵——喵——"

猫叫声被两层门板削弱,却是真实存在的,楼下是不是斯蒂芬还不清楚,但的确有只猫。

何危一骨碌从床上爬起来,鞋也来不及穿,"噔噔噔"下楼去开门。

门一打开,斯蒂芬坐在地上,尾巴一晃一晃的,歪头盯着他。何危惊喜,将它抱起来,又看看门外:"你怎么会在这里?"

见到熟人之后,斯蒂芬的叫声立刻恢复到温柔缠绵,爪子攀着往何危的肩头爬。何危摸摸它的脑袋,抱着猫出去走一圈之后,确定此时此刻邻居们都在梦乡熟睡,这只猫继上次凭空消失之后,再次凭空出现。

何危将它抱回家里,此刻早已睡意全无,开灯帮斯蒂芬弄罐头和猫粮。斯蒂芬围在他的脚边打转,还伸出前爪搭着柜子站起来,何危把碗放在地上:"吃吧。"

斯蒂芬果真将脸埋进碗里大快朵颐,何危蹲下看它吃得津津有味,自己也不确定它到底真的是从另一个世界而来还是只是一只普通的走丢的猫。那道墙上的裂缝始终让他无法释怀,再加上这只猫的出现,是不是暗示着程泽生的世界将会再次对他敞开?

经历的事情太多,何危对任何事都保持着小心谨慎。不排除是有人偷偷藏在暗处，安排这一切再暗自观察，也许又会是他自己的某个平行个体也说不定。

罐头吃了一小半，斯蒂芬已经饱了，坐在一旁舔爪子。何危把它抱去睡觉，手摸着柔顺的长毛，忽然摸到又圆又硬、一颗一颗的东西，扒开仔细一看，斯蒂芬竟然戴了一个串珠项链。

这串项链是由串珠、小立方体、塑料小花编成的，用料全部都是五颜六色的透明亚克力。何危笑了笑："没想到你的主人还挺心灵手巧的，不过就是审美有点奇怪。"

也怪不得何危会这么想，因为这些串珠和长方体还有塑料小花的排列毫无规律，有的是串珠排在一起，有的则是一颗串珠一颗长方体，一朵朵小花的排列也无规律可循，似乎就是那人随手为之。

何危起先没在意，斯蒂芬躺在身边睡觉，他撑着额无聊地数着项链有多少颗珠子，多少朵小花，多少个长方体，突然脑中灵光一闪，一下子坐起来，将项链从斯蒂芬的脖子上摘下来。

何危翻出纸笔，手中拿着项链，将彩色珠子和长方体的排列记录下来，小花应该是当作间隔，不必记录在列。

I FIND U, CZS.

"啪"，何危手中的笔掉在地板上，拿着那串项链的双手轻轻颤抖。真的是程泽生，这只猫也是他养的，他和何危一样，没办法找到对方，只能通过这种方式来告诉何危——我在找你。

何危心中掀起惊涛骇浪，他还能有机会见到程泽生，平行世界并没有被抹去，那循环呢？循环究竟还存不存在？

斯蒂芬软软叫一声，四肢抻起伸个懒腰，何危定定望着它，起床换衣服，抱着猫一起出门。

267

初夏的夜晚凉风习习，还未进入盛夏，何危一身外套长裤出去也不会感到闷热。斯蒂芬被放在副驾驶，何危摸着它的脑袋，笑容温和："谢谢你，让我庆幸还没有放弃。"

深更半夜，连景渊被门铃声吵醒，披了件衣服睡眼蒙眬地去开门。打开门之后，看见何危站在门口，怀里还抱着一只猫。

"阿危，你怎么来了？"

何危把斯蒂芬举起来，递到连景渊眼前："这只猫眼熟吗？"

连景渊一脸莫名其妙，眯着眼看着斯蒂芬，摇头："不认识。"

"它叫斯蒂芬。"

连景渊想起何危上次说的那些话，表情无奈："阿危，我真的没养过猫……"

"我知道不是你养的，是我要找的人养的。"何危从口袋里拿出串珠项链，"这是他留给我的信号。"

作为一个科学研究者，隔行如隔山，连景渊完全弄不明白这串项链和暗号有什么联系。他感到头疼，捏着眉心："阿危，你半夜来找我到底是有什么事？"

何危把猫放下，斯蒂芬看见雪白娇小的茶杯犬，好奇地凑过去，茶杯犬从未见过猫这种生物，立刻龇牙咧嘴，摆出一副奶凶的表情，给斯蒂芬一爪子按在窝里动弹不得。

见它们相处得还不错，何危看向连景渊："你上次问我怎么证明我所经历过的循环，我想到一样东西，如果它存在的话，那就证明这个循环或许还没有被彻底剪断，我还陷在其中。"

"所以你才会来我这里？"连景渊摊开手，"我真不知道家里有什么东西可以证明你的奇思妙想，你进来找吧，我也想开开眼界。"

何危二话不说，直接去客房，连景渊跟在身后："在这里？这个房间平时都没人住的，里面摆的都是杂物。"

"我也不清楚，先找找看吧。"

推开客房的门，果真如连景渊所说，里面堆放着杂物，许久无人居住。何危在柜子和书桌里找一遍，又将床下的纸盒拉出来，后来要连景渊搭把手，把床挪开。

"你怀疑掉到床后面去了？不会吧，床缝这么窄。"

何危的动作一顿，抬头看着他："你说什么？"

连景渊正搭着床往外拖，被他问蒙了："没说什么啊……就是说床缝窄，应该不会掉到后面去。"

何危站起来，双手抱臂，目光中带着审视："你怎么知道我要找的东西多大，不会从这个床缝掉下去？万一是信呢？"

连景渊眼中闪过一丝懊悔，随即用笑容掩饰过去："只是随便猜测一下。"

何危猛然抓住他的胳膊，双眼中射出严肃犀利的精光："连景渊，你是不是知道什么？或者……你也带着前一次循环的记忆？"

连景渊刚想反驳，何危低声道："我几乎是赌上性命去救他，连景渊，在这件事上你千万不能妨碍我。"

连景渊嚅嗫着，后来像是败给他了，叹口气："就是猜到你可能会赌上性命，所以我才不希望你打破现在平静的生活啊。"

此话一出，何危明白，双方的窗户纸已经捅破，什么都藏不住了。

"其实我并不记得之前发生了什么，你来找我时，我还觉得你压力过大，可能是病了，也没有放在心上。"连景渊露出苦笑，"但上个星期在家里大扫除，我找到那个东西，猛然发觉也许你说的都是

269

真的，同时也害怕起来，怕你会再度被卷进去。"

他抬了下胳膊，挣开何危的手，离开客房回到自己的房间里。何危跟在身后，看着他拉开抽屉，从里面拿出一个用布包起来的物体，递给何危："这就是你想要的吧？"

何危接过去，打开那层薄布，黑色的手枪露出来，是一把92式。

看见这把枪，何危瞳孔骤缩，彻底确定循环根本没有被剪断，莫比乌斯环还在不断地运转中。这是上一个循环里，连景渊没有让他带回去的枪，现在程圳清、兵器库、404……什么都已经被抹去，却独独剩下这把枪还留存着。

"听你说你剪断了循环，我很高兴也很庆幸，可找到这个东西，我觉得事情也许还没结束。"连景渊再次叹气，拍拍何危的肩，"抱歉，我好像做了错事，不知道之前是不是也发生过。总之这是你的命运，我不该肆意阻拦才对。"

何危看着那把枪，脑中闪过一个画面，猛然间明白他该去做什么了。与其说连景渊一直碍手碍脚，倒不如说他的某些"阻拦"在循环里产生了一些决定性的作用，比如现在。

何危搂了下他的肩，随即把枪收起来："猫你先帮我照顾着。"

"嗯，好。"连景渊答应下来，语气里隐约带着不安，"事情解决之后，你一定要来接啊。"

何危笑了笑，比一个手势，肯定的，肯定会解决。

回到未来域，何危在家里的工具箱里找了一把铲刀，站在那道白墙面前。白墙的裂缝较前几天更深了些，已经到了肉眼可见的程度，何危拿起铲刀插进裂缝里，一下一下凿起来。

很快，一个不规则的洞被凿出来，何危拿出手电照一下，洞的对面像是一个漆黑的无底洞，里面并没有建筑结构应有的砖墙体。

何危的猜想得到验证，他更加用力凿起来，很快，一块块墙皮掉落，寂静走廊里回荡着铲刀挖掘墙面的声音，那么刺耳，那么诡异，竟没有任何邻居出来查看。

裂缝越来越大，仿佛一张蜘蛛网，扩散到整个墙面。何危举起铲刀再次用力捅上去，只听"咔嚓"一声，这面墙像是一个被凿破的鸡蛋壳，在他面前彻底崩裂。

对面是黑洞洞的，冒出丝丝缕缕的阴暗气息，像一个无尽深渊，张开血盆大口。

何危却无所畏惧，扔掉铲刀，坦然从容地跨进去。

第94章
创 造 相 遇

蹚过一片浓得似墨的暗流，脚下不知是什么物质，踩在上面感受不到实物的存在，他却没有失重感也没有坠下去，比腾云驾雾还魔幻。

终于，前方出现一点亮光，仿佛是这条"阴暗隧道"的出口，尽管亮光很微弱，但在这伸手不见五指的黑暗中，已灿若星辰。何危一步步靠近，盯着那点亮光，发现它竟是一盏路灯？

再一眨眼，何危身处一条陌生的街道，头顶明月高悬，他抬起手腕看表，却发现指针在他走进那个黑洞之后就没有再走动过。

这里是哪里？

何危沿着街道漫无目的地行走，路过车站站牌，上面的地名都是

271

平时耳熟能详的本地地点，起码能确定还在升州市不会错。这一站叫作"莲花坊"，巧的是这是何危每天上班必经的站点，但这条街是陌生的，花店、咖啡馆、烧烤摊等，所有的商店和他印象中的都有区别。

前方一家烧烤摊的烤炉正飘出木炭燃烧产生的浓烟，夹杂着肉的香气，何危走过去问："师傅，现在几点啦？"

"11点半，小伙子来几串大肉串？"

"今天几号？"何危又问。

"啥？几号？哎哟。我还真记不起来，只知道星期几。"老板在围裙上擦擦手，拿起手机看了下，"13号。"

4月13日。

何危沉默，没有过多感慨，坦然地接受回到这一天的事实。这一切只能说明莫比乌斯环一直都是存在的，之前所经历的那些，也只是暴风雨前的平静，给他一种自以为解开循环的假象而已。

他翻了翻口袋，手机没带，身上只有几十块现金，便点串烤玉米照顾老板的生意。老板特地挑了一串大的玉米，边烤边和何危闲聊起来。何危问他在这里做多久生意了，老板说没多久，也就十几年吧。

"那真是这条街的老资格了。"何危笑了笑，再次观望这条街道，心中产生一个奇妙的想法：这里会不会是程泽生所在的世界？

他和老板聊得还算投缘，顺便问他借用一下手机。老板很豪爽，手机直接递过去，何危接过之后，打开浏览器。

当他输入"钢琴家程泽生"，跳出的消息五花八门，没有一条和搜索结果相符，只有一个警方表彰的文章里，有"程泽生"这三个字出现。

结果一目了然，他果真来到了程泽生的世界，现在和他站在同一片土地，呼吸一样的空气，不知道程泽生知晓之后会怎么想？

但现在的程泽生对他应该是没什么印象的，因为没有命案的发生，他们也不会产生什么交集。

何危把手机还给老板，拿着喷香的烤玉米离开烧烤摊。他边走边看路牌，拐过三条街，玉米已经吃完了，当他将玉米扔进垃圾桶后，一抬头，斜对面是一个老小区的大门。

这个老小区名叫"香榭里"，和胡桃里的名字有异曲同工之效，都是那时候为了整得洋气，到处套用国外的地名起的。何危记得程泽生给他看过的案件记录，职员何危正是住在香榭里，他在13号晚上9点离开，12点回来，衣着有些微变化。他低头看看自己穿的鞋和衬衫，再看了看装在小区门口的监控，猛然明白当时的监控拍到的应该是来自另一个世界的他。

那是不知道第几个循环里的何危，因为找不到程泽生，才会借酒浇愁，绝不会像他这样清醒地出现在这里，一步一步接近这个复杂循环的真相。

从第一个循环的末尾开始，何危便已经改变足够多的细节，造成的蝴蝶效应牵一发而动全身，事已至此，他也不介意再多出一些改变。于是他转身离开，当作从来没有来过这里。

这里12点的监控已经不会再拍到他出现，如果再次循环，程泽生又会怎么看待这宗案件呢？

建筑是陌生的，幸好街道都没有发生改变，何危坐地铁抵达徐安路，下车之后找到这个世界的好友开的酒吧——Avenoir。

此刻已是深夜，酒吧里还是很热闹，这里是酒吧，是寻欢作乐的地方，何危推门进去，收到形形色色的目光，不由得感叹：在做大学老师

273

的连景渊看到这里恐怕会跌破眼镜。

"何先生,今晚怎么这么晚才来?"调酒师做出"请"的手势,"老板在见客人呢,您先坐一会儿。喝什么?还是老样子?"

何危坐在吧台,也不明白老样子是什么,于是点点头,让调酒师先调一杯出来解解渴。不一会儿,一杯色泽血红的饮品被推到面前,杯壁插着一片柠檬,何危挑眉:"血腥玛丽?"

调酒师笑出声:"何先生真会开玩笑,这不是你平时经常点的石榴汁吗?"

何危端起尝一口,酸酸甜甜,并不算难喝,但也不符合他的口味。于是他让调酒师换一杯,威士忌少冰。

调酒师惊讶,似乎是从来没见过何先生主动点酒类饮品,要的还是威士忌。何危坐在吧台,慢慢品着酒等连景渊出来,他酒量还行,但也不能说多好,一杯酒下肚,意识虽然清醒,两颊已经爬上红晕。

"怎么会点酒喝的?"

一只手搭在肩头,何危回头,看见连景渊的温润笑脸。连景渊在身边坐下:"现在时间也不早了,来之前怎么也没打个电话给我?"

"临时起意。"何危看着调酒师,指指连景渊,"给你们老板调一杯特基拉。"

连景渊微微皱眉:"你有点不对劲,喝醉了?"

何危摇头:"哪那么容易醉。"凝视着他,说:"我总觉得你有什么事,能告诉我吗?"

其实会来找连景渊,原先也不在他的计划里,只不过突发奇想,想来看看这个世界最好的朋友会是什么样子。结果没有让他失望,从看见连景渊的双眼,何危便明白不论在哪个平行宇宙里,连景渊还是那个连景渊,温文尔雅英俊和善,完美到挑不出一丝毛病。

"你啊,果真不管在哪儿都是一样的。"何危低语。

连景渊面带微笑,眼神却是不解。他当何危是喝多了,从他的手中把酒杯拿走,换成苏打水。又搭着他的肩,语气里带上感叹:"今天总觉得你和平时不一样,不过这样的改变是种好现象。"

何危微笑,一时间感到好奇:"在你眼中我平时是什么样的?"

连景渊拣了几个好听的词——腼腆、单纯、谨慎小心,落在何危的耳中就是"内向自闭又傻乎乎"。他耸耸肩,没办法,这里的何危从小就是那副样子,就算两人身份调换,性格却是从小就落了根,怎么也改不了。

其实论起来,他也算是这个世界的一分子,只不过出于某些特殊的原因,没有继续在这里生活下去。想到这里,何危的思绪神游天外:如果当时没有交换,他一直生活在这里,不知会变成什么样?

不论如何,这一次他都要尝试着找到一个完美的结局。

何危看着墙上的钟,已经到了离开的时候,连景渊送他出门,见他脸颊微红,提议道:"帮你打辆车吧?"

"那你不如送我一程了。"何危笑道,"伏龙山知道怎么走吗?"

尽管连景渊不明白学长为什么大半夜的要去山里,但还是尽到学弟的责任,开车送他过去。一路上何危看着窗外的风景,似是喃喃自语地念叨,连景渊听了几句,都是和街上开的店铺有关。

四十分钟之后,连景渊的车在荒凉无人的山脚停稳,何危下车,连景渊降下车窗:"学长,不用我陪你吗?"

何危弯着腰,胳膊搭着车窗,笑道:"我答应你,你的学长一定能平安回来。"

连景渊总觉得不妥，一抬头对上何危坚定的双眼，又将话咽进肚子里。深更半夜，山上一片阴暗，险象环生，他一时间也找不到什么东西好给何危防身，找半天才从车里找到一截用透明塑料袋包裹着的，还未拆封的麻绳。

"这是我买的打算用来装饰土陶的，你带着防身吧。"连景渊顿了顿，"摔到哪个坑里也能用绳子爬上来。"

何危盯着麻绳，脑中浮现出这个世界的命案里职员何危死亡的模样。

"好，我知道了。"何危接过绳子，低声道，"如果我出了什么事，你一定要记得和这件事撇干净，我不想连累你。"

连景渊心中的不安越来越强烈："你到底要去做什么？"

何危抬头看着远方，淡然一笑："去创造一个相遇。"

∞ 第95章
找 到 哥 哥

山林间弥漫着雾气，几乎快凝成块状，浓到化不开。何危早有预料，坦然地拿出手电，现在他面对迷雾，已经不再惊慌，反而底气十足。正是因为清楚会发生些什么，心里才无所畏惧，就让暴风雨来得更猛烈些吧。

迷雾之中感受不到时间的流逝，何危不知道现在是几点，距离案发时间还有多久，只清楚案件还没开始，按照规划的路线，走出这里应该是3点不到。

手电筒的灯光在浓雾之中也起不了什么作用，无法穿透到更远的地方，不过已经够帮何危看清眼前的路。伏龙山地形复杂，修成形的大路只有一条，何危正是沿着那条大路上山，只要一直往前走，就可以直抵公馆。

不过事与愿违，渐渐地，何危发现脚下的柏油路变了样，"咔"的一声，他低头，踩扁了一个易拉罐。

何危捡起易拉罐，这是一个空的百事可乐易拉罐，百事的图标还被人改成一张笑脸。更引人注目的是脚下的地面已是一片泥土和落叶，他早已偏离正常的道路，不知走到深山的哪个角落。

真是活见鬼，何危扔了易拉罐，只能想到这么个形容词。他打着手电筒照着路还能迷路，这比鬼打墙还要令人匪夷所思。

抬头看去，头顶也是一片雾蒙蒙，连树木的顶部都看不见。何危找不到方向，只能漫无目的地往前走，拨开一丛半人高的矮木，不远处有一道熟悉的人影，失了魂一般在密林里到处打转。

越来越靠近，何危仔细一瞧，这个正在盲目走动的男人不正是他吗？

眼前的何危在前方固定的一小片范围内绕着圈，死咬着唇，浑然不觉自己的举动有多么怪异。何危的视线移到他的脸上，发现他脸色苍白，瞳孔已经失了焦，额上和鼻尖都是细汗，似乎陷入了一场梦魇。

的确是一场梦魇。何危曾经体会过，所以更加感同身受。他走过去，拿出口袋里那把92式，递到这个何危手中："你的枪，在这里。"

一语惊醒梦中人。他摸到枪之后，双眼才渐渐对焦，小心翼翼地问："你是谁？"

"去吧，你知道该怎么做的。"

277

何危的手抵着他的背往前一推，他的脚下一个趔趄，身影在浓雾之中消失不见。

到头来还是自己来做这一切。何危盯着他消失的位置，脑中推测公馆里的场景：现在那里有两个何危，加上他这个最后的将来时也一起过去，就是三个平行个体共同存在。

他的手摸到扎在裤腰上的麻绳，回想起第一次回溯，他在被枪托砸晕时看见有人从背后勒住黑衣人的脖子，想必就是走到循环末尾的他，杀死拿枪的何危，因此程泽生这里才会出现命案。

但这么做是没有办法剪断循环的，他如果现在过去，重复的也只是之前的行为而已，并没有多大意义。

想到这里，何危反倒不急着去公馆，迷雾里的时间是静止的，根据他的经验，不管多久，出去之后抵达公馆的时间都会是 2 点 50 分。

何危转身，拿着手电筒，开始往反方向走。

"程圳清！"

"程圳清！"

"程圳清！"

他边走边喊，一连呼唤数声，可惜都无人回应。走得累了，何危坐在一块石头上休息，不找到程圳清不死心。

如果说何危是迷宫的关键钥匙，那程圳清就像是迷宫的地图，可以给他指明方向。现在的局面他可能没有经历过，但说不定可以提供一些思路，让何危找出破解循环的方法。

小憩片刻，何危站起来，打着手电继续往前走，同时不厌其烦地呼唤着程圳清的名字。这个时间段程圳清是肯定存在的，而且这里应该已经远离公馆，是程圳清可以接触的位置，相信他只要有恒心，就一定能找到人。

不知走了多久，至少一个小时过去，何危的脚下踢到什么东西，手电筒往下一打，又看见一个蓝白的易拉罐。

来这里登山的人都喜欢喝罐装的百事可乐？

何危把易拉罐拿起来，注意到用黑色水笔在上面画的笑脸，不由得愣住。

他打着手电筒细细打量，确定自己没有看错，再看看四周的路，一时之间不知该往哪儿走。

这个分明就是他先前踩过的那个易拉罐，现在却完好无损地出现在这里，难道他选择往反方向走，就是在往时间前进的反方向走吗？

何危不由得皱起眉，下意识去摸口袋里的枪，确定枪不在身上。他如果再走回去，是否还能遇见那个自己？

如果再走回去，不知还要浪费多长时间。何危已经开始口干舌燥，他拿着手电左右抉择，最后还是决定继续往反方向走，看看时间到底能回溯到什么时候。

估算着走了四五个小时。

"程圳清！"

"程圳清你听见了吗！"

"程——"

"何危！"

何危一个激灵，立刻回头，往声音的方向跑去。他打着手电，边跑边问："程圳清是你吗？！你说句话！"

"是我，你小心点，这里有个洞！"

何危慢下脚步，脚下也变得小心翼翼。手电筒照在前方，突兀地照到一块黑漆漆的地方,何危走过去蹲下来,灯光打下去,一瞬间松一口气:终于找到人了。

"我可找你半天了啊,没想到你在这儿休息。"

"老子这叫休息吗?!"程圳清灰头土脸,站在土洞里。这个洞大约三米不到的深度,表面用稻草铺着,程圳清一个没留神摔下来,想要爬上去却找不到落脚点,加上天黑雾重,在洞里跟睁眼瞎似的,一身本事愣是没处使。

"这是山里农户捕兽挖的洞吧?"何危问道,"有没有捕兽夹?"

程圳清摇头,有那玩意儿他哪还能站在这儿?早就起不来了。忽略掉洞里那些蛇虫鼠蚁,还是挺干净的,起码没有动物的尸首。

"我看你挺惬意的。"

"你觉得惬意你下来啊。"

"这么小只够待你一个啊。"

"没事,我让让,咱俩肯定够站。"

两人一上一下打着嘴炮,何危调笑够了,把麻绳拿出来,晃了晃:"装备够齐全吧?"

程圳清惊讶:"你身上什么时候带了这个?还是在山里捡的?"

何危笑了笑,想到一句诗——怀旧空吟闻笛赋,到乡翻似烂柯人。

程圳清并不清楚他被困在这里的这段时间,何危到底经历了什么。他也早已不是之前和他在树林里走散的何危。山外时光如白驹过隙,山内的迷雾之中,一切却还保持着上个循环的模样。

何危也没想到连景渊给的绳子还有这种作用,算是无心插柳柳成荫。他把程圳清弄上来之后,两人都出了一身汗,程圳清摇头:"可算出来了!你要是不来,我在这深山叫破喉咙都没人理我。"

"那是，你也不看看这里哪有人，我找你都费老半天劲。"

程圳清拿出手机，时间还是 2 点，从和何危走散之后就没动过。何危回想上次和程圳清走丢的时间，估摸着也就是那时候。这么说来这片迷雾就像是一个时间的横向坐标轴，他如果一直往前，前往的就是向前流逝的时间，他若是往反方向走，那就是在不断回溯倒退。

至于他们一直感觉时间在这里是静止的，也许是因为这里的时间流速缓慢到他们根本察觉不到。主要是刚刚何危感觉自己起码走了有四五个小时，找到程圳清时，却只是从 2 点 50 回到 2 点整。

"公馆那边怎么样了？"

何危摇头："不清楚，我还没过去，不是一直在找你嘛。"

程圳清着急，找他干吗，肯定是先去救程泽生啊！万一他弟弟又死了，这不是白费工夫了吗？

何危让他冷静："放心，雾里和雾外的时间是相对静止的。我们走出去肯定也还是 2 点 50，在这里停留多久，外面都是 2 点 50。"

程圳清怔了怔："你怎么知道？"

何危淡淡一笑："我经历过啊。"

程圳清一脸狐疑，观察他的表情，忽然注意到何危的衣服、衬衫裤子和鞋子都和先前的打扮有细微差别。他瞬间警惕起来，退后一步和何危拉开距离："你不是他，你是谁？"

何危哭笑不得，招招手让他过来。程圳清冷着脸，手在口袋里摸了一把，后悔没带个防身的武器出来，后来干脆顺手从地上捡块砖："那个何危怎么了？你到底是哪一个他？"

"……"何危瞄着他手中的砖，轻轻叹气，终于告诉他实话。

"……大概就是这么回事，我也不知道这算不算回溯吧，反正我是在你原本的世界找到你的,也许你一直无法接近案发现场,就是因为你一直都在这里的伏龙山打转。"

饶是身经百战、百毒不侵的程圳清,世界观也被震个粉碎又被迫重新组装。他琢磨着:"按你这么说,我现在就在自己的世界,那是不是说明,我可以在这里'重生'了?!"

何危也不清楚,但下意识感觉没这么简单。程圳清在这里已经是死人一个,重生的话岂不是会吓坏众人?除非是时间能回溯到三年前,让他能有机会生还,否则借尸还魂也只有在何危的世界才行得通。

程圳清收起激动的表情,拍拍何危的肩:"走,不管怎么说先去救我弟弟,只要你们这个循环能解开,我有没有倒是无所谓。"

两人又顺着时间正常流逝的方向行走,不知为何,何危忽然感觉身边的浓雾流动的速度稍稍快了些,不像是逆行时,感觉那一片片浓雾仿佛实体挡着不让他前进,难道时间也会像河流一样,逆行会产生巨大的阻力?

这次行走的时间依然漫长,好在程圳清没有和何危走散,两人一直并肩行走,死死拽着对方的胳膊。渐渐地,雾开始变得稀薄,头顶上乌云散去,皎洁明月也悄悄露了脸。

而不远处,一栋尖顶建筑的轮廓在迷雾中浮现,何危下意识屏住呼吸——公馆快要到了。

程圳清也紧张起来,低声说:"这是这么多次循环里,我第一次和你一起走到公馆。"

"意外吧?"何危笑了笑,"要的就是这种意外。"

"按照你的说法,如果你直接过来,就会勒死用枪狙击程泽生的你,然后变成这个世界的命案?"

"应该是。不过肯定和这次循环有差别,之前的我没有得到足量的信息,不会做出这么多改变。"何危回答。

包括这次见到连景渊,哪怕之前有发生过,肯定也有细微差别。

程圳清恍然大悟:"也对,也许我会阻止你勒死自己,或者……"

"你会帮我一起杀了他,或是他们。"

何危凝望着公馆,之前的他也许从来没有试图想办法带程圳清一起过来,这次他又破了例,不知道这个莫比乌斯环有没有做好准备,接受他不按套路出牌打出的乱拳?

雾已经全部散去,两人站在公馆侧面的一棵树下,程圳清捏了捏手指关节:"来吧。"

何危点点头:"来吧。"

迎来他们最终的命运。

第 96 章
一 分 为 二

程圳清刚想从公馆的院门进去就被何危拽住,拉着他绕后,翻过生锈的栏杆进入花园。

"咱们为什么不从前门进去?"程圳清从铁栅栏上跳下来,掸掉身上的灰。

"他们两个就在附近,你想暴露?"

程圳清无辜,他怎么知道?又没经历过这些。

既然来到花园,两人的想法便是打开公馆生锈的后门,从那里进去。刚接近阳台，一颗子弹从窗口飞出来，直直对准程圳清的方向。

何危眼疾手快地按住程圳清的头匍匐扑到草地上，程圳清吃了一嘴土，低声惊呼："你这是瞄准了打的？！"

何危无语，这绝对是意外，他哪能想到随便对着窗户打的一枪竟然差点伤到程圳清？

"别误会，随便打的。"何危没有丝毫愧疚之意，反而还好意提醒，"能不能小心点，你还想死第二次？"

程圳清震惊："我怎么知道！又没经历过这些！"

何危爬起来，顺便把程圳清拽起来，藏到拐角。果不其然，那两人听见枪声，一前一后闯进公馆。何危说得不错，如果他们从前门走的话，肯定会暴露。

后门是由插销门闩和一把大锁锁上的，程圳清从地上捡根铁棍，那把破锁已经给腐蚀得不成样子，没费什么力气一撬就断。何危把断掉的锁头扔掉，开始拆插销门闩，动作不敢过大，怕引起他们的注意。

程圳清贴着墙听不见动静，问："里面是不是已经死人了？"

"还没，这是第一声枪响，第三声才会死人。"

"死的是谁？"程圳清更加好奇，"上次循环死的是那个你？"

非常应景的，第二声枪声响起。

"第三声快响了。"何危来不及回答他的问题，"快点进去，再拖下去就赶不上了。"

铁门年久失修，他们拉门的动作也小心翼翼，尽量不发出过大的杂音。从后门到客厅，隔着一条回廊，一头是直接通往阳台的位置，另一头是从厨房绕过去。何危在脑中飞速思索着客厅三人所在的位置，转头想和程圳清打个手势，示意他们两人分头行动，让程圳清从阳台过去，他选择绕到持枪的何危身后。

结果一回头,人又不见了。刚刚还跟着一起进来的程圳清不见踪影,打开的那扇铁门也紧紧闭上,仿佛从来没有开启过。

何危皱起眉,上有政策下有对策,这不,意外又开始发生了。这次没有雾,程圳清还能和他走散,难道他真的无法接近案发现场?

无奈之下,何危只能自己从回廊绕去厨房。他蹲在橱柜旁边,探头看了下,拿枪的何危正背对着他,阳台那里还站着一个,加上他自己,这个诡异的公馆里居然能同时存在三个平行个体。

若是给他们按时间线编号的话,那和程泽生在一起的是何1,持枪的是何2,而他这个走在循环末尾的是何3。何2的枪正对着何1,程泽生在一旁屏住呼吸,眼神捕捉着何2的细微动作。

眼前的场景异常眼熟,程泽生的每一个动作表情何危都记忆犹新。但他的眼皮突突跳着,渐渐察觉出不对劲的地方。

这是他最开始的经历,但不久前他在树林里将枪递过去,明明是第二次回溯才会发生的事,为什么进入公馆之后反而一脚踏进更早之前的时间线了?

心中的不安感越扩越大,何危蹲在墙边脚跟发麻,想换个姿势,惊讶地发现身体竟然动弹不得,仿佛被一股怪异的力量压制着。

"如果你是程圳清的话,应该发生的一切你都清楚,现在这样拿枪对着我,你真的会开吗?"

"会。"

冷漠的回答之后,第三声枪声响起。

处于现在这个视角,何危清晰地看见程泽生是如何扑过去保护他的,那颗子弹不偏不倚打中程泽生的胸口,迸溅出的温热血花染红了在

285

场三个何危的眼睛。

没想到他还是死了。

何危下意识闭上眼，不忍多看。办案多年，无数血腥命案都没有对他造成什么心理阴影，但不得不承认，程泽生的死亡已经让他产生阴影魔障。

熟悉的剧情如同电影播放，震惊又悲伤的何1被枪托砸晕，他倒下的瞬间，何危身体一轻，摆脱了那股神秘力量，下一秒就已经冲出去，用绳子勒住何2的脖子。

我知道你是逼不得已，我也是身不由己。

何危扯住绳子的两端，几乎是用尽力气，还踢中他的腿弯，强迫对方跪下，形成上下高度差，更容易致命。同样是何危，他也不是吃素的，哪怕喉咙给紧紧勒着，痛苦到呼吸困难，还能用胳膊肘狠狠击中何危柔软的腹部。

坚硬的胳膊肘撞到胃部，疼痛感从腹部传到每一个神经末梢，几乎快让何危吐出来。他手上的力道下意识放松，趁着这个空隙，又被何2抓住胳膊来了一个过肩摔，摔到沙发附近。

他的头刚巧撞到沙发腿，眼前一阵阵发黑。而要杀死的对象已经站起来，咳嗽几声之后，抓起掉在地上的麻绳扑过来，勒住何危的脖子。

形势骤然逆转，何危终于体会到那股窒息感，也从来没料到自己竟会有如此大的力气，恢复能力也令人惊叹，怎么感觉这人就像没受过伤似的？他可是用了全力，刚刚不是颈椎骨都快被勒断了吗？

剧烈疼痛之下，眼前因为缺氧已经开始变黑，何危摸索到对方的一只手，用尽全力向下掰折，清脆的"咔"的一声，是腕关节脱臼的声音。

脖子上的桎梏骤然减轻，何危一脚踢开他，跪在地上猛烈咳嗽几声，还伴随着干呕。

"喀喀……再来！"何危擦了擦嘴角站起来。

对面的何2也站起来，扶住脱臼的手腕，一推一送自己装上去。他打量着何危，问："你是从哪里来的？以前还是将来？"

何危摸着脖子上的勒痕，冷笑："肯定比你要经历得多。"

"那你杀不了我的。"

何危一怔，电光石火之间，意识到一个很严重的问题。

之前按照他的思路，程泽生这里的命案是他最后造成的，看似合情合理，却忽略了一个隐藏在其中最关键的问题——悖论规则。

若是按当前的时间前后顺序来排，何1在最前面，其次是何2，他排在时间线的最末端，意味着他这个何3是无论如何也无法杀死何1、何2的，但他们却能将他杀死。

意识到这一点，何危抚着脖子，喉咙散发着剧烈的痛感，仅仅只是咽了下口水而已便痛不欲生。难怪之前下了那么大力气也没能勒死他，原来——他根本杀不了这个何危。

而何2打量着他，像是恍然大悟似的："原来那具尸体是你，是我勒死你才对。"

何危惊愕，低头去看，却发现自己身上的衬衫、裤子还有鞋子赫然和这边命案中的死者一模一样！

一瞬间，寒气从脚底直达头顶。而何2揉着刚刚接好的手腕，不紧不慢地走来。

"如果这样能解开循环的话，所有的何危都会感谢你的。"

不，不对，这样只会让循环更加完整，更加紧密而已。

何危浑身僵硬，他被放倒，麻绳再度套在脖子上，恐惧和绝望蔓延全身。并不是因为死亡，而是因为这走不出去的死循环，他在这里死去，醒来之后又会失去记忆，循环再度开始。

原来他穷尽一切的改变反而得到了更完整的结局，程泽生死了，他也会死，一切回到原点。

相遇即开始。

缺氧已经开始造成幻觉，何危的眼前闪过一片片光怪陆离的画面。

他和程泽生从彼此看不顺眼到后来相互熟悉，一幕一幕从脑海中晃过。不论是对着空气聊天拌嘴，还是吃着属于另一个世界的外卖，都是他们珍贵的记忆。

不知为何，那么久没见面谈心，反倒是有点期待呢。

何危淡淡一笑，手渐渐垂下。

"何危！"

恍惚之间，何危听见了一声呼唤。这声音十分熟悉，平时听起来挺欠揍，关键时刻却是那么亲切。

"程圳清？！"何2震惊不已，程圳清盯着他们两人，这两人脸都一模一样，乍一看还以为勒人的是和他一起进来的何危，袖手旁观起来："还没结束？要我帮忙吗？"

何2："？？？"

何危："……"

"不用，很快就好。"

何危几乎是用尽力气，手指抬了抬，口中挤出一个模糊的字："……洞……"

"洞？"程圳清一愣，随即一拍大腿。

何危身子一晃，终于在快要失去意识之前被推到一边。他躺在地板上眼眸微睁，耳边是程圳清和何2的打斗声还有叫骂声。

"程圳清，你有病？！"何2快疯了，"你之前到底去哪儿了？不帮忙也就算了，出来还碍手碍脚！"

"要不是他把我带进来，我都出不来了，怎么能给你杀了？！"

"这可能是解开循环的一种方法！"

"你之后的事他都经历过，你懂什么？！"

……

缓了好一会儿，何危终于能爬起来，白皙脸颊都给憋红了，一时半会儿还没恢复过来。他从来没这么庆幸程圳清的出现，当他以为一切即将结束的时候，最大的意外终于出现了，让他明白之前的改变并不是在做无用功，起码带来的转机令人欣喜。

这也是最让何危满意的一个意外。

吵闹声戛然而止，公馆里忽然安静下来。

"他人呢？"

何危挣扎着爬起来，发现公馆里只剩下他和程圳清，地上的尸体、晕倒的何1还有刚才在打斗的何2，一瞬间瞬移般全部消失不见了。

程圳清跑过去，扶着何危："还好吧？没死就说话。"

何危哑着嗓子问："几点了？"

程圳清抬起表："3点半。"

何危看着空荡荡的公馆，两个人连同一具尸体一瞬间都没了，是两个平行世界的节点暂时关闭了吗？

程圳清帮他抚背顺气："你到底怎么回事？居然被弄成这样。"

"我杀不了他。"何危瞄一眼，"我还没问你呢，人说没就没，上哪儿去了？"

"看电影去了。"

说起来程圳清的经历才叫新奇，发现何危不见之后，他只能自己一个人前往案发现场。他站在靠近阳台的拐角，看见两个何危扭打在一起，而弟弟程泽生则是束手无策，不知该帮谁。

"两个都是何危，就说我弟弟肯定要为难吧，还不信。"程圳清吐槽。

他倒是想去帮忙，告诉他们以和为贵别打打杀杀的，本是同根生相煎何太急。欸？怎么动不了？他全身上下只有眼珠子能转，被迫蹲在墙角看免费电影。

直到第三声枪声响起，黏稠的血腥味伴随着两人的呼喊声，飘荡在公馆里。

"何危！你怎么样了？！"程泽生焦急不已。

"我不知道为什么会走火打中你，我没有开枪！"何危惊慌失措。

程圳清盯着他们，只见程泽生脱下衣服，堵着何2不断冒血的胸腹，一旁的何1仍旧感到不可置信："我真的没想杀他，是他按着我的手自己开枪的！"

"我知道，这是他的选择。"

"我弄不明白他为什么要这么做！"何1的声音充满懊恼。

程泽生摇头，他只知道他要救何危，一定要救。

他们一个用衣服按着伤口，一个则是捏住何2的口鼻做人工呼吸，抢救了数分钟。两人的注意力完全被何2吸引，丝毫没有注意到有人蹲在墙角偷窥许久。

确定何2已经死亡，程泽生和何1跌坐在地板上，两人失魂落魄，似乎无法接受发生了什么。

"怎么会这样……"何1喃喃自语。注意到何2的尸体渐渐变得透明，程泽生扑过去将他抱住，眼看着那具尸体在怀里渐渐消失，化成星星点点的齑粉。

围观的程圳清目瞪口呆，原来这就是何危经历的上一次回溯的后续。等到何危的尸体消失之后，程圳清忽然能动了，冲出去想和弟弟见一面，谁知道一脚踏入一个新的案发现场，何危正在"自勒"——用麻绳勒住另一个自己。

听完程圳清的经历，何危久久沉默。没想到竟会是这样，他和程圳清进入公馆后，循环竟然一分为二。也许是因为程圳清的出现才会有这样的"定制情况"，否则的话何危就该死在这里了。

现在循环的最后落点被破坏，后面还有什么变化？

第97章 各自归位

"接下来我们该怎么办？"程圳清问。

何危的嗓子仍旧沙哑："我也不清楚，走一步看一步吧。"

两人已经离开公馆，程圳清架着何危，现在何危属于老弱病残，没他帮扶一把，连走路都困难。

下山的路终于没有再起雾，程圳清唠唠叨叨："咋办呢？我先送你去医院？要登记的话你那身份证能用吗？我的也用不了，我在这儿都死人一个了……"

何危感觉像是有只苍蝇在嗡嗡叫，嫌他烦："去什么医院？休息一下就好了。"

"你脖子上的印子那么深，我感觉骨头都快断了！"

"断了还能和你说话？"

"……"程圳清服气，"行行行，随你，反正循环给弄成这样，你死了也不知道去哪儿了，大不了就是从头再来。"

终于离开伏龙山，何危松一口气，仿佛离开一个梦魇。现在还是深夜，宽敞的马路没有一辆车经过，弄得程泽生想叫辆车都叫不到。

"叫了车你有钱付？"何危嘲讽。

"你也没带钱？！"程圳清惊讶，何危丢给他一个看白痴的眼神，没发现衣服都给换了吗？原来的那点零钱还在的话才是见鬼了。

程圳清架着何危沿着公路走了大半个小时，终于看见一个加油站，顿时兴奋起来："哎，前面有加油站，要杯水还是没问题的。"

何危点点头，两人加快脚步，往加油站走去。结果到了加油站发现，灯牌亮着，超市也有开门，但却没有一个工作人员在上班，整个加油站空荡荡的，毫无生气。

程圳清把何危放在台阶上，去摸了摸油枪，又看看指示屏，说："油还没干，上一辆车加油的记录也在，肯定是有人上班的。"

不过人呢？怎么一个人都没有？

"喂！有没有人啊！"

"来加油了！95号加满！没人收钱我就自己加了走了！"

三分钟过去，程圳清放弃了，摇摇头，回到何危身边："真的没人在。"

何危皱眉，观察四周，忽然意识到一件事："你有没有发现太安静了？"

他不提程圳清还没感觉，他一提，程圳清竖起耳朵仔细听，脸色越来越凝重。

什么声音都没有。

如果真是没人的话那并不可怕，可怕的是在大环境下应有的风声、树叶摩擦声、虫鸣声……什么都没有，这里就像是一个真空世界，一片死寂。

程圳清冒出鸡皮疙瘩，加油站灯火通明，却越发显得诡异。何危此刻已经很确定，他们或许并没有离开循环的世界，而是进入了一个无人无声的诡异空间，迎接新的考验。

"咱们是不是走不出去了？一直被困在这里直到老死？"程圳清改口，"哦，不对，到不了老死，会先渴死和饿死。"

"那还不至于。"何危指着超市，"去看看，那里的东西如果能吃的话咱们暂时死不了。"

程圳清扶着何危一起去超市，超市的货架上东西码得整整齐齐，食品和生活用品应有尽有。程圳清拧开一瓶矿泉水，递过去，何危喝一口，点点头："新鲜的。"

"那还好，这个循环至少没打算把咱们做成人干。"

收银台还有关东煮，程圳清去挑了几串，又拿了一桶红烧牛肉泡面，哼着歌轻松自在。何危一直坐在椅子上思考现在的状况，完全没心情吃吃喝喝，程圳清则不然，人是铁饭是钢，一顿不吃饿得慌。他在林子里待了那么久，后来又和何2搏斗，再扶着何危下山，体力早就被榨干了。

"居然有人？！"

293

程圳清的声音从后面的开水间传来,他手中还端着桶面,急急忙忙跑出来:"你来看一下!这什么情况?!"

何危走到开水间,发现一个男人正蜷缩着躺在地上,像是睡着了。他的脸在胳膊下,何危蹲下来,拉开他的手臂一瞧,和程圳清面面相觑。

躺在这里的男人,和何危有着同一张脸,正处在深度睡眠中,被打扰之后眉头皱起,不情愿地睁开眼。

当他看清何危之后也吓一跳,立刻爬起来退到墙角:"你……你……你……"

何危走过去:"你别怕,我也是何危。你先告诉我,你是不是职员?"

出现一个和自己一模一样的人,这就已经很恐怖了好不好。他快吓哭了,柔弱点头,何危顿时清楚,这就是这个世界失踪的何危,终于被他找到了。

"你在这里多久了?"

职员何危小心翼翼地看着他:"我不知道……这里的钟不会走,我感觉最少要有八九个小时了。"

如果按照职员何危失踪的时间来算,到现在的确是差不多有这么久。程圳清问:"你怎么会睡在这儿?"

"我想回家,不过我走不出这个加油站。"职员何危哭丧着脸,"我往外跑,跑一会儿前面又是加油站,不管去哪个方向都是的……后来实在累了,就在超市里吃点东西找个地方睡觉了。"

何危和程圳清沉默了,看来他也是被困在一个小循环里出不去。也许正是因为都是平行个体吧,刑警何危在经历着命运的循环,职员何危也是如此。

　　如此看来，不难联想到失踪的钢琴家在哪里，肯定也是被困在无人无声的环境里。不过他的情况稍好些，毕竟失踪之前是沉醉在梦乡，全然不知自己已经掉入恐怖的时空裂缝中。

　　这下好了，他们一起困在这个真空世界出不去。程圳清继续泡他的面，职员何危和刑警何危面对面坐着，观察着彼此。

　　"你知道我是谁吗？"

　　职员何危摇头："不知道，但你是何危，我也是何危。"

　　"嗯，我们小时候见过的，还记得吗？"何危提醒道，"伏龙山，你和家人走丢了。"

　　职员何危努力回忆："我记得伏龙山，在那里遇见一个和我长得一模一样的孩子……是你吗？"

　　何危点头，职员何危惊讶道："你居然又出现了……抱歉，那天见到你之后发生了什么我不记得了，但能再见到你真好。"他对何危的恐惧感渐渐减少，坐得靠近一些，"你怎么到这里来的？"

　　"从山上下来的。"何危问，"你呢？"

　　职员何危咬着唇，似乎感到难以启齿。何危轻声说："是因为何陆？"

　　他猛然抬头，眼中写满震惊："……你怎么知道？"

　　"何陆要带我回家，我不想回。"

　　何危于心不忍，如果不是曾经的交换，想必他应该拥有一个温柔可亲的弟弟。

　　刹那间，何危脑中闪过在那个由时间轴构成的立方体里，一个声音问过他的话。

295

"这些都是你的人生吗?"

"你想再次拥有?"

何危的喉结滚动一下,盯着畏畏缩缩的职员何危,隐隐感到他即将触摸到循环真正的终点。

他拉住职员何危的胳膊,小心翼翼地问:"你记不记得八岁之前的事?"

职员何危有些迷茫混乱:"不怎么记得了,不过好像做梦有梦到爸爸妈妈要离婚,后来也没有离。还有阿陆,他小时候很乖很听话,好像也不是这样的……"

"对,因为八岁之后,并不是你的人生。"何危一字一句说道,"我们遇见之后,去了彼此的世界。你的父母离婚了,会伤害你的何陆是我弟弟才对。"

超市里更加寂静,连吃泡面的程圳清都屏住呼吸。职员何危震惊到合不拢嘴:"我……我们交换了世界?!"

何危点头。

四周霎时间漆黑一片。

再次回神时,是在苍翠山林里,夕阳余晖洒在身上,脖子那一圈都是黏糊糊的汗,何危伸手擦一把,惊讶地发现自己的手又短又胖,再低头看看身上的衣服,竟然是白色的夏季校服和藏蓝色短裤。鞋子上绣着两个小熊的头,他的肩头背着书包,还有一个校徽别在胸口。

这是……何危反复翻看自己的手,又掐掐脸颊,触感是真实的,确定不是他的错觉,而是他真的变成了一个几岁大的孩子。

校徽上写的是"丁家路小学",何危皱眉,他应该上的是升州师范附小才对。

"……你好。"

身后传来细弱的呼唤,何危回头,又看见一个孩子在身后。他穿着鹅黄色的T恤和白色短裤,挎着小水壶,眼神起初是怯生生的,看到何危的脸后,渐渐惊讶到睁大双眼。

何危也怔住,下意识摸了摸自己的脸,对面男孩儿的长相和他的童年时一模一样。

"你是?"何危走过去,又大又亮的眼睛盯着他,"阿陆?"

男孩儿摇头,轻声细语地回答:"何危。"

何危一个激灵,扭头去看熟悉的山景,这里是伏龙山,还有眼前这个男孩的衣着,和梦里见过的别无二致。

他回到了童年时期,和那个世界的职员何危初次相遇的时候。

为了确认真的不是何陆,何危的手伸过去,搓着男孩儿的右脸,很快白嫩皮肤便开始泛红,黄衣男孩儿眼泪汪汪:"疼……"

"抱歉,我只是确认一下你是不是何陆。"何危收回手,从口袋里拿出手帕递给他,完全表现出了成年人应有的沉稳气质,"擦擦吧。"

"那……那你是谁?"他怯生生地问。

"我也是何危。"

黄衣小何危歪着头,懵懵懂懂地点头,接过手帕擦眼泪,却越擦越多,最后抱着膝盖坐在地上,把脸埋进胳膊里哭泣。

"我不应该自己跑来伏龙山……妈妈爸爸和弟弟都不见了,我找不到他们……"

连说出的话都是一样的,何危坐在一旁安慰他:"没事,很快就会找到,别着急。"黄衣小何危止住哭声,悄悄露出一只眼,瞄着他:"你

297

好像一点也不怕,你对这里很熟悉?"

"差不多吧,来过不少次。"何危笑了笑,"没办法,这里发生太多事情,想不熟悉都不行。"

"什么事?"小孩子好奇心重,扒住何危的胳膊,"这里有妖怪吗?我听他们说晚上会有鬼。"

"并不是鬼,有时候比鬼还可怕的是命运。"何危说。

黄衣小何危双眼迷茫,表情一知半解,虽然不太懂什么意思,但感觉很深奥的样子。他双手合在一起,由衷赞叹:"你好厉害。"

何危再次微笑,这个孩子真是乖巧可爱,忍不住伸手摸摸他的头发。忽然意识到自己和他一样,也是半大的年纪,做这个动作会不会有些奇怪?

"为什么独自跑来伏龙山?"

听他这么问,黄衣小何危噘着嘴,情绪都写在脸上,低着头双手在玩露在凉鞋外面的小脚趾:"我爸爸妈妈离婚了,要把我和阿陆分开,我以后和妈妈住,阿陆以后和爸爸住。"

"分开之后你们的感情也不会变的,还是像以前一样。我和何陆……"何危想起当时梦境中的对话,便按着自己现有的身份说,"我和我弟弟一直在闹矛盾,阿陆很讨厌,我们感情并不好。"

"你弟弟也叫何陆?"

"嗯。"

黄衣小何危叹气:"我和阿陆感情特别好,不过我最难过的是爸爸妈妈离婚的事,我希望能和他们一直住在一起……你的爸爸妈妈离婚了吗?"

何危怔了怔,摇头:"没有。"

黄衣小何危那双黑亮的眼睛闪着光："那我和你交换好不好？我弟弟很听话。"

何危再次怔住，终于迎来这个命运的转折点。

他本想干脆地摇头拒绝，但三十多年来建立起来的那些亲情、友情全部留存在那个世界，如果在这里选择归位，那么和所有认识的人以及家人的感情都将全部被抹杀，那个世界虽然还是有何危，可再也不是刑警何危。

何危捏了捏眉心，明明他是为了解开循环两而来，若还是选择交换，那岂不是前功尽弃，还要被命运无情玩弄？

到了这个关键时刻，妈妈、何陆、连景渊、崇臻……一张张脸轮流出现在脑海里，人都是感情动物，何危罕见地犹豫了。

沉默片刻，他把黄衣小何危拉起来："走吧，先找到下山的路。"

两个半大的孩子一路扶持，何危的意识是成年人，可身体只是个几岁的孩子，爬一会儿山就累得要喝水。而黄衣小何危更惨，饥肠辘辘，率先认输，坐在地上不愿再走。

"你走不动了？"何危扶住他。

"嗯，我身体不好，走太多路会感觉喘不过气。"

想到他有过敏性哮喘，剧烈运动肯定会受影响，何危笑道："你的体能不行，以后还是找个坐办公室的工作好了。"

黄衣小何危看着他："那你以后想做什么？"

"警察。"

他的眼中再次闪烁着崇拜之光："好厉害！"

天色渐晚，两人走走停停，不知何时起，一阵浓雾笼罩在山林，何危看着四周，能见度已经降至三米之内了。

来了。

黄衣小何危紧紧攥着何危的手:"哇,好大的雾啊,走丢了会不会找不到?"

"嗯,你跟紧我。"

他们两人沿着山路摸黑跌跌撞撞地行走,忽然,不远处传来呼喊声。

"少爷!小少爷!"

黄衣小何危抬头,眼睛亮起来:"我听见秦叔的声音了!"

"何危!你在哪里?!"

何危回头,注视的是和他相反的方向。

一片迷雾之中,两个声音从两个方向传来,何危指指右边:"你家人来找你了。"

黄衣小何危还攥着何危的手,咬着唇,眼珠滴溜溜地转着:"要交换吗?"

再次提到这个问题,这是最后的选择。何危沉默数秒,脑中走马灯一般过了一遍所发生的一切,最后是程泽生的笑脸浮现。

这一次选择后,他和程泽生或许就可以真正摆脱死循环了。

何危下定决心,摇摇头:"不换,你快回去吧。"

黄衣小何危愣了愣,似乎没料到是这个结果,"哦"了一声,轻声说:"今天谢谢你,那我……那我回去了。"

他走了两步又回头,直到和秦叔会合。秦叔发现小少爷之后激动不已,将他一把抱起。黄衣小何危敷衍地回答着秦叔的问题,注意力都在迷雾的另一头。

一只手抓住何危的胳膊,年幼的何陆急吼吼叫道:"你去哪里了啊！爸爸妈妈都急死了！快跟我回去！"

"……"何危瞄他一眼，果真和程泽生描述的一样，小时候看起来就欠揍。

"怎么说话的？叫哥。"

何陆茫然："你脑子坏了？"

"快叫，不然就揍你。"

"……"何陆打死不肯，何危当真伸手，一个弹指用力打在他的眉心。

何陆蒙了，"哇"的一声哭出来，跑回去找爸爸妈妈："妈妈！我哥打我！……"

何危回头，秦叔抱着另一个世界的小何危已经越走越远。黄衣小何危那双眼睛还一直牢牢盯着他，最后露出微笑，冲他挥挥手。

何危也笑了，挥手，这是一个永别的画面。

回归各自的命运之中，希望今后不要再见。

∞ 第98章
欢 迎 回 来

黑，一望无际的黑。

浓重如墨的黑如此熟悉，何危飘浮在其中，失重状态下随意翻滚便是一个跟头，充分享受着遨游太空的乐趣。

渐渐地，身边开始出现光点，慢慢排列成光束。何危静静看着它们在眼前交织成巨大的立方体，将他包裹起来。

这里每一道光束都是他的成长历程，上次看见这些光点时，它们连成的光束紧密结实,但这次光点之间的缝隙变大,排列疏松许多,构成的这个巨型立方体摇摇欲坠,就算下一秒崩塌何危都不会觉得奇怪。

"又见面了。"

低沉的声音再次响起。

何危反应平静,似乎对这个声音的出现有所预料。他从童年的交换意外中归位之后,本该跟着何陆一起回家,但四周再次断电般漆黑一片,接着身体飘起来,来到这个失重空间。

时间在这里可以具象化,并且每一分每一秒都如同一帧帧照片仔细排列,就算是何危这种物理门外汉,只看过一些科普视频,也明白在三维空间是做不到这种程度的,这里可能是四维、五维或者更高的维度空间。

"这里是哪里?"何危的手捞住一个记录九岁升旗仪式的光点,好奇问道。

"这里是你所有记忆开始的地方,你的每一个过去都可以在这里找到,包括你一直想留存、努力想忘记的部分,都在这里。"

何危又捞住一个光点,是爸妈离婚之后,他和何陆再次见面时抱在一起舍不得放开的场景。他笑了笑,实际上他的父母并没有离婚,他抱住的也并不是属于自己的弟弟。

"你问过我这是不是我的人生,它既是,也不是。我虽然经历过,但并不真正属于我。"

立方体忽然翻转,光点中的画面仍然是何危,但每一帧都是陌生的场景,在学校跑步体力不支摔倒在跑道上,被何陆欺负得眼泪汪汪,刚刚工作受委屈躲在厕所里哭……

何危百感交集,这是职员何危的人生轨迹,性格软弱的他处处碰壁,再加上还有一个偏执强势的弟弟,造成他长大后内向沉默、不善与人打交道，大多时间都是低着头，尽量将自己隐藏在人群中。

若不是童年时的交换，他们的命运会有着完全不同的走向，职员何危的性格或许会彻底改变，这辈子也不会面临这些困境。

"这些也不是属于另一个何危。"那道声音说。

何危点头："嗯，对，我们已经换回来了。"

立方体出现裂缝，像是有一把剪刀将这些光束剪断。原本排列稀疏的光点全部崩乱，仿佛断了线的珍珠，星星点点飘散在半空中。巨型立方体顷刻间土崩瓦解，刑警何危和职员何危的那些人生轨迹混杂在一起，一时间难以分辨。

"我一直在等待，等你什么时候能做出正确的决定。之前无数次，你都是同样的选择，真是符合你的性格，认定一件事便坚持不懈，固执又认真。"

一串光点整齐排列在何危眼前，他看见自己和平行世界的程泽生相遇。第一次回溯过后程泽生死亡，他开始尝试着拯救程泽生，重复一些自己做过的事，但无一例外最后的结果都是他败给不愿归位的执着，循环重新开始。

光点密密麻麻，而且这些他所经历过的循环里，全部都没有程圳清。他从一开始的迷茫到后来发现处在死循环之后，每一次每一步的选择都是相同的，画面里的剧情整齐如一，堪比复制粘贴。

"怎么会有这么多次？程圳清呢？"何危问道，根据他从程圳清那里得到的消息，加上这一次是第十三次，可这里的光点排列有数十次数百次，远远超过程圳清所知道的次数。

那道声音笑了："因为我发现如果没有外力的干扰，你永远都会走相同的道路，做出的选择毫无例外地相同，像机器一样精密。所以程圳清起到很关键的作用,他加入之后,你的决定每次都有所不同,一次次偏离正常的循环轨道。"

"这正是我想要的,我一直在这里默默看着,看着你的记忆光点多出哪些令人欣喜的地方,当你发现了交换的秘密后,我知道这一次你肯定可以剪断这个循环。"

何危怔住,没料到程圳清竟然是被挑选之后中途加入的,目前所看到的光点都是他加入之前的循环。他加入之后,一句话、一个动作都会产生蝴蝶效应,影响何危的判断,最终让何危触摸到最关键的本质。

"那他呢?现在在哪儿?"

"既然你已经走出这个循环,他的任务完成,当然是回到自己应有的人生轨迹了。"

何危愣住,程圳清在自己的世界已经死亡,再回到应有的人生轨迹,岂不是……想到程圳清平时那副痞坏的模样,虽然看着讨厌,但不可否认,他在循环里起了很大的作用,包括最后关头,若不是他冲出来的话,何危已经被勒死进入下一次循环了。

竟然就这么让他回去了……何危猛然咬紧牙关,低声问:"我回去的话,应该从什么时候开始?"

"到时候你就知道了。"

"我的记忆还会保留吗?"

"别问这么多了,快去吧。"

眼前的光点铺成一条星河,通往前方,在星河的尽头有一束光,温暖而明亮。

何危走了两步,又回头:"最后一个问题,你是谁?"

"我?"光点在何危面前汇聚成人形,"他"说,"我就是你啊。"

"他"透明的泛着光的手触碰到何危的眉心，何危的脑中瞬间涌现大量的画面——

从命运交换之后，这里便诞生了"他"。"他"在一片虚无和黑暗中，看着光点随着时间的流逝不断增多，何危也在不断成长，终于来到循环的节点。

"他"目睹何危在循环中不断挣扎，终于有见面的机会，但何危的选择永远都是交换之后的人生。"他"不得不一直留在这里，感受不到时间的流逝，孤单寂寞，等待每一个何危过来，期待他能做出正确的决定。

渐渐地，等待已经成为一种习惯，"他"的内心也从期待变为茫然，再到心如止水。就在他已经绝望，不知还要在这里停留多长的时间，这个何危终于来了，童年时拒绝交换，回到正常的人生轨迹。

"谢谢你。"

话音刚落，光点组成的人形瞬间溃散，如同一颗颗夜明珠，照亮浓重的黑夜。数秒后渐渐暗淡，一切归于平静。

应该是我说谢谢才对。

何危在心中默念，踩着脚下的星河，一步一步走向那束亮光。

眼前被刺目的白光占据，一晃神，何危已经出现在陌生的房间，身上穿着蓝白校服，肩头背着小书包，像是准备去学校。

门被大力推开，何陆站在门口，拧着眉语气嚣张："喂！你怎么还在发呆？上学要迟到了！"

何危淡淡一笑，揉了揉手腕。

何陆瞬间捂住额头，低下头语气变得乖巧不少："哥，快走啦，迟到要被罚擦黑板的。"

何危拿起挂在椅子上的蓝色小帽子，回头看着镜子里稚嫩的自己，胸前的学生证有一行字——丁家路小学，三（2）班，何危。

一切都是新的开始。

何危深吸一口气，戴上帽子："走吧。"

程圳清沉浮在黑暗之中，浑浑噩噩，不知过去多久，周围的声音渐渐变得嘈杂，吵得他烦躁不堪，想睁开眼，但眼皮又异常沉重。

一盆水泼在头顶，将他彻底淋醒。程圳清勉强睁开眼，透过不停滴落的水珠，瞧见几个彪形大汉围着自己，其中一个皮肤黝黑，脸上一道狰狞刀疤从眉骨划至唇角，嘴里叽里咕噜说着此地方言。

程圳清浑身一震，他对这个男人恨之入骨，临死之前瞪着他，将他的样貌深深刻在脑海里，心想下辈子做鬼也不放过他。

好了，这下不用下辈子了，他再次回到这间鲜血淋漓的仓库里，还是电椅伺候，双手被反剪在身后，不知道之前经受了多少酷刑，全身都在叫嚣着疼痛。

肋骨断了两根还是三根，呼吸黏重又困难，程圳清动了动手指，指骨还没被敲碎，指甲也还在，从身体的反应看来也没有被强制注射毒品，看来他现在还只是在酷刑的开始阶段，"正菜"还没上。

程圳清脑中一片混乱，何危呢？他去哪里了？他解开循环了吗？

还有为什么他会再回来，还是回到这个可怕的时刻。相比再一次受折磨，他宁愿当场消失，也不要在毒贩的折磨下求生不得求死不能，供他们侮辱取乐。

忽然，另一个胸口文着猛虎的男人卡住程圳清的脖子，强迫他抬头，问他同伴在哪里。

程圳清笑了笑，反过来用方言问候他爹妈和祖宗十八代，还啐一口唾沫，精准落在男人的右脸上。男人被激怒了，气到发抖，肌肉虬结的手臂挥起，一拳打中程圳清的肚子。程圳清皱眉，巨大冲击力之下整个胃几乎快翻过来，喉头冒着酸水，快吐出来了。

男人叫着骂着，和刀疤脸手舞足蹈地比画。程圳清听见他们要给自己用高纯度的海洛因，顿时双手捏得死紧，内心即使早已视死如归，却还是抗拒不了生理上的恐惧，全身都在轻微地颤抖着。

刀疤脸跷着腿坐在椅子上，挥挥手，让手下人去备"好货"。不一会儿，一根针管拿来，程圳清睁大双眼，瞳孔上演大地震，眼看着尖锐的针头不断靠近，指甲已经扎破手心陷进肉里。

忽然，外面变得混乱起来，枪声、炮声、喊叫声齐鸣，有人推门进来大喊大叫，程圳清听见"警察"，心里忍不住困惑：当时他被捕之后，缉毒小队一直被困在山中，根本没办法叫救援，难道是当地警察？

仓库里一片混乱，程圳清冷笑，看着这些人渣如丧家之犬般逃亡。他的笑容似乎激怒了先前的文身男，文身男抄起桌上的花瓶，冲着程圳清的后脑砸下去。

程圳清只感到头"嗡"的一声，温热血液顺着后脑流到脖子上，他头晕目眩，眼前发黑，最后变得灰蒙蒙的，什么也看不见了。

刀疤脸已经没空料理他了，带着手下逃命要紧，很快仓库门外响起噼里啪啦的枪声，数分钟后，世界安静了，"吱呀——"仓库的门又被推开。

"没想到你也有这么狼狈的时候啊。"

一个身穿迷彩服、身材高挑的男人走来，他的肩头扛着步枪，走到程圳清身边，蹲下来瞧着他："喂，死没死啊？再不说话我就汇报人质

307

死亡了啊。"

"……"程圳清的眼皮终于抬了下,他暂时失明,看不见男人的长相,但声音却是耳熟的,耳熟到不敢置信。

绑着双手的绳子被割断,刚解开束缚,程圳清的身子歪到一边,被一双手接住。那人将他整个人架起来:"不愧是我,赶得真及时,再晚一会儿把你救出来也半死不活了,打算怎么谢我?"

"……"程圳清嘴唇微动,声音分外虚弱,"你怎么……会在这里?"

"我为什么不会在这里?"男人笑了,"我都已经在这里生活二十多年了,还是光荣的警察,特地赶来救你,感动不感动?"

程圳清怔了怔,恍然大悟,心中的喜悦渐渐蔓延,由一股小溪变成澎湃大河。他忍不住笑出声,顾不得胸腔震动时的疼痛,一口气没接上来,猛烈咳嗽起来,吐出两口血沫。

"哎!你怎么吐血了?程圳清,你最好撑住,我来救你可不容易!"他的脚步加快,边走边喊,"吴小磊!快拿担架来!还有急救箱!"

程圳清笑得更大声,连着咳嗽好几声,才说:"别紧张,死不了,我是高兴,哈哈哈……喀……喀……"

"你别乐极生悲就行了。"

走出破旧的木屋,空气中飘浮着硝烟的味道,火光、尸体、残破的橡胶林证明这里进行过一场轰轰烈烈的缉毒行动。

一阵脚步声传来:"何队!担架来了!外面已经有车在等,会以最快的速度送程队去救治!"

两人合力把程圳清扶到担架上,程圳清双眼暂时失焦,灰蒙蒙的眼睛看向何危的方向,握住他的手:"欢迎回来。"

何危笑了笑,用力回握:"你也是。"

第99章
圆 满 结 局

程圳清遍体鳞伤地被送到医院，直接送进手术室，何危和禁毒队那些获救的队员守在手术室外，家属不在，手术单都是何危代签的。

脱离危险之后，何危也是第一个守在病房里等他醒来的人。程圳清的下属们对何危充满好奇，几人围在一起窃窃私语，时不时瞄一眼何危，猜测他和队长之间有什么"特殊"的交情。

听说这位何队长不顾命令，在他们还没对外界求救的情况下，私自带了一队人突袭刀疤脸塔哈里的贩毒团伙，指挥部那里勃然大怒，但当他们救出程圳清之后，又转头夸何危"料事如神"，态度转变之大让人瞠目结舌。

何危身边的吴小磊也不明白怎么回事，只说何队夜观星象，说要去救人，问哪些人愿意跟他去。结果大家都举手了，何队每人发一支烟，来一场说走就走的救援。

"真是神了啊，程队长被毒贩抓走，我们被困在山里，不仅要躲避毒贩的搜查，救援信号还发不出去，都快心灰意冷了。"

"是啊，我们还商量着突围得了，那帮毒贩不是人，咱们总不能看着队长折他们手里吧！没想到寨子里噼里啪啦就放起炮仗了！"

"关键时刻天降神兵，不然就算咱们平安回去，程队长出事了，我这辈子心里都过意不去。"

病房外面七嘴八舌，病房里面悄然无声，只有监护仪器运作发出的轻微声响。何危看了看钟,医生说大约8点程圳清能醒来,时间也差不多快到了。

他站起来去倒杯水,回来的时候,发现程圳清的食指动了动,眼眸微睁,眼珠左右转动着。

"醒了啊?"

程圳清不着痕迹地点了下头,何危坐下来,语气轻松不少:"醒了就好,你福大命大,暂时死不了。不过脑震荡加骨折有你受的,还会留下后遗症,今后恐怕上不了前线了。"

程圳清苍白的唇勾起一个无力的微笑,这些都是后话了,能活下来已经是逆天改命。

他命不该绝,恢复力惊人,像打不死的小强。第二天虽然还不能动,却能摘了氧气罩和何危说话了。

"你烦不烦?问题那么多。"何危不耐烦了,重新把氧气罩扣到程圳清脸上。

"我这不是好奇心重吗?你在这儿真的二十多年了?"程圳清顿了顿,"那你是不是把我弟弟忘得干干净净?"

"……"何危面无表情,"那我也该忘了来救你,让你弟弟来领你的骨灰才对。"

程圳清立刻嬉皮笑脸,开个玩笑嘛,就是不敢相信,这得是有多神奇啊,二十多年还念念不忘,还能想着来救我,真伟大啊。

何危沉默片刻,才缓缓开口:"其实也没那么久。"

他回到这个世界虽然是从刚交换后的时间开始,却是以倍速向前前进,修正之后的记忆不论白天黑夜地往他的大脑里挤压,有时候他甚至被这些大量涌入的信息弄得脑壳发痛。

学生时代弹指一挥间，一眨眼小学毕业了，中学毕业了，考入警校，他感觉自己还没认清同学的脸，已经踏入工作岗位。

所以二十多年听上去是个漫长的数字，但对于何危来说，似乎只有两年的时间是真正度过的。这期间他没有遇见程泽生兄弟俩，就算是有意识地去寻找、接触，但时间流速过快，往往一觉醒来之后，已经身在别处，参加什么行动或者是处于什么任务中，因此根本没机会和他们提前相遇。

对此，何危猜想这是冥冥之中不允许他们提前接触，他以为会一直这样同步到三十多岁经历循环的年纪，但在一个星期之前，时间流速忽然慢下来，何危便意识到有什么重要的事需要他去做。

程圳清。

虽然没有任何消息，他却知道程圳清在什么时间会遭到生命的威胁。在那个高维度空间里，"他"没有提示程圳清的结局，也许就是把他的命交到何危手里。事实证明，何危赌对了，他救下程圳清，从这一刻开始，他和他们兄弟产生交集，他在这个世界的人生开始按照正常的速度进行。

"哦，所以也没多久嘛，太好的。"

远在升州市的程泽生听说他哥被毒贩抓到，差点人就没了，二话不说请假赶去边境。幸好程圳清手术很成功，已经转去普通病房，随时可以转院回升州。

他下车之后急吼吼地冲到病房里，发现他哥倚着病床在啃苹果，脸色谈不上红润，但精神状态不错。头上绑着绷带，身上打着石膏，右腿吊着，包得像个木乃伊。

311

而他的床边坐着一个男人，身穿制服，一头乌亮的黑色短发，露出的一截脖子白到晃眼。看背影，程泽生总感觉似曾相识，男人转过头，一张五官俊秀的脸映入眼帘，眉似远山目若点漆，唇角牵着一抹浅笑，通透又带点犀利。

程泽生怔住，脱口而出："何危？"

何危惊讶："你记得我？"

这下连程圳清都坐起来了，用力过猛，"哎哟"一声不得不倒回去。

两双眼睛目光炯炯地盯着他，结果程泽生摇头："不是，警校的表彰栏里有你获奖的照片，新一代神枪手。"

何危心里隐隐失落，程圳清问："泽生，你真不记得他了？一点印象都没有？"

"没见过。"程泽生的回答干脆利落，走到床的另一边坐下，"哥，你还好吧？爸妈都很担心你，让我接你回升州。"

"你看我好不好？大难不死必有后福。"

"嗯，这次剿灭塔哈里团伙，缴获的毒品数量巨大，回去之后肯定会论功行赏。"

他们兄弟俩气氛融洽，何危站起来，默默出门离开。程泽生见他走了，才低声问："哥，你们两个什么时候认识的？以前怎么从来没听你提过。"

程圳清含糊其词："也没多久，我这不是几个月都没回去了嘛，还没来得及介绍给你认识。"

医生进来查房顺便换药，程泽生也从病房里出来，看见何危站在窗户口背对着他，和领导打电话。

"我知道，我这不是来不及打申请吗！救人要紧。"

"等我们回去再说吧。嗯,回升州啊,我在海靖待满五年,该回升州了吧?"

"行行行,都可以,分不分宿舍都无所谓,你别卡我的调令就行。"

挂了电话之后,何危一回头,程泽生正在身后。对上视线之后,程泽生有些慌乱:"不好意思,我没打算偷听,是想谢谢你救了我哥。"

何危淡淡一笑:"不用客气,是我欠他的。"

程泽生也不理解这个男人和他哥的交情到底有多深厚,冒着天大的危险去救他哥,还一副云淡风轻不求回报的样子,实在是少见。

两天之后,程泽生听见私底下的那些八卦,顿时脸色难看,对两人之间的关系开始胡思乱想。

因为私底下,何危的同事和程圳清手下的队员,已经将他们的故事凑出一箩筐了。

程泽生去办转院手续,刚回来便看见程圳清躺在床上,何危的手撑在他的身侧,程泽生目瞪口呆。

"伤口又没化脓,你瞎喊什么呢?"何危拨开程圳清贴在后脑勺的纱布,"愈合得还挺不错的。"

"什么叫我瞎喊?是真头疼,还发烧,我还以为后面的口子裂开了。"

"就你破事儿多。"何危拍拍手站直身体。程圳清瞧见程泽生杵在门口发愣,冲他挥挥手:"泽生,来了怎么不出声?"

何危也回头,对着程泽生微笑。程泽生一言不发,瞄着何危的眼神愈发诡异。程圳清见弟弟一直盯着何危,还以为他有什么话要和何危说,特地找借口要睡午觉,把他俩一起赶出病房。

走廊里,何危拿着结算单:"打算什么时候走?"

"明天。"

"嗯，早点回升州也好。"何危道，"一起回去吧，我送他进医院。"

程泽生没搭腔，而是打量着何危，语气迟疑："你和我哥……？"

何危足足愣了有十秒，随即靠着墙，两条胳膊横在肚子上笑得肩头一直在抖。

当晚，是程泽生来陪床。程圳清住的单人病房，条件还不错，有个专门给陪护睡的小床，危险期那几天都是何危睡在这里，一夜陪到天亮。

程泽生和他哥感情好，在他面前向来藏不住事，白天何危不和他说实话，晚上他按捺不住，就来套程圳清的话。程圳清正嗑瓜子呢，听他这么一问，也愣住了："哈？"

这是哪门子的瞎话啊，他就是被花瓶打傻了也不会这么想不开啊！

第二天，何危和他们一起坐专机回的升州，把程圳清转到市里医疗技术最顶尖的医院，让他在那里继续休养。程泽生的父母都来了，看见大儿子带着伤回来，命还留着，也没缺胳膊少腿，二老的心终于放到肚子里。

他们轮流和何危道谢，升州市局的领导也在医院，局长黄占伟拉着何危的手，笑容满面："小何同志，真是太感谢你了，保住咱们圳清。听说你一直在海靖工作对吧？什么时候回去？"

"不用谢，这是我该做的。"何危用力握住黄占伟的手，笑道，"我暂时不回海靖，今后还要麻烦黄局长多照顾。"

黄占伟有点摸不着头脑，何危已经松开他的手，去和程泽生的母亲谈话了。

家人、同事、领导陆陆续续来探望，日落黄昏，程圳清终于"接客"结束，险些累瘫过去。何危走进来，看见满屋子鲜花水果，笑道："你人缘不错啊，收那么多花圈。"

"我就说你心里还是不想救我吧。花圈那是给死人的！"

何危毫无愧疚之色："哦，口误，舌头闪了。"

程泽生站在门口，对何危使个眼色，出来聊点事。

"有什么还是我不能听的？"程圳清笑，何危淡淡瞥一眼："果真还是该给你送花圈。"

门关上后，走廊里空无一人，这一层都是单人病房，病人少家属更少，清静。何危手插着口袋："要聊什么？"

"我哥让我想办法感谢你的救命之恩。"程泽生把他哥的奇怪的语气自动屏蔽，"听说你在做海靖领导的工作，想调回升州，我爸愿意帮忙。"

何危早就料到这一点，也没推让："谢了，我想进市局。"

"……"还真是不客气，程泽生默默吐槽。

"进市局禁毒队？"

何危摇摇头，看向程泽生的双眼，晚霞为黑色的眼眸染上一层柔光："进刑侦队啊。"

程泽生被噎了下，双眼圆睁。刑侦队？以后要成同事了？

只见何危浅浅一笑，低声问："缺不缺朋友啊？枪法一流，会破案，各项全能的那种。"

"会做饭吗？"程泽生下意识脱口而出，随即移开视线，表情懊恼，显然是弄不懂哪根筋搭错了问出这种问题，他一瞬间想到可以做室友。

何危怔了怔，随即搭着程泽生的肩，另一手抚着肚子笑。程泽生就是程泽生，不管多久不见，他从来没变过，还是记忆中的那个程泽生。

这次何危没有装傻充愣，而是看着程泽生说："会。"

（全书完）

315

∞ 番外一
两 个 世 界

"今天下班早,去不去吃日料?"夏凉拿起包,看着正在慢吞吞收拾桌面的男人。只见他抬起头,露出腼腆的笑容:"不了,今天有约。"

夏凉惊奇不已。

何危局促不安,涨红半边脸,让他小声一点。又支支吾吾地解释,要去见明星。

和何危有约的人是近两年红到发紫的钢琴家程泽生。他们两人平时见面次数也不多,今天程泽生从国外拿奖回来,何危想给他庆功,特地提前定好了饭店。

抵达包间时,程泽生已经到了,米色风衣挂在衣架上,他穿着一件颜色清爽的衬衫,对何危招招手:"阿危,快过来坐。"

何危点点头,脸色微红,把外套挂好,坐到程泽生对面。点过菜之后,服务员离开,包间里剩下他们两人,何危一阵紧张,半天才憋出一句"恭喜拿奖"。

程泽生忍着笑,说道:"谢谢。大家都这么熟了,你怎么还是这么容易害羞啊!"

何危瞄一眼,程泽生自己在节目上经常给弄得面红耳赤不知所措,还好意思吐槽他。

程泽生的确是面嫩,但和何危比起来显然要好太多。他比何危年纪小,却总觉得要在何危面前表现得成熟一点,因此虽然在外人和粉丝面前,还是容易三两句就破功,不过在何危面前,都是他破何危的功,屡试不爽。

"等会儿吃过饭请你去我家,我弹首曲子给你听。"程泽生说道。

何危匆忙点头答应。

他第一次见到程泽生,是因为何陆临时有事,拜托他帮忙去摄影棚送份文件。当时程泽生和他的经纪人刚巧在场,程泽生一眼认错了人,握手之后开口就是:"何总监,真巧,我猜到这次的广告也是你们公司负责了。"

何危有点尴尬:"你认错人了,我是何危,何陆的哥哥。"

程泽生诧异,经纪人附耳过来,告诉他的确认错了,何总监有个双胞胎哥哥,两人长得一模一样。

程泽生点点头,打量着何危。何危和他的视线对上,腾地一下脸跟烧起来似的,红彤彤的,像刚摘的新鲜草莓似的。

吃过晚饭,程泽生头一次没有全副武装,只是戴上口罩,便和何危一起离开饭店。他还开着自己那辆保时捷,载着何危一起回去,何危心里惴惴不安,总担心会有狗仔跟踪:"这样真的没问题?万一给拍到……"

"那就拍到吧。"程泽生偏头笑道,"没事。"

程泽生的家里只有他一个人住,进门之后,他拉着何危一起走到乳白色的钢琴前面,坐下来掀开琴盖。

"这首曲子很奇特,是我在梦里写的,醒来之后赶紧记了下来。"程泽生双手放在黑白键上,抬头,"但梦里你好像不喜欢。"

"怎么会。"何危立即否认,"梦都是反的,我一定喜欢。"

"那就好。它叫 *Wings of Hope*,你是第一个听众。"

程泽生深吸一口气,闭上眼,指尖下流淌出一串串动人的音符。

第一句并不怎么动听,但越到后面越是美妙。钢琴音回荡在客厅里,音调不断变高,力道也在持续加强,饱含着丰沛的情感,仿佛黑暗中出现的那一点光,由星星之火渐渐变得炽热明亮,如展开的一双希冀的翅膀。

何危愣住,仿佛也被感染。

他的脑海里冒出许多画面,像是一部旧电影不断播放,主角是他和程泽生。他们两人被命运束缚,但却从来没有想过放弃,他没有别的想法,一心只想救程泽生而已,带着他一起挣开命运的枷锁。

"怎么了?"何危回神,摇摇头,垂下眼眸:"没什么,是我在乱想,刚刚一瞬间,我发现……好像以前认识你。"

程泽生站起来,看着何危,低声说:"我也是。"

连景渊不记得是什么时候开始养猫的。他的脑中有明确的印象,今年4月份买了一只海双布偶猫,还取名叫斯蒂芬。这件事就像是刻在他脑中,但他完全不像事件亲历者,这段陌生的记忆只是被灌入他的脑海而已。

虽然他并不清楚这只布偶猫的来历,朋友问起来,他只说想养宠物,所以买了一只猫,包括对何危也是这样的说辞。斯蒂芬第一次见到何危就有一种莫名的亲切感,但熟悉之后反而渐渐疏离,变得不怎么理睬他了。有时候何危来找连景渊,它就站在猫爬架上,好奇地盯着他。

何危看得好笑,眉眼弯起:"你家小猫咪真有个性,一开始是不是认错人了才对我那么亲切。"

"能认成谁?难不成……"连景渊的话险险止住,后半段卡在喉咙里,差点脱口而出"把你认成另一个何危"。

连景渊摸着下巴,不明白为什么脑中一瞬间会冒出这种想法。

"难不成什么?"何危温润的双眼看着他。

连景渊找个借口:"难不成是把你和何陆弄混了?反正你们是双胞胎兄弟。"

某些想法一旦冒出头,便会一发不可收拾。连景渊近段时间总是有一种错觉,身边的好友好像被调了包,并不是他所熟知的那个何危。

可明明自己脑中有从小到大和何危相处的每一个细节,包括他爱哭、动不动脸红、温柔敏感这些性格特点。可回想起来总有一种不真实感,就像是斯蒂芬的存在,他没有亲历感,只是给塞进了一段完整的记忆罢了。

有时候闲下来,连景渊就开始思考,在脑中描绘"那个"何危应有的样子。

沉稳、有干劲、行事作风果断利落,一双黑眸犀利明亮,哪怕与命运为敌也不会屈服。

他说话的语气永远那么淡然,脸上的表情波澜不惊。

他总是临危不乱,遇到天大的事情都能从容冷静地处理。

他有强大坚韧的意志力,更有一颗专一的心。

连景渊有些愣怔,这还是何危吗?关键是,他对一个臆想中的何危逐渐产生熟悉感?

怕是疯了。

连景渊捏捏眉心,回头看着坐在副驾驶的布偶猫。斯蒂芬抬头,用海蓝色的眼睛盯着他歪头。连景渊伸手摸它的小脑袋:"你乖乖的,我们马上出去玩,带你去看画展。"

车在一栋七层高的公寓楼前面停好，这栋公寓楼叫作"未来域"，是可以商住两用的小复式，目前才刚刚招租。连景渊的朋友租下一整个四楼，搞了一个小画展，满足一下自己做艺术家的心。

连景渊抱着斯蒂芬一起上去，朋友已经在电梯口迎接："景渊，你可算来了！哎哟，还带客人来的？真是漂亮的猫咪！"

"嗯，它叫斯蒂芬。"

"斯蒂芬？"了解连景渊的朋友立刻打个响指，"你还真是一点都没变！"

来看画展的人并不多，连景渊抱着斯蒂芬，从第一幅画开始欣赏。这里展出的大多数都是后现代主义作品，连景渊没什么艺术天分，实在是欣赏不来这些杂乱的色块和扭曲的线条，斯蒂芬也兴致缺缺，窝在他的怀里，懒懒地打个哈欠。

在拐过一条走廊之后，走到尽头，连景渊被一幅油画吸引。

终于不再是什么色块线条，而是非常优美的风景画。羊肠小路蜿蜒进山林，树木郁郁葱葱，晚霞给它们镀上一层金色余晖，凑近了看，还能看见树林掩映间，有一黄一白的两个小人，像是两个孩子，背着小书包正在爬山。

连景渊的注意力被完全吸引过去，斯蒂芬忽然不安分起来，后爪蹬着他的胳膊要下去。于是连景渊将它放在地上，继续盯着画，斯蒂芬也抬头，一人一猫专心欣赏风景。

这幅画明明画的是风景，它的名字却叫作"环"。

而且这山景看起来很眼熟，在油画的边角露出一个尖尖的屋顶，像是教堂一样的建筑。连景渊眯起眼，这是……伏龙山？那个尖顶越看越像是那座废弃的公馆。

320

"你很喜欢这幅画？哎，真有眼光，我也喜欢！光影用得简直神了！"朋友的声音忽然在背后响起。

连景渊回头，指着画："这是伏龙山吧？"

"啊？我不知道，卖画的那人说这是一个秘境，一般人不能轻易抵达。"

"那爬山的两个小孩儿是什么意思？"连景渊问。

朋友茫然，什么孩子？这幅画里哪有孩子？

连景渊叹气，不知道他这种眼神怎么敢做生意的。他回头想找给朋友看，却发现怎么也找不到刚刚那两个小人了。

怎么会这样？连景渊皱起眉，朋友被叫走了，留下他一人盯着油画。片刻之后，连景渊又想起一件事，在走廊里左右张望。

猫呢？斯蒂芬怎么也不见了？

今年年后，严明朗要退下来了，何危和程泽生一起提干，在谁做支队长的问题上，严明朗和黄占伟犯了难。平心而论，这两人能力同样出色，但严明朗觉得何危为人沉稳，更合适做领导；而黄占伟则是看重程泽生在市局的资历。

于是两人各执一词，决定去探探两位候选人的口风。谁知程泽生一脸莫名其妙，反问："何危做支队长有什么问题？"

这可把黄占伟问愣住了，一时不知该如何回答："没问题啊，这不是怕你有问题，有意见嘛。"

"我举双手赞成。"

严明朗喜笑颜开。

既然意见统一，新年之后，严明朗正式退休，升州市局刑侦支队长变成何危，副支队长则是程泽生。

何危感觉时间刚刚好，他和程泽生都是在相应的年纪实现对应的目标，尤其是他，仿佛和另一个世界的人生轨迹"不谋而合"，对接相当成功。

4月，市局新盖的公寓如期完成，何危看见"未来域"三个字，眼皮跳了跳。

"还和以前一样，一点都没变。"

"嗯，颜色和层数都一样，没想到又回来了。"

身边有人路过，听见何危和程泽生的对话，眼神疑惑。未来域是才建好的新公寓，哪来的"以前"？

这一点就不好解释了，是何危和程泽生共同的秘密经历，不足为外人道也。

他们一起走进去，直接坐电梯去四楼。两人的心中或多或少都有些紧张，四楼还会有404吗？如果有的话，那里还会成为通往平行世界的结点吗？

"叮"的一声，电梯抵达楼层。程泽生和何危踏出电梯，沿着熟悉的路，去找那间熟悉的公寓。当他们一步一步靠近，看见在403之后，原本应该是404的地方是一大面空墙，这一层，并没有404公寓。

"真的没有。"何危伸出食指，敲了敲墙面，"实心的，里面是墙体。"

程泽生隐隐松了一口气："看来你们换回来之后，两个世界的结点就关闭了。"

何危拧着眉，表情隐隐失落。他在另一个世界生活了三十多年，曾经的朋友、家人再也无法见面，尽管一开始就清楚这个残酷的现实，他也必须接受，但回想起来内心依旧会有那么一点心酸动容。

还有斯蒂芬，当时他托给连景渊照顾，承诺事情结束之后会把它接回来。而后他再也没有回过那个世界，也无法再见到它。

和程泽生偶尔提起宠物，两人都没想过重新买一只猫回来养。一方面是前些年太忙，另一方面是何危的私心，他一直在等待这个时间，一切都在按着原有的轨迹发展，他心中隐隐期望斯蒂芬也会再次出现。

程泽生猜到何危是在想那只软糯黏人的布偶猫，便安慰道："等会儿没事去猫舍看看吧。"

何危点点头，人生有许多遗憾，如果计较起来的话，他失去的太多，多一个斯蒂芬不足为奇。

参观结束，心里再没有什么念想，程泽生和何危转身往电梯的方向走去。还未拐弯，空旷走廊里忽然传出一声轻柔猫叫。

"喵。"

何危一个激灵，猛然回头，只见身后不远处，一只布偶猫正歪头看着他们。海蓝的杏眼，熟悉的花色，还有圆滚滚的包子脸，这不正是他们刚刚还在念叨的那个小生命吗？

何危快步走过去，将它一把抱起："斯蒂芬！"

斯蒂芬有些警惕，盯着何危双眼眨啊眨，像是在辨认他到底是不是曾经的主人。终于，一人一猫确认过眼神，斯蒂芬的头靠过去，蹭着何危的下巴，柔柔叫了一声。

"喵——"

你终于来接我啦。

何危闭上眼，下巴抵着它的额头，眼眶渐渐湿润："对不起，让你等那么久。"

程泽生也走过来，翻开布偶猫的小爪子，只见它的右掌掌心有一块深棕色的毛，果真就是他失忆那段时间，住在403里养过的布偶猫。程泽生惊奇不已，四处张望，这里两边都是墙，唯一一扇气窗还关着，它是从哪儿冒出来的？

何危欢天喜地地抱着斯蒂芬，唇角抑制不住地上扬。他发现程泽生还在钻牛角尖，便笑了笑："别多想了，或许是我们经历太多磨难，这是最后的礼物吧。"

两人空手而来，满载而归，在来来往往的同事探究的目光中抱着斯蒂芬回去。坐在车里，斯蒂芬和何危分别许久，像个黏人的小妖精，一直不停地在他怀里蹭来蹭去，还踩着肩对着脸舔来舔去。何危哭笑不得，按住它的爪子，低头吻了吻它的额头。

"放心，再也不会再丢下你了。"

夕阳西下，连景渊和朋友道别，晚上还有事，就不多留了。朋友见他一人离开，左右看了看："你带来的那只猫呢？"

连景渊回头瞄了一眼那条走廊，食指推一下眼镜，心中有太多奇思妙想不可言说。

"它可能去找真正的主人了吧。"

番外二
非同一般

最近升州市局人员调动频繁，刑侦处加入了一名新同事，人来报到前一天，黄占伟把何危叫到办公室，点名让他带徒弟。

"我？"何危略感诧异，"黄局，这方面我可没什么经验，交给泽生好了。"

"给他带？去趟现场，我坐这儿喝茶都能听见他骂人。"

何危笑出声："这不是市局老传统了吗？玉不琢不成器，徒弟不骂不长进，刑侦队里挨骂第一名就属当了程泽生两年徒弟的向阳。"

黄占伟摆摆手："时代不同了，理念也不一样。现在是网络社会，自媒体神出鬼没的，最擅长断章取义，万一拍到程泽生教育徒弟的片段，开局一张图内容全靠编，那可就热闹了。"

"泽生那是认真负责，向阳都快出师了。"何危说。

"得，你就护着那小子呗。"黄占伟端起茶杯抿了一口，"带个徒弟不打紧，就这么说定了。"

何危回到刑侦处办公室，程泽生抬了下手，打断向阳的汇报，问："老黄找你什么事？"

"好事呗。"何危拍拍向阳的肩，"明天你就是前辈了。"

次日一早新同事来报到，小伙子个头高高的戴副黑框眼镜，背着包一股子青春气息。偏偏嘴还甜，刚进大办公室就师哥、师姐、前辈地叫了一圈。乐正楷站起来："我领你过去吧，档案带了吗？"

"带了。"

他从包里把档案拿出来双手奉上，乐正楷翻到第一页："李库是吧，这边走。"

"李库"站着没动，好心提醒："前辈，那个字不是库。"

乐正楷再次翻开档案，发现的确不是库，少了一个点，是"厍"。

"你这名字够特别啊，怎么读？"

话音刚落，手里的档案被人从背后抽走，程泽生的声音响起："读'shè'，是一个姓氏。这都不认识，你高中到底怎么毕业的？"

乐正楷大冤，又来蒙人了，谁高中学过这个？

"对，我妈妈就姓厍。"李厍鞠躬，"您是程副队吧？今后请多多关照。"

"客气，我关照不到你了，你师父在那边。"程泽生指指后面，"左边最后一间，记得敲门。"

支队长办公室的门打开又关上，乐正楷笑道："怎么回事，新人居然给何危带？他要求的？"

"老黄赶鸭子上架呗。"

"也是好事，何危脾气比你好多了，肯定不会像你那样摧残徒弟。"

他脾气好？程泽生表情有点复杂。别人看到的都是表象，何危展现出的"好脾气"纯粹是因为个性，疏离又带点小冷淡，很多事只因嫌麻烦懒得计较，得过且过，才让人产生这种错觉。

何危生气时不骂人、不动手、不冷战，主打一个量刑惩罚。

洗过澡又湿漉漉进客厅是吧？行，拿块抹布去把整个客厅的地板都擦干净，蹲地上擦；做饭又不关门是吧？行，接下来一个星期都打野食去吧,别想在家吃饭;换下来的衣服又随手乱丢是吧?行,洗衣机别用了,手洗个几天长长记性。

凡此种种,程泽生没少经历,做室友三个月之内,就彻彻底底、全方位了解了真正的何危。那段时间程圳清都不敢来串门,生怕何危一个不高兴,兄弟俩连坐,这找谁说理去。

尽管如此,日子还是过下来了。程泽生还得感谢何危,把他生活中那些坏习惯都给改了过来。

何危把李厍的位置安排在向阳对面,向阳兴奋又激动,熬了两年荣升"前辈"。恰好这两日没有案子在手,他发挥一个好前辈该有的品质,领着李厍把市局各个科室转个遍,认认路。

两人年龄相差不大,都是活泼健谈的性格,一路上天南海北地聊,聊到程、何二人,向阳用羡慕的口气道:"真是命好,居然是何支队带你。"

"我也没想到,何支队在我们学校可有名了,他在射击联赛里创的一项纪录到现在都没人能破,太厉害了!"

"别的不说,脾气稳定太重要了。"向阳叹气。

李厍一句"怎么了",引来了他三十分钟的唠叨,两年的挨骂经历全部浓缩其中。

"喔,程副队办案的时候这么凶?"李厍震惊,"看不出来啊,就觉得长那么帅,还挺好相处的。"

"是,师父平时人很亲切,一到办案就容易着急上火,那个气性啊……队里谁没给骂过?"向阳顿了顿,"哦,除了何支队,师父一遇上何支队就熄火了。"

李库点点头:"能理解,领导嘛。"

"哪儿是因为这个啊,师父天不怕地不怕,黄局都敢呛。怎么说呢,他俩关系非同一般,过命的交情。"

李库第一次出现场,见到被砍了数十刀的被害人,脸色轮换,去角落里吐了个痛快,完全符合一名新人该有的正常反应。

何危和江潭在客厅进行初步尸检,江潭说:"小徒弟不行啊,这都吐多久了。"

"人家刚毕业,就不能包容点?"

"这话你去跟泽生说,他可不管这些,逮着就是一顿爱的教育。"江潭两指捏紧手臂皮肤,"你看,这儿有个文身。"

何危盯着那个图案,总觉得有点眼熟。李库胃里的东西吐干净了,脚步虚浮回来,何危抬抬手:"去找程副队,把他的手机拿来。"

"有发现了?"江潭问。

"前年抓到个开地下赌场的,胳膊上好像也有这个图案。"

"两年了还记着?真可怕。"

楼道里有几处喷溅血迹和打斗痕迹,程泽生带着向阳,分析墙根的血脚印和半枚血指纹,听到何危要手机,想都没想就递过去了。

江潭继续尸检,他的徒弟去外地考试,就借何危的徒弟来搭把手。可怜李库还没适应好,那股尸臭味钻入鼻腔,胃部又开始痉挛了。

"在这儿。"何危放大照片,戴着手铐的平头男人面无表情地直视镜头,能清晰看见右小臂侧面露出的一块青色。

经过江潭仔细辨认,确认是相同图案的文身。何危把照片递给李库:"再看看,他们两人还有什么相似之处?"

"五官不像,体形也不像,肤色差距大……"李库挠挠后脑勺,"没了吧,就是文身一样,他们可能在同一个组织里。"

何危放大照片,手机屏幕被那双铐起来的手占据:"再仔细一点。"

李库几乎是瞪大双眼,半分钟过去,终于发现了异样,抓起被害人的手叫起来:"这两人的拇指相同,都是宽短、扁平的形状!"

"D型短指症,常染色体显性遗传,他们两个多半有血缘关系。"

话音刚落,程泽生大步迈进客厅:"何危,根据周围邻居的口供,最后出现在被害人家门口的是他的堂哥,你猜是谁?"

何危站起来:"那个赌徒呗,只判了一年,算算时间该出来了。"

仅仅一天不到,逃窜的赌徒就被警方抓获,对自己的罪行供认不讳。他刚放出来半个月,还是戒不了赌,找堂弟借钱无果,才痛下杀手。

李库初次经历如此迅速破案,对何危的崇拜更上一层楼,滤镜直接加到三百米,在朋友圈里把师父夸了个遍。当晚队里办了迎新会,李库怀着激动的心情,不停给前辈们敬酒,最后把自己给灌醉了。

何危无奈,只能负责把小徒弟送回去。他也喝了一点,是程泽生开的车,两人像往常一样闲聊,车后座瘫着意识蒙眬的小徒弟。

"周末回军区大院,去吃饭。"

"知道了。"